Im Land der letzten Dinge

Paul Auster

Aus dem Amerikanischen
von Werner Schmitz

Roman

Im Land der letzten Dinge

Mit Illustrationen
von Felix Scheinberger

Büchergilde Gutenberg

Für Siri Hustvedt

Vor nicht langer Zeit, da ich das Tor
der Träume durchschritt, besuchte
ich jene Erdenregion, in der die Stadt
der Zerstörung liegt.

Nathaniel Hawthorne

Dies sind die letzten Dinge, schrieb sie. Eins nach dem andern verschwinden sie und kommen nie zurück. Ich kann dir erzählen von denen, die ich gesehen habe, von denen, die es nicht mehr gibt, doch wird kaum Zeit dafür sein. Es geschieht jetzt alles zu schnell, und ich kann nicht mithalten.

Ich erwarte nicht, daß du verstehst. Du hast nichts davon gesehen, und selbst der Versuch, es dir vorzustellen, wäre vergeblich. Dies sind die letzten Dinge. An einem Tag ist ein Haus noch da, am nächsten ist es weg. Gestern ging man über eine Straße, die heute nicht mehr existiert. Auch das Wetter wechselt in einem fort. Regentage folgen Sonnentagen, Nebeltage folgen Schneetagen, einmal kühl, einmal warm, erst Wind, dann Flaute, eine Zeit bitterer Kälte, und dann heute, mitten im Winter, ein lieblich heller Nachmittag, so warm, daß man keinen Mantel braucht. Wer in der Stadt lebt, lernt, nichts für selbstverständlich zu halten. Man schließt nur kurz die Augen, dreht sich um, um nach etwas anderem zu sehen, und was eben noch vor einem stand, ist plötzlich weg. Nichts bleibt, verstehst du, nicht einmal die eigenen Gedanken. Ihnen nachzuhängen wäre Zeitverschwendung. Ist etwas erst einmal weg, dann für immer.

So lebe ich, ging ihr Brief weiter. Ich esse nicht viel. Eben genug, daß ich weitergehen kann, mehr nicht. Zuweilen bin ich so schwach, daß ich glaube, keinen Schritt mehr voranzukommen. Aber es geht. So sehr ich auch strauchle, ich bewege mich fort. Du solltest einmal sehen, wie gut ich zurechtkomme.

Die Straßen der Stadt sind überall, und keine zwei Straßen gleichen sich. Ich setze einen Fuß vor den anderen, dann den anderen Fuß vor den ersten, und dann hoffe ich, das wiederholen zu können. Mehr nicht. Du mußt begreifen, wie es jetzt um mich steht. Ich bewege mich. Ich atme, was mir an Luft gegeben ist. Ich esse so wenig wie möglich. Ganz gleich, was die Leute sagen mögen, das einzige, was zählt, ist, auf den Beinen zu bleiben.

Du weißt noch, was du mir vor meiner Abreise gesagt hast. William ist verschwunden, sagtest du, und wenn ich noch so sehr suchte, nie würde ich ihn finden. Das waren deine Worte. Und dann sagte ich dir, ich gäbe nichts auf deine Worte, ich würde meinen Bruder schon finden. Und dann ging ich auf dieses schreckliche Schiff und ließ dich zurück. Wie lange ist das her? Ich kann mich nicht mehr erinnern. Jahre, denke ich. Aber das ist nur eine Vermutung. Es kümmert mich nicht. Ich bin aus dem Gleis geraten und nichts bringt mich wieder hinein.

Soviel ist sicher. Ohne meinen Hunger wäre ich nicht in der Lage, weiterzugehen. Man muß sich angewöhnen, mit so wenig wie möglich auszukommen. Braucht man weniger, so ist man mit weniger zufrieden, und je weniger man benötigt, desto besser ist man dran. So verändert einen die Stadt. Sie bringt einen völlig durcheinander. Sie macht einen lebenshungrig, und zugleich versucht sie, einen umzubringen. Dem ist nicht zu entrinnen. Entweder man schafft es oder man schafft es nicht. Wenn man es schafft, weiß man nicht, ob man es das nächste Mal auch noch schafft. Und wenn man es nicht schafft, schafft man es nie wieder.

Ich weiß nicht genau, warum ich dir jetzt schreibe. Ehrlich gesagt habe ich kaum an dich gedacht, seit ich hier bin. Aber auf einmal, nach all dieser Zeit, glaube ich etwas mitteilen zu müssen, und wenn ich es nicht ganz schnell hinschreibe, platzt mir der Kopf. Es ist gleichgültig, ob du es liest. Es ist sogar gleichgültig, ob ich es abschicke – vorausgesetzt, das ist überhaupt möglich. Vielleicht läßt es sich so erklären. Ich schreibe dir, weil du keine Ahnung hast. Weil du weit weg von mir bist und keine Ahnung hast.

Manche Menschen sind so dünn, schrieb sie, daß sie zuweilen fortgeweht werden. Die Stürme in der Stadt sind ungeheuer, sie fegen stets vom Fluß herauf und singen dir in den Ohren, stoßen dich hin und her, schleudern dir Zeitungen und Müll vor die Füße. Nicht selten sieht man die dünnsten Menschen zu zweit oder zu dritt umherziehen, manchmal auch ganze Familien, die mit Seilen und Ketten aneinandergebunden sind, um sich durch das gemeinsame Gewicht vor den Windstößen zu schützen. Andere verzichten ganz darauf, nach draußen zu gehen, drücken sich in Hauseingänge und Nischen, bis auch der heiterste Himmel ihnen bedrohlich vorkommt. Besser ruhig in ihrem Winkel ausharren, denken sie, als gegen die Steine geschmettert zu werden. Auch kann man es mit dem Hungern so weit treiben, daß man schließlich überhaupt nichts mehr hinunterbringt.

Noch schlimmer ist es für die, die ihren Hunger bekämpfen. Wer zuviel ans Essen denkt, bekommt nur Schwierigkeiten. Dies sind die Besessenen, die sich nicht mit den Tatsachen abfinden wollen. Sie durchstreifen die Straßen zu jeder Tageszeit auf der Suche nach Eßbarem und gehen noch für den kleinsten Krümel enorme Wagnisse ein. Soviel sie dabei auch finden mögen, es ist nie genug. Sie essen, ohne je satt zu werden, fallen mit tierischer Hast über ihr Essen her, stochern mit knochigen Fingern darin, und nie klappen ihre bebenden Kiefer zu. Das meiste trieft ihnen am Kinn entlang, und was sie verschlingen können, speien sie gewöhnlich nach wenigen Minuten wieder aus. Es ist ein langsamer Tod, als wenn das Essen Feuer wäre, ein Wahn, der sie von innen heraus verbrennt. Sie glauben, sie äßen, um zu überleben, doch am Ende sind sie es, die gegessen werden.

Tatsächlich ist das Essen eine diffizile Angelegenheit, und wer sich nicht mit dem zu bescheiden lernt, was ihm gegeben ist, wird nie mit sich in Frieden leben. Nahrung ist ständig knapp, und etwas, an dem man sich heute erfreut hat, wird ziemlich sicher morgen nicht vorhanden sein. Die städtischen Märkte sind wahrscheinlich die ungefährlichsten, zuverlässigsten Einkaufsstätten, aber die Preise sind hoch, und die Auswahl ist dürftig. Einmal gibt es nichts als Radieschen, ein andermal nichts als altbackenen Schokoladenkuchen. Diese häufige und drastische Umstellung des Speiseplans kann einem sehr auf den Magen schlagen. Doch bieten die städtischen Märkte den Vorteil, daß sie von der Polizei bewacht werden, da weiß man immerhin, daß das Erworbene im eigenen Magen und nicht in dem eines anderen landen wird. Nahrungsdiebstahl ist in den Straßen so verbreitet, daß er nicht einmal mehr als Verbrechen betrachtet wird. Darüber hinaus stellen die städtischen Märkte die einzige gesetzlich sanktionierte Form der Lebensmittelverteilung dar. Zwar gibt es viele private Lebensmittelverkäufer in der Stadt, doch können ihre Waren jederzeit beschlagnahmt werden. Und selbst wer es sich leisten kann, die zum Verbleib im Geschäft nötigen Bestechungsgelder an die Polizei zu bezahlen, muß stets mit Raubüberfällen rechnen. Diebe plagen auch die Kunden der privaten Märkte, und man hat statistisch nachgewiesen, daß jeder zweite Kauf einen Überfall nach sich zieht. Ich finde, bloß für den flüchtigen Genuß einer Orange oder den Geschmack von gekochtem Schinken so viel zu riskieren, lohnt sich kaum. Aber die Leute sind unersättlich: Der Hunger ist ein täglich wiederkehrender Fluch, und der Magen ist ein Faß ohne Boden, ein Loch so groß wie die Welt. Die privaten Händler machen daher trotz aller Hindernisse gute Geschäfte, packen hier zusammen und ziehen dann dorthin; ständig auf dem Sprung, tauchen sie für ein oder zwei Stunden irgendwo auf und verschwinden ebenso plötzlich wieder. Doch ein Wort zur Warnung. Wenn du unbedingt Essen von den privaten Märkten haben willst, dann hüte dich vor den unorganisierten Händlern, denn betrogen wird überall, und es gibt viele Leute, die dir alles andrehen, bloß um einen Gewinn zu machen: mit Sägemehl gefüllte Eier und Orangen, Flaschen, die Pisse statt Bier enthalten. Nein, es gibt nichts, was die Leute nicht tun, und je früher du das begreifst, desto besser wird es dir gehen.

Wenn du durch die Straßen läufst, fuhr sie fort, mußt du jeden einzelnen Schritt sorgfältig bedenken. Andernfalls ist ein Sturz unausbleiblich. Du mußt ständig die Augen offenhalten, nach unten, nach vorne und nach hinten sehen, stets auf der Hut vor anderen Leuten und auf das Unvorhersehbare gefaßt. Ein Zusammenstoß kann tödlich enden. Zwei prallen zusammen und schlagen gleich mit Fäusten aufeinander ein. Oder sie stürzen zu Boden und versuchen gar nicht mehr aufzustehen. Früher oder später kommt der Augenblick, da man nicht mehr aufzustehen versucht. Der Körper ist nun einmal schmerzempfindlich, dagegen hilft nichts. Und hier ist er es mehr als irgendwo sonst.

Die Trümmer sind besonders problematisch. Man hat sich auf die unsichtbaren Gräben, die jäh auftauchenden Steinhaufen, die flachen Furchen einzustellen, damit man nicht stolpert und sich verletzt. Und das allerschlimmste sind die Wegzölle, die nur mit List zu umgehen sind. Wo immer Gebäude eingestürzt sind oder sich Müll angesammelt hat, stehen riesige Barrikaden mitten auf der Straße und versperren jeglichen Durchgang. Diese Sperren werden von Männern gebaut, wann immer Material dazu vorhanden ist, und dann stehen sie da oben, mit Keulen, Gewehren oder Steinen bewaffnet, und lauern Passanten auf. Sie haben die Straße in ihrer Gewalt. Wenn man vorbeiwill, muß man den Wächtern geben, was sie verlangen. Manchmal ist es Geld; manchmal ist es Essen; manchmal ist es Sex. Prügel sind an der Tagesordnung, und hin und wieder hört man von einem Mord.

Neue Zollstellen werden gebaut, alte verschwinden. Nie weißt du, welche Straßen du benutzen kannst und welche zu meiden sind. Nach und nach nimmt dir die Stadt jegliche Sicherheit. Du kannst dich nie auf einen Weg festlegen, und überleben kannst du nur, wenn du nichts nötig hast. Du mußt auf der Stelle haltmachen, dein Vorhaben fallenlassen und umkehren können. Schließlich gibt es nichts, was es nicht gibt. Und darum mußt du lernen, die Zeichen zu deuten. Versagen die Augen, hilft manchmal die Nase weiter. Mein Geruchssinn ist unnatürlich scharf geworden. Trotz der Begleiterscheinungen – dem plötzlichen Ekel, der Benommenheit, der Angst, die mit dem Gestank in meinen Körper einzieht – schützt er mich in besonders gefährlichen Situationen, zum Beispiel wenn ich um eine Ecke biege. Denn die Zollstellen haben einen eigentümlichen Geruch, den man selbst aus großer Entfernung erkennen lernt. Aus Steinen, Zement und Holz zusammengesetzt, enthalten die Barrikaden auch Müll und Gipsabfälle, und durch die Einwirkung der Sonne auf diesen Müll entsteht ein Gestank, der intensiver ist als anderswo, und der Regen läßt den Gips quellen und zerfließen, so daß er seinen typischen Geruch verströmt, und beides zusammen, im Wechselspiel von Trockenheit und Nässe, bringt den Geruch der Zollstelle zur Entfaltung. Entscheidend dabei ist, daß man sich nicht daran gewöhnt. Denn Gewohnheiten sind tödlich. Selbst beim hundertstenmal muß man allem und jedem entgegentreten, als ob man es nie zuvor gesehen hätte. Ganz gleich wie oft, es muß immer das erste Mal sein. Das ist so gut wie unmöglich, ich weiß, aber es ist eine unumstößliche Regel.

Man möchte meinen, das alles müßte früher oder später einmal enden. Die Dinge zerfallen und verschwinden, und Neues wird nicht hergestellt. Die Menschen sterben, und die Kinder weigern sich, auf die Welt zu kommen. Ich kann mich nicht erinnern, in all den Jahren, die ich hier bin, ein einziges Neugeborenes gesehen zu haben. Und doch treten immer wieder neue Menschen an die Stelle der verschwundenen. Karren ziehend, hochbeladen mit ihren Habseligkeiten, in stotternden, kaputten Wagen kommen sie, allesamt hungrig, allesamt heimatlos, vom Land und aus den umliegenden Ortschaften hereingeströmt. Bis sich diese Neuankömmlinge mit den Zuständen in der Stadt vertraut gemacht haben, sind sie leichte Beute. Viele von ihnen werden noch vor Ablauf des ersten Tages um ihr ganzes Geld betrogen. Manche bezahlen für Wohnungen, die es gar nicht gibt, andere lassen sich dazu verleiten, Aufträge für Arbeiten zu erteilen, die nie ausgeführt werden, wieder andere geben ihre Ersparnisse für Essen aus, das sich als bemalte Pappe entpuppt. Und dies sind nur die gewöhnlichsten Tricks. Ich kenne einen Mann, der davon lebt, daß er vor dem alten Rathaus steht und jedem Neuankömmling, der einen Blick auf die Turmuhr wirft, Geld abverlangt. Kommt es zum Streit, tritt sein Gehilfe als Ortsunkundiger auf, sieht nach der Uhr und bezahlt, damit der Fremde glaubt, dies sei hier so Brauch. Das Verblüffende daran ist nicht die Existenz solcher Schwindler, sondern wie mühelos sie die Leute dazu bringen, sich von ihrem Geld zu trennen.

Wer einen Platz zum Leben hat, läuft stets Gefahr, ihn zu verlieren. Die meisten Gebäude gehören niemandem, folglich hat man als Mieter keine Rechte: keinen Mietvertrag, keinen gesetzlichen Rückhalt, wenn jemand sich mit einem anlegt. Es ist nichts Ungewöhnliches, daß Leute mit Gewalt aus ihren Wohnungen vertrieben und auf die Straße gesetzt werden. Eine Rotte platzt mit Keulen und Gewehren bei dir herein und befiehlt dir zu verschwinden, und wenn du nicht

glaubst, sie überwältigen zu können, was bleibt dir anderes übrig? Räumen heißt das, und es gibt wenige Leute in der Stadt, die ihre Wohnungen nicht zu irgendeiner Zeit einmal auf diese Weise verloren haben. Aber selbst wenn man das Glück hat, dieser speziellen Form der Vertreibung zu entgehen, kann man nie wissen, ob man nicht einmal einem der falschen Hausbesitzer auf den Leim geht. Das sind Wucherer, die nahezu alle Viertel der Stadt terrorisieren, indem sie Schutzgelder erpressen, bloß damit man in seiner Wohnung bleiben kann. Sie geben sich als Besitzer des betreffenden Hauses aus, prellen die Bewohner und stoßen nur selten auf Widerstand.

Wer jedoch keine Wohnung hat, befindet sich in einer ausweglosen Lage. So etwas wie leerstehende Wohnungen gibt es nicht. Und doch betreiben die Makler eine Art Geschäft. Täglich setzen sie Anzeigen in die Zeitung, in denen sie fingierte Wohnungsangebote machen, um Leute in ihre Büros zu locken und von ihnen Gebühren zu kassieren. Niemand läßt sich von dieser Praxis täuschen, doch viele Leute sind bereit, für diese leeren Versprechungen ihren letzten Pfennig zu opfern. Früh am Morgen scharen sie sich vor den Geschäftsstellen und stehen geduldig Schlange, manchmal stundenlang, bloß um zehn Minuten bei einem Makler zu sitzen und sich Fotografien von Häusern an baumgesäumten Straßen, von behaglichen Zimmern und mit Teppichen und weichen Ledersesseln ausgestatteten Wohnungen anzuschauen – friedliche Bilder, die an Kaffeeduft erinnern, der aus der Küche hereinzieht, an ein dampfendes heißes Bad, an die bunten Farben von schmucken Topfpflanzen auf dem Fensterbrett. Niemanden scheint es zu stören, daß diese Bilder vor mehr als zehn Jahren aufgenommen wurden.

So viele von uns sind wieder zu Kindern geworden. Nicht daß wir danach strebten, verstehst du, oder daß irgend jemand sich dessen wirklich bewußt wäre. Doch wenn die Hoffnung schwindet, wenn man erkennt, daß man sogar die Hoffnung auf die Hoffnung selbst aufgegeben hat, dann neigt man dazu, die Lücken mit Träumen aufzufüllen, mit kindlichen Gedanken und Geschichten, um nicht schlappzumachen. Auch die abgehärtetsten Menschen haben dann Mühe, sich zu bremsen. Mir nichts dir nichts unterbrechen sie, was sie gerade tun, setzen sich hin und reden von den Sehnsüchten, die in ihnen aufgestiegen sind. Essen ist natürlich eines der Lieblingsthemen. Oft genug kann man Leute minuziös die Gänge einer Mahlzeit beschreiben hören; angefangen bei den Suppen und Vorspeisen und so langsam weiter bis zum Dessert verweilen sie bei jedem Geschmack und jeder Würze, bei all den verschiedenen Aromen und Düften, konzentrieren sich einmal auf die Zubereitungsart, einmal auf die Wirkung des Essens selbst, vom ersten Kribbeln des Geschmacks auf der Zunge bis zu dem sich allmählich ausbreitenden Gefühl des Friedens, wenn der Bissen die Speiseröhre hinunter in den Magen wandert. Diese Gespräche, die sich manchmal stundenlang hinziehen, unterliegen einem sehr strengen Protokoll. Zum Beispiel darf man nicht lachen, und man darf sich auf keinen Fall von seinem Hunger überwältigen lassen. Keine Ausbrüche, keine unbedachten Seufzer. Dergleichen würde zu Tränen führen, und nichts verdirbt ein Gespräch übers Essen nachhaltiger als Tränen. Das beste Ergebnis erzielt man, wenn man seinen Gedanken erlaubt, in die Worte zu schlüpfen, die aus dem Mund der anderen kommen. Läßt man sich von den Worten verzehren, kann man seinen gegenwärtigen Hunger vergessen und in das eintreten, was die Leute »die Stätte des nahrhaften Scheins« nennen. Manche behaupten sogar, diese Essensgespräche hätten einen Nährwert – die richtige Konzentration und ein entsprechendes Verlangen vorausgesetzt, den Worten der Teilnehmer Glauben zu schenken.

All das gehört zur Geistersprache. Es gibt alle möglichen Gesprächsvarianten in dieser Sprache. Die meisten beginnen, indem jemand zu einem anderen sagt: Ich wünschte. Was man sich wünscht, ist beliebig, Hauptsache, es kann nicht geschehen. Ich wünschte, die Sonne ginge niemals unter. Ich wünschte, mir wüchse Geld in den Taschen. Ich wünschte, in der Stadt ginge es zu wie in alten Zeiten. Du siehst, worauf es ankommt. Absurditäten und Kindereien, ohne Sinn und Bezug zur Wirklichkeit. Im allgemeinen halten die Leute sich an den Glauben, daß die Lage, so schlimm sie auch gestern war, gestern besser war als heute. Und die von vorgestern besser als die von gestern. Je weiter man zurückblickt, desto schöner und begehrenswerter erscheint einem die Welt. Jeden Morgen kämpft man sich aus dem Schlaf, um Verhältnissen ins Auge zu blicken, die schlimmer sind als die gestrigen, aber indem man von der Welt spricht, die vor dem Schlafengehen existierte, kann man sich vorgaukeln, der gegenwärtige Tag sei ein bloßes Trugbild, nicht wirklicher oder unwirklicher als die Erinnerungen an all die anderen Tage, die man in sich herumträgt.

Ich verstehe, warum die Leute dieses Spiel betreiben, doch ich selbst finde keinen Gefallen daran. Ich lehne es ab, die Geistersprache zu sprechen, und wann immer ich andere so reden höre, entferne ich mich oder halte mir die Ohren zu. Ja, ich habe mich verändert. Du weißt noch, was für ein verspieltes kleines Mädchen ich war. Du konntest nie genug von meinen Geschichten hören und von den Welten, die ich uns erfunden habe, damit wir darin spielen konnten. Das Schloß ohne Wiederkehr, das Traurige Land, der Wald der vergessenen Worte. Erinnerst du dich? Mit welchem Vergnügen ich dir Lügen auftischte, dich dazu verleitete, an meine Geschichten zu glauben, und dein Gesicht ganz ernst werden sah, wenn ich dich von einer fremdartigen Szene zur anderen führte. Und wenn ich dir dann sagte, das sei alles nur erfunden, fingst du an zu weinen. Ich glaube, ich mochte deine Tränen genausosehr wie dein Lächeln. Ja, ich war wohl damals schon ein wenig frech, in den Kleidchen, die meine Mutter mir anzog, mit meinen zerschundenen und verschorften Knien und meiner kleinen unbehaarten Kindermöse. Aber du hast mich geliebt, oder? Du hast mich geliebt bis zum Wahnsinn.

Jetzt bestehe ich nur noch aus Wirklichkeitssinn und kalter Berechnung. Ich will nicht sein wie die anderen. Ich sehe, was ihre Phantastereien aus ihnen machen, und das soll mir nicht widerfahren. Die Geisterleute sterben allesamt im Schlaf. Ein oder zwei Monate lang laufen sie mit einem seltsamen Lächeln durch die Gegend, umgeben von einem unheimlichen jenseitigen Glühen, als hätten sie schon begonnen, sich aufzulösen. Die Anzeichen, selbst die allerersten Vorboten, sind unverkennbar: die leichte Rötung der Wangen, die plötzlich etwas geweiteten Augen, der schleppende Gang, der üble Geruch des Unterleibs. Vermutlich ist es aber ein glücklicher Tod. Das will ich ihnen zugestehen. Manchmal habe ich sie fast darum beneidet. Aber ich kann doch nicht aus meiner Haut. Ich will das nicht zulassen. Ich werde so lange durchhalten, wie ich kann, und wenn es mich umbringen sollte.

Andere Todesarten sind dramatischer. Da gibt es zum Beispiel die Renner, eine Sekte, deren Mitglieder so schnell sie können durch die Straßen rasen und dabei wie wild um sich schlagen, in die Luft boxen und lauthals schreien. Meistens ziehen sie in Gruppen umher: Zu sechst, zu zehnt oder gar zu zwanzig kommen sie die Straße entlanggestürmt, ohne ihren Lauf je zu unterbrechen; sie rennen und rennen, bis sie vor Erschöpfung zusammenbrechen. Es geht darum, so schnell wie möglich zu sterben, sich so abzuhetzen, daß das Herz nicht mehr mitmacht. Die Renner meinen, kein Mensch habe den Mut, dies allein zu tun. Beim gemeinsamen Laufen wird jedes Mitglied der Gruppe von den anderen mitgerissen, von den Schreien angespornt, von der selbstquälerischen Verbissenheit zur Raserei getrieben. Und darin liegt die Ironie. Um sich durch Laufen umzubringen, muß man sich erst einmal eine gute Kondition antrainieren. Denn sonst verfügte man nicht über die nötige Kraft, um über sich hinauszuwachsen. Die Renner unterziehen sich freilich mühseligen Vorbereitungen, um ihr Schicksal zu besiegeln, und sollten sie auf dem Weg dorthin zufällig einmal stolpern, wissen sie sich sofort aufzuraffen und weiterzumachen. Es handelt sich dabei wohl um eine Art Religion. Im ganzen Stadtbereich gibt es mehrere Büros – eines für jede der neun Zensuszonen –, und wer mitmachen will, hat eine Reihe komplizierter Aufnahmeprüfungen abzulegen: unter Wasser die Luft anhalten, Fasten, die Hand in eine Kerzenflamme halten, sieben Tage lang mit niemandem sprechen. Ist man dann aufgenommen, muß man sich dem Kodex der Gruppe unterwerfen. Dieser sieht unter anderem sechs bis zwölf Monate gemeinsamen Lebens vor, ferner ein streng reglementiertes Körpertraining und eine allmähliche Reduzierung der Nahrungsaufnahme. Ist ein Mitglied schließlich soweit, daß es seinen Todeslauf antreten kann, befindet es sich in einem simultanen Zustand äußerster Kraft und äußerster Schwäche. Theoretisch kann man unausgesetzt weiterlaufen, zugleich aber hat der Körper sämtliche

Reserven aufgebraucht. Diese Kombination führt zu dem erwünschten Ergebnis. Am Morgen des festgelegten Tages bricht man mit seinen Begleitern auf und läuft, bis man seinem Körper entflohen ist, man rennt und schreit, bis man buchstäblich außer sich ist. Und irgendwann windet sich die Seele los, der Körper stürzt zu Boden, und man ist tot. Die Renner werben damit, daß ihre Methode zu über neunzig Prozent erfolgreich ist – das heißt also, daß fast niemand einen zweiten Todeslauf anzutreten hat.

Verbreiteter sind die einsamen Todesarten. Aber auch diese sind zu einer Art öffentlichem Ritual gemacht worden. Die Leute erklimmen die höchsten Stellen, bloß um herunterzuspringen. Den Letzten Sprung nennt man das, und ich muß zugeben, es hat etwas Bewegendes, jemandem dabei zuzusehen, als eröffne sich einem im Innern eine ganz neue Welt der Freiheit: den Körper am Rand des Daches stehen sehen, und dann jedesmal der kurze Augenblick des Zögerns, der dem Wunsch zu entspringen scheint, diese letzten Sekunden zu genießen, und wie sich dein eigenes Leben in deiner Kehle zusammenschnürt, bis der Körper sich dann unerwartet (denn es ist nie abzusehen, wann es geschieht) in die Luft wirft und auf die Straße heruntergeflogen kommt. Die Begeisterung der Zuschauer würde dich verblüffen: ihr rasender Jubel, ihre Aufregung. Als hätten die Leidenschaftlichkeit und die Schönheit des Anblicks sie von sich befreit, sie der Armseligkeit ihres eigenen Lebens entrissen. Der Letzte Sprung ist etwas, das jeder begreifen kann, er entspricht jedermanns heimlicher Sehnsucht: blitzschnell zu sterben, sich in einem kurzen und erhabenen Augenblick auszulöschen. Manchmal glaube ich, der Tod ist das einzige, für das wir überhaupt etwas empfinden. Er ist unsere Kunstform, die einzige Art und Weise, in der wir uns ausdrücken können.

Und doch gelingt es einigen, zu überleben. Denn auch der Tod ist zu einer Quelle des Lebens geworden. Bei so vielen Leuten, die Schluß machen wollen, die über die verschiedenen Möglichkeiten nachdenken, diese Welt zu verlassen, kannst du dir vorstellen, was man damit für Geschäfte machen kann. Wer clever ist, kann recht gut vom Tod der anderen leben. Denn nicht alle sind so mutig wie die Renner und Springer, und vielen muß bei ihrem Entschluß geholfen werden. Daß man solche Hilfsdienste bezahlen kann, ist natürlich Vorbedingung; deshalb können praktisch nur die Reichen sie sich leisten. Gleichwohl floriert das Geschäft damit, besonders das der Euthanasiekliniken. Hiervon gibt es mehrere verschiedene Güteklassen, je nachdem, wieviel man dafür anlegen will. Die einfachste und billigste Todesart dauert höchstens ein bis zwei Stunden und wird unter der Bezeichnung Rückreise angeboten. Man meldet sich bei der Klinik an, zahlt an der Kasse sein Ticket und wird dann in ein kleines Privatzimmer mit frischgemachtem Bett geführt. Ein Pfleger deckt dich zu und gibt dir eine Spritze, dann schlummerst du ein und wachst nicht mehr auf. Die nächste Preisstufe ist die Reise der Wunder, die ein bis drei Tage dauern kann. Hierbei bekommt der Kunde, regelmäßig über einen gewissen Zeitraum verteilt, eine Reihe von Injektionen, die ihm ein euphorisches Gefühl von Losgelöstheit und Glück vermitteln, bis dann die letzte, tödliche Spritze verabreicht wird. Und schließlich gibt es die Vergnügungsfahrt, die sich bis über zwei Wochen erstrecken kann. Hier werden die Kunden üppig verwöhnt und auf eine Weise umsorgt, die sich durchaus mit dem Prunk der alten Luxushotels messen kann. Es gibt ausgeklügelte Menüs, Wein, Unterhaltung und sogar ein Bordell, das Männern und Frauen gleichermaßen offensteht. Die Kosten hierfür sind enorm, aber es gibt Leute, die der Versuchung, einmal, und wenn auch nur kurze Zeit, das süße Leben zu genießen, einfach nicht widerstehen können.

Man kann sich aber nicht nur bei den Euthanasiekliniken seinen Tod kaufen. Auch bei den Mordvereinen ist das möglich, und deren Beliebtheit wächst ständig. Wenn jemand sterben will, aber Angst hat, selbst Hand an sich zu legen, kann er gegen eine relativ bescheidene Gebühr dem Mordverein seiner Zensuszone beitreten. Daraufhin wird ihm ein Attentäter zugeteilt. Von den Vorkehrungen erfährt der Kunde nichts, und alles, was mit seinem Tod zu tun hat, bleibt ihm verborgen: der Zeitpunkt, der Ort, die Art der Ausführung, die Identität seines Mörders. In gewisser Hinsicht geht sein Leben weiter wie zuvor. Der Tod steht als absolute Gewißheit am Horizont, und nur die Todesart bleibt unergründlich. Anstatt auf Alter, Krankheit oder einen Unfall warten zu müssen, kann das Mitglied eines Mordvereins sich auf einen raschen, gewaltsamen Tod in nicht allzu ferner Zukunft freuen: eine Kugel in den Kopf, ein Messer in den Rücken, mitten in der Nacht ein Paar Hände um den Hals. Mir scheint, das Ganze macht einen am Ende nur wachsamer. Der Tod ist nichts Abstraktes mehr, sondern eine reale Bedrohung in jedem Augenblick des Lebens. Die zur Ermordung Bestimmten fügen sich gar nicht so sehr in das Unausweichliche, sondern werden im allgemeinen aufmerksamer, energischer in ihren Bewegungen, entwickeln ein stärkeres Lebensgefühl – als hätte eine neue Sicht der Dinge sie verwandelt. Viele von ihnen widerrufen schließlich auch und entscheiden sich wieder für das Leben. Aber das ist ziemlich schwierig. Denn ist man einmal einem Mordverein beigetreten, ist ein Austritt nicht mehr statthaft. Gelingt es einem aber, seinen Mörder zu töten, kann man von der Mitgliedschaft entbunden werden – und, wenn man will, sich selbst als Mörder einstellen lassen. Das ist das Gefährliche am Job des Mörders und der Grund dafür, warum er so gut bezahlt wird. Ein Mörder wird zwar nur selten getötet, da er natürlich erfahrener ist als sein zukünftiges Opfer, doch ab und zu geschieht es schon. Unter den Armen, besonders unter armen jungen Männern, gibt es viele, die monate- und sogar jahrelang sparen, nur um einem Mordverein beitreten zu können. Wobei die Vorstellung lockt, als Mörder eingestellt zu werden – und damit den Lebensstandard zu erhöhen. Nur wenigen gelingt dies. Wenn ich dir von einigen dieser Jungen erzählte, könntest du eine Woche lang nicht mehr schlafen.

All das bringt eine ganze Menge praktischer Probleme mit sich. Wohin zum Beispiel mit den Leichen? Die Leute sterben hier nicht wie in den alten Zeiten, wo man im eigenen Bett oder im reinlichen Refugium eines Krankenhauses still verschied – sie sterben, wo sie sich zufällig gerade aufhalten, und in den meisten Fällen heißt das: auf der Straße. Ich meine jetzt nicht nur die Renner, die Springer und die Mitglieder der Mordvereine (denn die bilden ja bloß eine winzige Minderheit), sondern wirklich große Teile der Bevölkerung. Mindestens die Hälfte der Menschen haben kein Zuhause, sie sitzen buchstäblich auf der Straße. Leichen sieht man daher überall – auf dem Bürgersteig, in Hauseingängen, auf der Straße. Verlange keine Einzel-

heiten von mir. Genug, daß ich überhaupt davon spreche – mehr als genug. Was du auch denken magst, mangelndes Mitgefühl ist nicht das eigentliche Problem. Nichts bricht einem hier schneller als das Herz.

Die meisten Leichen sind nackt. Stets streifen Plünderer durch die Straßen, und es dauert nie sehr lange, bis ein Toter seiner Habseligkeiten beraubt ist. Als erstes verschwinden die Schuhe, denn die sind sehr gefragt und kaum aufzutreiben. Als nächstes werden die Taschen untersucht beziehungsweise alles andere gleich mit, die Kleider und was noch darin sein mag. Als letzte kommen Männer mit Meißeln und Zangen, die etwaige Gold- und Silberzähne aus dem Mund reißen. Da ohnehin kein Weg daran vorbeiführt, übernehmen viele Familien, die das Ausplündern nicht Fremden überlassen wollen, es gleich selbst. In einigen Fällen entspringt dies dem Wunsch, die Würde des geliebten Toten zu bewahren; in anderen ist es schlicht ein Akt des Egoismus. Aber ich werde vielleicht zu spitzfindig. Wenn der Goldzahn deines Ehemanns dich einen Monat lang ernähren kann, wer dürfte dir einen Vorwurf machen, wenn du ihn ziehst? Ich weiß, ein solches Verhalten widerstrebt einem, aber wer hier überleben will, muß Prinzipien über Bord werfen können.

Jeden Morgen sammeln Lastwagen der Stadtverwaltung die Leichen ein. Dies ist die Hauptaufgabe der Regierung, und sie gibt dafür mehr Geld aus als für irgend etwas anderes. Den ganzen Stadtrand säumen Krematorien – sogenannte Transformationszentren –, und Tag und Nacht sieht man den Rauch in den Himmel steigen. Doch beim jetzigen schlechten Zustand der Straßen, die zum Großteil bloß noch Schutthalden sind, wird diese Arbeit zunehmend schwieriger. Den Männern bleibt nichts anderes übrig, als die Lastwagen zu parken und sich zu Fuß auf die Suche zu machen, was die Arbeit erheblich verlangsamt. Dazu kommen noch die häufigen Pannen der Lastwagen und gelegentliche Ausschreitungen von Zuschauern. Die Arbeiter der Todeswagen mit Steinen zu bewerfen ist ein beliebter Zeitvertreib der Obdachlosen. Obwohl die Arbeiter bewaffnet sind und ihre Maschinengewehre schon öfter gegen die Menge gerichtet haben, können ein paar Steinewerfer, die geschickt jede Deckung auszunutzen wissen, mit ihren blitzschnellen Vorstößen die Arbeit der Leichensammler vollständig zum Erliegen bringen. Ein schlüssiges Motiv liegt diesen Attacken nicht zugrunde. Zorn, Unmut und Langeweile sind die Ursachen, und da die Sammler die einzigen Vertreter der Stadtverwaltung sind, die überhaupt einmal in den Bezirken auftauchen, benutzt man eben sie als Zielscheibe. Man könnte sagen, die Steine repräsentieren den Abscheu der Leute vor einer Regierung, die erst dann etwas für sie tut, wenn sie tot sind. Aber damit ginge man zu weit. Die Steine sind ein Ausdruck des Elends, ganz einfach. Denn so etwas wie Politik wird in der Stadt nicht betrieben. Dazu sind die Leute viel zu hungrig, zu verzweifelt und zu zerstritten.

Die Überfahrt dauerte zehn Tage, und ich war der einzige Passagier. Aber das weißt du bereits. Du hast den Kapitän und die Besatzung kennengelernt, du hast meine Kabine gesehen, und ich brauche mich nicht noch einmal darüber auszulassen. Die Zeit verbrachte ich damit, das Wasser und den Himmel anzuschauen, und in den ganzen zehn Tagen habe ich kaum einmal ein Buch aufgeschlagen. Wir sind bei Nacht in die Stadt eingelaufen, und erst da begann ich ein wenig in Panik zu geraten. Die Küste war vollkommen schwarz, nirgendwo Lichter, und ich fühlte mich, als beträten wir eine unsichtbare Welt, einen Ort, in dem nur Blinde lebten. Aber ich hatte ja die Adresse von Williams Büro, und das beruhigte mich ein wenig. Ich brauchte bloß dorthin zu gehen, dachte ich, und alles andere würde sich von allein ergeben. Zum allermindesten war ich zuversichtlich, daß ich Williams Spur würde aufnehmen können. Aber da war mir noch nicht klar, daß es die Straße gar nicht mehr gab. Nicht daß das Büro leer war oder das Gebäude verlassen. Es gab weder das Gebäude noch die Straße noch sonst irgend etwas: nichts als Schutt und Steine im weiten Umkreis.

Das war, wie ich später erfuhr, die dritte Zensuszone, in der etwa ein Jahr zuvor irgendeine Seuche ausgebrochen war. Die Stadtverwaltung hatte sich eingeschaltet, das Gebiet absperren und alles darauf niederbrennen lassen. So hieß es jedenfalls. Inzwischen habe ich gelernt, die Dinge, die man mir erzählt, nicht allzu ernst zu nehmen. Nicht daß die Leute es darauf anlegen, einen zu belügen; nur gerät die

Wahrheit, wenn es um Vergangenes geht, ziemlich rasch ins Dunkel. Legenden bilden sich binnen Stunden, Märchen zirkulieren, und bald sind die Tatsachen unter einem Berg haarsträubender Mutmaßungen verschwunden. In der Stadt tut man gut daran, nur das zu glauben, was man mit eigenen Augen sieht. Doch nicht einmal die sind unfehlbar. Denn weniges ist wirklich so, wie es scheint, besonders hier, wo man mit jedem Schritt so vieles aufzunehmen hat, wo so vieles sich dem Verständnis widersetzt. Was immer man sieht, kann einen verletzen, kann einen schrumpfen lassen, als nähme einem der bloße Anblick einer Sache einen Teil seiner selbst weg. Oft hat man das Gefühl, es wäre gefährlich, hinzusehen, und man gewöhnt sich daran, den Blick abzuwenden oder gar die Augen zu schließen. Und das führt leicht in die Irre, man wird unsicher, ob man wirklich das sieht, was man anzusehen glaubt. Gut möglich, daß man es sich nur vorstellt oder mit etwas anderem verwechselt oder sich an etwas früher Gesehenes – oder gar Eingebildetes – erinnert. Du siehst, wie schwierig das ist. Es reicht einfach nicht, etwas anzusehen und sich zu sagen: »Ich sehe das jetzt.« Das ist schön und gut, wenn man etwa einen Bleistift oder eine Brotkruste vor Augen hat. Aber was, wenn du ein totes Kind betrachtest, ein kleines Mädchen, das völlig unbekleidet auf der Straße liegt, mit zerschmettertem Kopf und voller Blut? Was sagst du dir dann? Es ist gar nicht so einfach, verstehst du, geradeheraus und ohne Umschweife festzustellen: »Ich sehe ein totes Kind.« Dein Verstand scheint vor der Bildung dieser Worte zurückzuschrekken, du bringst es irgendwie nicht über dich. Denn zwischen dem, was du da vor Augen hast, und dir selbst ist gar nicht so leicht zu unterscheiden. Das ist es, was ich unter Verletztwerden verstehe: Es gibt kein losgelöstes Sehen, denn alles ist gleichsam ein Teil von dir, gehört zu der Geschichte, die sich in dir entfaltet. Es wäre vermutlich hilfreich, sich so zu verhärten, daß nichts einen mehr berühren könnte. Aber dann wäre man allein, so vollkommen abgeschnitten von allen anderen, daß das Leben nicht mehr zu ertragen wäre. Es gibt hier welche, denen das gelingt, die die Kraft aufbringen, sich in Ungeheuer zu verwandeln, aber du würdest staunen, wie wenige das sind. Oder, anders ausgedrückt: Wir alle sind zu Ungeheuern geworden, doch gibt es so gut wie niemanden, in dem nicht noch etwas von dem Leben, wie es früher war, übriggeblieben wäre.

Dies ist vielleicht das größte Problem von allen. Das Leben, so wie wir es kennen, hat aufgehört, und doch ist niemand in der Lage zu begreifen, was an seine Stelle getreten ist. Diejenigen von uns, die woanders aufgewachsen oder alt genug sind, sich an eine andere Welt als diese hier zu erinnern, kostet es enorme Mühe, nur von einem Tag zum nächsten durchzuhalten. Ich rede nicht nur von den Entbehrungen. Schon auf die banalsten Ereignisse weiß man nicht mehr zu reagieren, und diese Handlungsunfähigkeit lähmt schließlich auch die Gedanken. Das Gehirn ist durcheinandergeraten. Um dich her ist alles in ständiger Veränderung, jeder Tag beschert eine neue Umwälzung, das Althergebrachte ist eitel und leer. Man steckt in einem Dilemma. Einerseits will man überleben, sich anpassen, aus dem Gegebenen das Beste machen. Andererseits muß man, um das zu erreichen, offenbar all das abtöten, was einem früher das Gefühl vermittelt hat, ein Mensch zu sein. Verstehst du, was ich damit sagen will? Um leben zu können, muß man sich absterben lassen. Darum geben so viele Leute auf. Denn so sehr sie sich auch bemühen, sie wissen, ihr Untergang steht schon fest. Und von da an ist es freilich sinnlos, sich überhaupt noch abzumühen.

In meinem Kopf verschwimmt das immer mehr: was geschah und was nicht, der erste Anblick der Straßen, die Tage, die Nächte, der Himmel über mir, die Steinhalden darunter. Ich glaube mich zu erinnern, viel nach oben geblickt zu haben, als hätte ich den Himmel nach etwas Fehlendem abgesucht, nach etwas Überschüssigem, nach etwas, das ihn von anderen Himmeln unterschied, als hätte der Himmel eine Erklärung für das bieten können, was ich rings um mich sah. Womöglich vertue ich mich da aber. Vielleicht übertrage ich die Beobachtungen einer späteren Zeit auf diese ersten Tage. Obwohl ich bezweifle, daß das viel zu sagen hat, am allerwenigsten jetzt.

Nach eingehender Betrachtung kann ich unbesorgt versichern, daß der hiesige Himmel derselbe ist wie der über dir. Wir haben dieselben Wolken und dieselben heiteren Perioden, dieselben Stürme und dieselbe Windstille, dieselben Böen, die alles mit sich fortwehen. Wenn die Wirkungen hier ein wenig anders sind, liegt das zweifellos an dem, was sich darunter abspielt. Die Nächte zum Beispiel sind nie ganz so wie die zu Hause. Zwar gibt es dieselbe Dunkelheit und Unermeßlichkeit, doch ohne jenes Gefühl der Stille, nur einen fortwährenden Sog, ein Murmeln, das einen ununterbrochen niederzieht und vorwärtstreibt. Und tagsüber herrscht eine Helligkeit, die manchmal unerträglich ist – ein greller Glanz, der einen benommen macht und alles auszubleichen scheint, der all die zerklüfteten Oberflächen ergleißen und die Luft schier flimmern läßt. Das Licht ist so geartet, daß die Farben sich immer stärker verschieben, je mehr man sich ihnen nähert. Selbst die Schatten sind in heftiger Bewegung und vibrieren hektisch an den Rändern. Bei diesem Licht muß man aufpassen, daß man die Augen nicht zu weit aufmacht, darf man gerade nur so viel blinzeln, daß man nicht aus dem Gleichgewicht gerät. Denn sonst stolpert man, und die Gefahren eines Sturzes brauche ich nicht aufzuzählen. Manchmal denke ich, wenn es die Dunkelheit nicht gäbe und die seltsamen Nächte, die sich über uns senken, würde der Himmel ausbrennen. Die Tage enden zwangsläufig genau dann, wenn die Sonne die von ihr beschienenen Dinge ausgelaugt zu haben scheint. Nichts wäre der Helligkeit mehr gewachsen. Die ganze unglaubhafte Welt schmölze weg, und damit hätte es sich.

Die Stadt scheint sich langsam und stetig selbst zu verzehren, obwohl sie fortbesteht. Wie soll ich das erklären? Ich kann es nur berichten, nicht aber so tun, als verstünde ich es. Täglich hört man auf den Straßen Explosionen, als krachte irgendwo weit weg ein Gebäude zusammen oder der Bürgersteig bräche ein. Aber man sieht nie etwas davon. Sooft man solche Geräusche auch hören mag, ihre Quelle bleibt immer unsichtbar. Man sollte doch meinen, daß man ab und zu Zeuge einer solchen Explosion werden müßte. Aber die Tatsachen sprechen allen Wahrscheinlichkeiten hohn. Glaube bloß nicht, daß ich das erfinde – diese Geräusche geschehen nicht in meinem Kopf. Die anderen hören sie auch, obwohl sie nicht sonderlich darauf achten. Manchmal halten sie inne, um eine Bemerkung darüber zu machen, aber ohne je beunruhigt zu wirken. Heute ist es etwas besser, sagen sie dann etwa. Oder, heute nachmittag klingt es aber ziemlich aggressiv. Anfangs habe ich wegen dieser Explosionen viele Fragen gestellt, doch nie eine Antwort erhalten. Höchstens einen stummen Blick oder ein Achselzucken. Schließlich sah ich ein, daß man nach manchen Dingen einfach nicht fragt, daß es selbst hier Themen gibt, über die niemand zu sprechen bereit ist.

Für die ganz unten gibt es die Straßen, die Parks und die alten U-Bahn-Stationen. Die Straßen sind am schlimmsten, denn hier ist man allen Gefahren und Unbilden ausgeliefert. Die Parks, ohne das Problem des Verkehrs und der ständigen Passanten, bieten schon etwas mehr Sicherheit, aber wer nicht zu den Glücklichen zählt, die ein Zelt oder eine Hütte haben, ist wehrlos dem Wetter preisgegeben. Nur die U-Bahnhöfe bieten Schutz vor solchen Widrigkeiten, aber dort erwarten einen eine Menge anderer Scherereien, mit denen man fertig werden muß: die Feuchtigkeit, die Menschenmassen und das ewige Gelärme von Leuten, die wie hypnotisiert vom Echo ihrer Stimme unablässig herumschreien.

Was ich in jenen ersten Wochen mehr als alles andere fürchten lernte, war der Regen. Verglichen damit ist selbst die Kälte eine Lappalie. Hiergegen ist ja bloß ein warmer Mantel nötig (den ich besaß) und viel Bewegung, um das Blut in Schwung zu halten. Und ich erfuhr, wie hilfreich Zeitungen sein können, mit Abstand das beste und billigste Material, um die Kleider zu isolieren. An kalten Tagen muß man morgens sehr früh aufstehen, wenn man noch einen guten Platz in den Schlangen vor den Zeitungsständen erwischen will. Dabei sollte man die Wartezeit mit allem Bedacht abschätzen, denn es gibt nichts Schlimmeres, als zu lange draußen in der kalten Morgenluft zu stehen. Glaubt man, mehr als zwanzig oder fünfundzwanzig Minuten anstehen zu müssen, gibt jeder einsichtige Mensch die Sache auf und geht wieder.

Hat man eine Zeitung erworben, vorausgesetzt, es war noch eine zu haben, reißt man am besten ein Blatt in Streifen und dreht diese zu kleinen Röllchen zusammen. Damit lassen sich hervorragend die Schuhspitzen ausfüttern, die zugigen Zwischenräume um die Knöchel zustopfen und Löcher in der Kleidung dichtmachen. Gliedmaßen und Oberkörper schützt man am besten, indem man ganze Blätter um eine Anzahl locker befestigter Röllchen herumwickelt. Für den Halsbereich flicht man etwa ein Dutzend Röllchen zu einem Kragen zusammen. Das Ganze gibt einem ein aufgequollenes, gepolstertes Aussehen und bietet so den kosmetischen Vorteil, daß es die Abmagerung kaschiert. Für diejenigen, die Wert darauf legen, den Schein zu wahren, ist die sogenannte »Papiermahlzeit« ein geeignetes Mittel, sich den gewünschten Anstrich zu geben. Die Leute hungern buchstäblich zu Tode, laufen mit eingesunkenem Leib und stockdürren Gliedern umher und versuchen dabei auszusehen, als wögen sie zwei- oder dreihundert Pfund. Niemand läßt sich von diesem Mummenschanz täuschen – man erkennt diese Leute aus einer halben Meile Entfernung –, aber darum geht es vielleicht auch gar nicht. Was sie anscheinend damit sagen wollen, ist, daß sie wissen, wie es um sie steht, und sich dessen schämen. Mehr als alles andere sind ihre aufgeplusterten Körper ein Zeichen von Bewußtheit, ein Merkmal bitterer Selbsterkenntnis. Sie machen sich zu grotesken Karikaturen der Reichen und Wohlgenährten und beweisen mit diesem verzweifelten, halb wahnsinnigen Versuch, Ehrbarkeit zu demonstrieren, daß sie genau das Gegenteil dessen sind, als was sie sich ausgeben – und daß sie es wissen.

Der Regen jedoch ist unbesiegbar. Denn wird man einmal naß, hat man stundenlang, ja tagelang dafür zu zahlen. Einen größeren Fehler, als sich von einem Wolkenbruch überraschen zu lassen, kann man gar nicht begehen. Man läuft nicht nur Gefahr, sich eine Erkältung zu holen, sondern nimmt damit auch unzählige andere Unannehmlichkeiten auf sich: durch und durch feuchte Kleider, halberfrorene Knochen und die allgegenwärtige Gefahr, sich die Schuhe zu ruinieren. Wenn die wichtigste Aufgabe die ist, auf den Beinen zu bleiben, dann stell dir vor, welche Folgen unzulängliches Schuhwerk haben muß. Und nichts greift Schuhe schlimmer an als Nässe. Alle möglichen Probleme sind die Folge: Blasen, Entzündungen, Hühneraugen, wunde Stellen, Mißbildungen – und wenn das Gehen schmerzhaft wird, ist man so gut wie verloren. Ein Schritt und noch ein Schritt und wieder

einer: so lautet die goldene Regel. Wer nicht einmal das mehr fertigbringt, kann sich genausogut auf der Stelle hinlegen und den letzten Atemzug tun.

Aber wie soll man dem Regen entgehen, wenn er jederzeit zuschlagen kann? Oft genug, viel zu oft befindet man sich im Freien, zieht durch die Gegend, um notgedrungenerweise irgendwo hinzukommen, und plötzlich verdunkelt sich der Himmel, stoßen die Wolken zusammen, und schon ist man naß bis auf die Haut. Schafft man es, gleich zu Beginn des Regens einen Unterstand zu finden und für diesmal verschont zu bleiben, muß man immer noch äußerst vorsichtig sein, wenn der Regen aufgehört hat. Dann heißt es nämlich, auf die Pfützen zu achten, die sich in den Mulden des Pflasters bilden, auf die Seen, die sich zuweilen aus den Spalten ergießen, und auf den Schlamm, der knietief und trügerisch von unten heraufquillt. Bei dem schlechten Zustand der Straßen mit ihren vielen Sprüngen, Kratern, Narben und klaffenden Rissen ist solchen Unbilden schlichtweg nicht zu entkommen. Früher oder später kommst du garantiert an eine Stelle, wo dir keine Wahl mehr bleibt, wo du von allen Seiten eingeschlossen bist. Und du mußt nicht nur auf den Boden achten, auf das, was deine Füße berührt, sondern auch auf das, was von oben herabkommt, auf das Wasser aus den Dachrinnen und, noch schlimmer, die heftigen Winde, die häufig dem Regen folgen, die wütenden Luftwirbel, die über Seen und Pfützen fegen, das Wasser aufpeitschen und es wie kleine Nadeln oder Pfeile vor sich her treiben, die einem ins Gesicht stechen und einen umtosen, daß man nichts mehr sehen kann. Kommt nach einem Schauer Wind auf, stoßen die Leute häufiger zusammen, gibt es mehr Schlägereien auf den Straßen, liegt gleichsam Gefahr in der Luft.

Es wäre eine gute Sache, wenn man das Wetter mit einiger Genauigkeit vorhersagen könnte. Dann ließen sich Pläne machen, man wüßte, wann die Straßen zu vermeiden wären, und könnte sich auf Wetterwechsel einstellen. Aber hier kommt alles viel zu schnell, die Veränderungen sind zu abrupt, was im Augenblick noch gilt, gilt im nächsten schon nicht mehr. Ich habe viel Zeit damit vergeudet, am Himmel nach Zeichen zu suchen, in der Atmosphäre Hinweise auf

Umschwünge zu entdecken: Farbe und Schwere der Wolken, Geschwindigkeit und Richtung des Windes, Gerüche zu allen möglichen Zeiten, Struktur des Nachthimmels, Ausdehnung der Sonnenuntergänge, Fülle des Morgentaus. Aber nichts davon hat mir je geholfen. Dies mit jenem in Beziehung zu setzen, eine Verbindung zwischen einer Nachmittagswolke und einem Abendwind herzustellen – dergleichen führt bloß in den Wahnsinn. Man kreiselt im Strudel seiner Berechnungen, und genau in dem Augenblick, da man überzeugt ist, daß es regnen wird, entschließt sich die Sonne, den ganzen Tag lang zu scheinen.

Das heißt also, man muß auf alles vorbereitet sein. Nur gehen die Ansichten darüber, wie man sich am besten zu verhalten habe, drastisch auseinander. Eine kleine Minderheit zum Beispiel ist der Überzeugung, schlechtes Wetter komme von schlechten Gedanken. Eine ziemlich mystische Art, das Problem anzugehen; bedeutet es doch, daß Gedanken direkt in Ereignisse der physischen Welt umgesetzt werden können. Folgt man diesen Leuten, produziert ein dunkler oder pessimistischer Gedanke eine Wolke am Himmel. Haben ausreichend Leute zur gleichen Zeit trübe Gedanken, beginnt es zu regnen. Hierin sehen sie den Grund für all die bestürzenden Wetterumschwünge und die Tatsache, daß noch niemand eine wissenschaftliche Erklärung für unser bizarres Klima zu geben vermocht hat. Sie glauben das Problem lösen zu können, indem sie auch unter den traurigsten Umständen eine unerschütterliche Heiterkeit bewahren. Keine mürrischen Mienen, keine tiefen Seufzer, keine Tränen. Man nennt diese Leute die Lächler, und in der ganzen Stadt gibt es keine unschuldigere oder kindlichere Sekte. Ließe sich die Mehrheit der Bevölkerung zu ihrem Glauben bekehren, davon sind sie überzeugt, so würde das Wetter sich endlich stabilisieren und somit das Leben erträglicher werden. Daher betätigen sie sich mit Eifer als Missionare, suchen ständig nach neuen Anhängern; indessen macht sie die selbstauferlegte Sanftheit ihres Gebarens zu schlechten Überredungskünstlern. Nur selten gelingt es ihnen, jemanden für ihre Sache zu gewinnen, und folglich konnten ihre Ideen auch noch nicht der Prüfung unterzogen werden – da ohne eine große Anzahl von Gläubigen nicht genug gute Gedanken zusammenkommen, um sich auszuwirken. Aber dieser Mangel an Beweisen läßt sie nur um so hartnäckiger auf ihrem Glauben bestehen. Ich sehe dich den Kopf schütteln, und ja, ich stimme dir zu, diese Leute sind lächerlich und fehlgeleitet. Und dennoch eignet ihrer Argumentation, was den tagtäglichen Umgang mit der Stadt betrifft, eine gewisse Kraft – und die ist vermutlich auch nicht absurder als jede andere. Rein menschlich betrachtet, sind die Lächler eine angenehme Gesellschaft, denn ihre Sanftheit und ihr Optimismus sind willkommene Gegenmittel gegen die sonst überall anzutreffende heftige Verbitterung.

Den Kontrast hierzu bildet eine Gruppierung, die man die Kriecher nennt. Diese Leute glauben, daß die Zustände sich so lange verschlechtern werden, bis wir – auf gänzlich überzeugende Weise – demonstrieren, wie sehr wir uns für unsere frühere Lebensweise schämen. Sie suchen das Heil darin, sich auf den Boden zu legen und erst dann wieder aufzustehen, wenn sie irgendein Zeichen erhalten, daß ihre Buße für ausreichend erachtet sei. Worin dieses Zeichen bestehen soll, ist Gegenstand langer theoretischer Debatten. Ein Monat Regen, sagen die einen, ein Monat schönes Wetter, sagen die anderen, und wieder andere behaupten, sie erführen es erst, wenn es in ihrem Herzen offenbart werde. Die Sekte teilt sich in zwei Hauptgruppen – die Hunde und die Schlangen. Erstere halten das Kriechen auf Händen und Knien für ein ausreichendes Zeichen der Buße, während den letzteren ausschließlich die Bauchlage dem Zweck dienlich erscheint. Oft kommt es zwischen diesen beiden Parteien zu blutigen Kämpfen – da jede die andere zu unterwerfen trachtet –, doch ist der Zulauf zu beiden recht gering, und wenn ich nicht irre, steht die Sekte kurz vor dem Aussterben.

Am Ende haben die meisten Leute ja gar keine feste Meinung zu diesen Dingen. Wenn ich sämtliche Anhänger der diversen Wettertheorien zusammenzählte (die Trommler, die Welt-Endler, die Freien Assoziierer), dürften sie kaum mehr als einen Tropfen im Ozean ausmachen. Meiner Meinung nach ist das Ganze letztendlich eine Sache des Zufalls. Was am Himmel regiert, ist Willkür, sind so komplexe und undurchsichtige Kräfte, daß kein Mensch eine vollständige Erklärung dafür finden kann. Wird man vom Regen durchnäßt, hat man eben

Pech gehabt und Schluß. Bleibt man zufällig trocken, dann um so besser. Aber das hat nichts mit deiner Einstellung oder deinem Glauben zu tun. Der Regen macht alle gleich. Irgendwann trifft er jeden, und wenn der Regen fällt, ist jeder jedem anderen gleich – niemand ist besser, niemand schlechter, alle sind sie ein und dasselbe.

Es gibt so vieles, was ich dir erzählen möchte. Dann fange ich mit einer Sache an, und plötzlich merke ich, wie wenig ich davon weiß. Daten und Zahlen meine ich, präzise Informationen über unser Leben hier in der Stadt. Das wäre ja Williams Aufgabe gewesen. Die Zeitung hatte ihn hergeschickt, um zu recherchieren; wöchentlich sollte er einen Bericht abliefern. Historischer Hintergrund, Geschichten aus dem Leben, einfach alles. Aber viel haben wir nicht bekommen, oder? Ein paar kurze Depeschen und dann Funkstille. Wenn William es nicht geschafft hat, darf ich kaum erwarten, daß es mir besser gelingt. Ich habe keine Ahnung, wie die Stadt sich am Leben erhält, und wollte ich diesen Dingen nachgehen, würde es wahrscheinlich so lange dauern, daß die Gesamtlage sich schon längst wieder verändert hätte, sobald Ergebnisse feststünden. Zum Beispiel, wo wird das Gemüse angebaut und auf welchem Weg gelangt es in die Stadt. Ich kann dir die Antwort nicht geben, und ich habe auch noch niemanden getroffen, der es könnte. Die Leute reden von Landwirtschaftszonen im westlichen Hinterland, aber das heißt gar nichts. Die Leute reden hier von allem möglichen, besonders von Dingen, über die sie nicht Bescheid wissen. Was mir merkwürdig vorkommt, ist nicht, daß alles in die Brüche geht, sondern daß so vieles sich erhält. Es dauert lange, bis eine Welt verschwindet, viel länger, als man meinen sollte. Das Leben geht weiter, und jeder von uns bleibt Zeuge seines kleinen Privatdramas. Es stimmt, daß es keine Schulen mehr gibt; es stimmt, daß vor fünf Jahren der letzte Film vorgeführt wurde; es stimmt, daß nur noch die Reichen sich Wein leisten können, weil er so selten geworden ist. Aber verstehen wir das unter Leben? Lassen wir das alles beiseite und sehen dann nach, was übrig ist. Vielleicht ist das die interessanteste Frage von allen: was geschieht, wenn nichts mehr da ist, und ob wir auch das überleben oder nicht.

Die Folgen sind manchmal recht kurios und widersprechen häufig unseren Erwartungen. Äußerste Verzweiflung kann Hand in Hand mit der verwirrendsten Erfindungsgabe gehen; Entropie und Evolution verschmelzen. Weil nur noch so wenig übrig ist, wird fast nichts mehr weggeworfen, und Materialien, die man früher als Abfall schmähte, haben brauchbare Verwendung gefunden. Das alles hat mit einer neuen Art des Denkens zu tun. Die Knappheit der Dinge zwingt einen zu neuen Lösungen, und man ertappt sich dabei, daß man Vorstellungen Raum gibt, auf die man früher gar nicht gekommen wäre. Etwa beim Thema der menschlichen Exkremente, ich meine buchstäblich die menschlichen Exkremente. Sanitäre Anlagen gibt es nicht mehr. Rohrleitungen sind korrodiert, Toiletten sind kaputt und undicht, die Kanalisation ist großenteils außer Betrieb. Anstatt die Leute selbst zurechtkommen und ihre Abwässer auf eigene Faust beseitigen zu lassen – was schnell zu Chaos und Seuchen führen würde –, hat man ein System ausgetüftelt, demzufolge jeder Bezirk von einem Trupp Dungkollektoren patrouilliert wird. Dreimal täglich poltern sie durch die Straßen, zerren und schieben ihre rostigen Wagen über das geborstene Pflaster und läuten mit ihren Glocken, damit die Bewohner des Viertels nach draußen kommen und ihre Eimer in den Tank entleeren. Der Gestank ist natürlich umwerfend, und zu Anfang, als dieses System eingerichtet wurde, erklärten sich ausschließlich Zuchthäusler zu dieser Arbeit bereit – und die hatte man vor die zweifelhafte Wahl gestellt, ihre Strafdauer bei Verweigerung zu verlängern und bei Zustimmung zu verkürzen. Seither haben die Dinge sich freilich geändert, und die Fäkalisten bekleiden jetzt den Rang von Staatsbeamten und werden mit Unterkünften versorgt, die denen der Polizisten gleichwertig sind. Das scheint mir nur gerecht zu sein. Wenn sich aus dieser Arbeit nicht irgendein Vorteil ziehen ließe, warum sollte sich dann jemand darum reißen? Das zeigt nur, wie effektiv die Regierung unter gewissen Umständen arbeiten kann. Leichen und Scheiße – wenn es um die Beseitigung von Gesundheitsrisiken geht, entwickeln unsere Verwalter ein wahrhaft römisches Organisationstalent und werden zum Vorbild in Sachen nüchternes Denken und Leistungsfähigkeit.

Aber das ist noch nicht alles. Nachdem die Fäkalisten die Ausscheidungen eingesammelt haben, schaffen sie sie nicht einfach beiseite. Scheiße und Müll sind hier zu lebenswichtigen Ressourcen geworden, und da die Vorräte an Kohle und Öl auf ein prekär niedriges Niveau abgesunken sind, wird ein großer Teil der Energie, die wir überhaupt noch produzieren können, aus ebenjenen Stoffen gewonnen. Jede Zensuszone verfügt über ihr eigenes Kraftwerk, das ausschließlich mit Abfällen betrieben wird. Treibstoff für Autos, Heizmaterial für die Häuser – all das liefert das in diesen Anlagen erzeugte Methangas. Dir kommt das vielleicht komisch vor, könnte ich mir denken, aber da gibt es nichts zu lachen. Scheiße ist eine ernste Angelegenheit, und wer dabei erwischt wird, wenn er welche auf die Straße kippt, kommt ins Gefängnis. Rückfalltäter erhalten automatisch die Todesstrafe. Ein solches System kann jeglichem Übermut einen Dämpfer aufsetzen. Man fügt sich in das, was von einem verlangt wird, und ziemlich bald denkt man gar nicht mehr darüber nach.

Hauptsache, man bleibt am Leben. Wer hier überleben will, muß irgendeine Möglichkeit haben, Geld zu verdienen, wobei sich allerdings nur wenige Jobs im alten Sinn dieses Worts erhalten haben. Ohne Beziehungen kann man sich nicht einmal um die bescheidensten Regierungsstellen (Buchhalter, Hausmeister, Angestellter bei den Transformationszentren und so weiter) bewerben. Dasselbe gilt für die verschiedenen legalen und illegalen Geschäfte im Stadtgebiet (die Euthanasiekliniken, die unorganisierten Lebensmittelmärkte, die falschen Hausbesitzer). Wenn man nicht bereits jemanden kennt, ist es zwecklos, irgendeinen dieser Menschen um Arbeit zu bitten. Für die ganz unten ist daher das Plündern der gängigste Ausweg. Es ist der Job für Leute ohne Job, und nach meiner Schätzung sind zehn bis zwanzig Prozent der Bevölkerung in diesem Geschäft tätig. Ich selbst habe es auch eine Zeitlang betrieben, und die Sache ist ganz einfach: Hat man einmal damit angefangen, ist es praktisch unmöglich, wieder aufzuhören. Es nimmt einen dermaßen in Anspruch, daß keine Zeit bleibt, an irgend etwas anderes zu denken.

Es gibt zwei Kategorien von Plünderern: Müllsammler und Materialjäger. Die erste Kategorie ist sehr viel zahlreicher vertreten als die zweite, aber wenn man hart arbeitet und zwölf bis vierzehn Stunden täglich darauf verwendet, hat man in beiden gute Chancen, genug zum Leben zu verdienen. Eine städtische Müllabfuhr gibt es seit vielen Jahren nicht mehr. Statt dessen haben eine Reihe privater Müllhändler – in jeder Zensuszone einer –, die der Stadtregierung das Recht zum Müllsammeln in ihren Bezirken abgekauft haben, die Stadt unter sich aufgeteilt. Um als Müllsammler arbeiten zu können, muß man zunächst von einem der Händler eine Genehmigung erhalten – für die eine monatliche Gebühr zu entrichten ist, die bis zu fünfzig Prozent deiner Einnahmen betragen kann. Ohne Genehmigung zu arbeiten ist verführerisch, aber auch außerordentlich riskant, denn jeder Händler hat einen Trupp Inspektoren, die durch die Straßen patrouillieren und bei jedem, den sie beim Müllsammeln antreffen, Stichproben durchführen. Wenn man die entsprechenden Papiere nicht vorzeigen kann, haben die Inspektoren das gesetzlich verankerte Recht, eine Geldbuße zu verhängen, und wer die nicht bezahlen kann, wird festgenommen und in eines der Arbeitslager westlich der Stadt deportiert – um dort die nächsten sieben Jahre als Gefangener zuzubringen. Manche behaupten, das Leben in diesen Lagern sei besser als das in der Stadt, doch das ist reine Spekulation. Einige sind sogar so weit gegangen, daß sie sich absichtlich haben verhaften lassen, aber man hat noch nie einen von ihnen wiedergesehen.

Angenommen man ist ordnungsgemäß eingetragener Müllsammler und sämtliche Papiere sind in Ordnung, dann verdient man sein Geld damit, daß man so viel wie möglich einsammelt und zum nächstgelegenen Kraftwerk bringt. Dort erhält man pro Pfund einen gewissen Geldbetrag – einen geringfügigen Betrag –, und dann wird der Müll in einen der Verarbeitungskessel gekippt. Bevorzugtes Transportmittel für den Müll ist der Einkaufswagen – so ähnlich wie die bei uns zu Hause. Diese Metallkörbe auf Rädern haben sich als stabile Vehikel erwiesen, und sie erfüllen ihren Zweck fraglos besser als alles andere. Größere Gefährte zu schieben wäre bei voller Kapazitätsausnutzung viel zu anstrengend, und kleinere würden zu viele Gänge zur Sammelstelle erfordern. (Vor ein paar Jahren erschien sogar eine Broschüre zu diesem Thema, in der die Korrektheit dieser Annahme be-

wiesen wurde.) Infolgedessen sind diese Wagen sehr begehrt, und das erste Ziel jedes neugebackenen Müllsammlers besteht darin, sich einen zu beschaffen. Das kann Monate, manchmal auch Jahre dauern – aber ohne so einen Wagen hat man unmöglich in dem Geschäft Erfolg. Hinter alldem verbirgt sich eine tödliche Gleichung. Da die Arbeit so wenig einbringt, hat man kaum eine Chance, etwas beiseite zu legen – und tut man es doch, bedeutet das im allgemeinen, daß man sich irgend etwas Unentbehrliches vorenthält: Nahrung zum Beispiel, ohne die man nicht die Kraft haben wird, die Arbeit zu leisten, die nötig ist, um das für den Erwerb des Wagens erforderliche Geld zusammenzubringen. Du erkennst das Problem. Je härter man arbeitet, desto schwächer wird man; je schwächer man ist, desto kräftezehrender die Arbeit. Aber das ist erst der Anfang. Denn gelingt es einem tatsächlich, einen Wagen zu erwerben, muß man ständig auf der Hut sein, ihn in gutem Zustand zu erhalten. Die Straßen sind mörderisch für solche Gerätschaften, und besonders den Rädern ist fortwährend Aufmerksamkeit zu schenken. Doch gelingt es einem, mit alldem fertig zu werden, kommt auch noch der Zwang dazu, daß man seinen Wagen nie aus den Augen lassen darf. Seit die Wagen so wertvoll geworden sind, sind sie ein beliebtes Diebstahlsobjekt – und eine schlimmere Katastrophe als die, seinen Wagen zu verlieren, ist nicht vorstellbar. Die meisten Plünderer benutzen daher eine Art Sicherung, die man als »Nabelschnur« bezeichnet – also ein Seil, eine Hundeleine oder eine Kette, die man sich buchstäblich um die Taille bindet und dann an dem Wagen befestigt. Das Gehen wird dadurch zwar beschwerlich, aber die Mühe lohnt sich. Wegen des Lärms, den diese Ketten machen, wenn der Karren die Straßen entlangpoltert, nennt man die Plünderer häufig auch »Musiker«.

Ein Materialjäger hat sich denselben Anmeldeverfahren zu unterziehen wie ein Müllsammler und ist denselben willkürlichen Überprüfungen unterworfen, aber seine Arbeit ist von anderer Art. Der Müllsammler sucht nach Abfällen; der Materialjäger sucht nach Verwertbarem. Er fahndet nach bestimmten Gütern und Materialien, die sich noch verwenden lassen, und obwohl es ihm freisteht, mit den gefundenen Gegenständen zu tun, was ihm beliebt, verkauft er sie im allgemeinen an einen der Auferstehungsagenten in der Stadt; diese privaten Unternehmer verarbeiten den ganzen Krimskrams dann zu neuen Waren, die schließlich auf dem freien Markt verkauft werden. Sie üben mehrere Funktionen auf einmal aus – Schrotthändler, Fabrikant, Ladenbesitzer –, und da andere Produktionsverfahren in der Stadt so gut wie ausgestorben sind, zählen sie zu den reichsten und mächtigsten Leuten überhaupt, und ihre einzige Konkurrenz sind die Müllhändler selbst. Ein guter Materialjäger kann daher mit seiner Arbeit einen annehmbaren Lebensunterhalt erzielen. Aber schnell muß man sein, clever muß man sein, und man muß wissen, wo man zu suchen hat. Junge Leute kommen am besten damit zurecht, und man sieht selten einen Materialjäger, der älter als zwanzig oder fünfundzwanzig ist. Wer der Sache nicht gewachsen ist, muß sich bald nach einer anderen Arbeit umsehen, denn es gibt keine Garantie dafür, daß all die Bemühungen irgend etwas einbringen. Die Müllsammler sind älter und konservativer und fügen sich in die Plackerei ihres Jobs, weil sie wissen, daß sie damit über die Runden kommen – jedenfalls dann, wenn sie so hart arbeiten, wie sie können. Aber sicher ist gar nichts, da der Wettbewerb auf allen Ebenen des Plünderns ganz furchtbar geworden ist. Je knapper die Dinge in der Stadt werden, desto widerstrebender werfen die Leute überhaupt noch etwas weg. Während man Apfelsinenschalen früher gedankenlos auf die Straße geworfen hat, werden sie jetzt von vielen Leuten zu Brei verarbeitet und gegessen. Ein ausgefranstes T-Shirt, eine zerfetzte Unterhose, eine Hutkrempe – dergleichen wird jetzt aufbewahrt, damit man es zu neuen Kleidungsstücken zusammenflicken kann. Man sieht hier Leute in den scheckigsten und bizarrsten Kostümen, und jedesmal wenn so ein Flickenmensch einem begegnet, kann man davon ausgehen, daß er einen Materialjäger um sein Brot gebracht hat.

Gleichwohl habe ich mich darauf verlegt – auf die Materialjagd. Ich hatte das große Glück, daß ich damit angefangen hatte, ehe mir das Geld ausging. Nachdem ich die Lizenz (siebzehn Glots), den Wagen (sechsundsechzig Glots), eine Leine und ein neues Paar Schuhe (fünf Glots und einundsiebzig Glots) erworben hatte, blieben mir immer noch mehr als zweihundert Glots. Das war günstig, weil es mir einen gewissen Fehlerspielraum ließ und weil ich zu diesem Zeitpunkt auf jede nur mögliche Hilfe angewiesen war. Früher oder später würde ich ganz allein im eiskalten Wasser schwimmen müssen – aber fürs erste hatte ich etwas, woran ich mich festhalten konnte: ein Stück Holz, ein Stück Treibgut, das mein Gewicht trug.

Anfangs lief es gar nicht gut. Die Stadt war mir damals unvertraut, und ich schien mich dauernd zu verlaufen. Ich vergeudete Zeit auf Beutezügen, die nichts einbrachten, ängstigte mich in öden Straßen und war ständig zur falschen Zeit am falschen Ort. Wenn ich einmal etwas aufstöberte, dann nur, weil ich per Zufall darauf gestoßen war. Der Zufall war meine Arbeitsmethode, das beiläufige Erblicken, Bükken und Aufheben eines Gegenstands. Ich verfügte über kein System, wie es die anderen zu haben schienen, keine Möglichkeit, mein Ziel im voraus zu bestimmen, kein Gespür dafür, was wo und wann zu finden sein würde. Man muß jahrelang in der Stadt leben, um es so weit zu bringen, und ich war nur eine Anfängerin, eine unwissende Fremde, die kaum den Weg von einer Zensuszone in die nächste finden konnte.

Dennoch war ich keine komplette Versagerin. Immerhin besaß ich meine Beine und einen gewissen jugendlichen Elan, so daß ich auch dann nicht aufgab, als die Aussichten alles andere als ermutigend waren. In atemlosem Hin und Her hetzte ich herum, umschlich die gefährlichen Seitengassen und Zollbarrikaden, stürmte rastlos von Straße zu Straße, ohne je die Hoffnung auf irgendeinen spektakulären Fund hinter der nächsten Ecke aufzugeben. Es ist schon seltsam, finde ich, unablässig auf den Boden zu sehen und nach kaputten oder weggeworfenen Sachen Ausschau zu halten. Nach einer Weile muß einem das doch aufs Gehirn schlagen. Denn nichts ist eigentlich mehr es selbst. Es gibt Stücke hiervon und Stücke davon, aber nichts paßt zusammen. Und doch beginnt all das, seltsam genug, am äußersten Rand dieses Chaos wieder miteinander zu verschmelzen. Ein pulverisierter Apfel und eine pulverisierte Orange sind doch am Ende dasselbe, oder? Wo liegt der Unterschied zwischen einem guten Kleid und einem schlechten Kleid, wenn beide in Fetzen gerissen sind? Ab einem gewissen Stadium der Auflösung sind die Dinge nur noch

Dreck, Plunder, Kehricht, sie werden zu etwas Neuem, zu Materiepartikeln oder -mengen, die nicht zu identifizieren sind. Eine Masse, ein Stäubchen, ein Fragment der Welt, das sich nicht einordnen läßt: eine Chiffre für das Es. Als Materialjäger muß man die Dinge bergen, bevor sie dieses Stadium des absoluten Verfalls erreicht haben. Man darf nie davon ausgehen, irgend etwas heil zu finden – denn das wäre ein Zufall, ein Fehler desjenigen, der es verloren hat –, aber man darf auch nicht seine Zeit dazu verwenden, nach völlig Verschlissenem zu suchen. Man hängt irgendwo dazwischen, fahndet nach Dingen, die noch eine gewisse Ähnlichkeit mit ihrer ursprünglichen Gestalt besitzen – auch wenn sie ihren eigentlichen Gebrauchswert verloren haben. Was jemand anders ausrangiert hat, mußt du untersuchen, zerlegen und wieder zum Leben erwecken. Ein Stück Schnur, ein Flaschenverschluß, ein unbeschädigtes Brett von einer zertrümmerten Kiste – dergleichen ist nicht zu verachten. Alles fällt auseinander, aber das gilt nicht für die Einzelteile der Dinge, zumindest nicht gleichzeitig. Die Aufgabe besteht darin, sich auf diese kleinen Inseln der Unversehrtheit einzuschießen, sie mit anderen solchen Inseln in Verbindung zu setzen und diese wiederum mit anderen, und so neue Archipele von Substanzen zu erschaffen. Das Rettbare retten und den Rest ignorieren: alles kommt darauf an, dies so schnell wie möglich zu lernen.

Nach und nach machte ich halbwegs ausreichende Beute. Krimskrams, natürlich, aber auch ein paar völlig unerwartete Funde: ein zusammenlegbares Fernrohr mit einer gesprungenen Linse; eine Frankensteinmaske aus Gummi; das Rad eines Fahrrads; eine kyrillische Schreibmaschine, der nur fünf Tasten und die Leertaste fehlten; den Paß eines Mannes namens Quinn. Diese Schätze machten manchen schlechten Tag wett, und mit der Zeit brachte ich es bei den Auferstehungsagenten so weit, daß ich meine Notgroschen nicht mehr anzurühren brauchte. Ich hätte es wohl noch weiterbringen können, aber ich hatte mir selbst gewisse Grenzen gesetzt, die ich auf keinen Fall überschreiten wollte. Zum Beispiel, die Toten anzufassen. Leichen auszurauben ist eine der einträglichsten Seiten des Plünderns, und nur wenige Materialjäger lassen sich diese Chance entgehen. Ständig redete ich mir ein, ich sei ein Narr, ein zimperliches kleines reiches Mädchen, das keinen Lebenswillen habe, aber das half alles nichts. Ich gab mir Mühe. Ein paarmal war ich schon kurz davor – aber wenn es dann zur Sache gehen sollte, verließ mich der Mut. Ich erinnere mich an einen alten Mann und ein halbwüchsiges Mädchen: wie ich mich neben sie kauerte, meine Hände nach ihren Leichen ausstreckte, mir einzureden versuchte, daß es ihnen doch nichts ausmache. Und dann eines Tages, frühmorgens auf der Lampshade Road ein kleiner Junge von etwa sechs Jahren. Ich konnte mich einfach nicht dazu überwinden. Nicht daß ich Stolz empfand, eine zutiefst moralische Entscheidung getroffen zu haben – ich brachte es einfach nicht über mich, so weit zu gehen.

Was mich fernerhin schmerzte, war, daß ich allein blieb. Ich verkehrte nicht mit anderen Plünderern, unternahm nichts, um mich mit jemandem anzufreunden. Man braucht aber Verbündete, besonders um sich vor den Geiern zu schützen – das sind Plünderer, die vom Bestehlen anderer Plünderer leben. Die Inspektoren ignorieren dieses Unwesen und widmen ihre Aufmerksamkeit ausschließlich denjenigen, die ohne Konzession plündern. Die lizensierten Plünderer sind daher praktisch vogelfrei, müssen sich auf Angriffe und Gegenangriffe einstellen und jederzeit auf alles mögliche gefaßt sein. Mir wurde durchschnittlich einmal pro Woche die Beute geklaut, und schließlich begann ich diese Verluste im voraus einzukalkulieren, als wären sie ein normaler Teil meiner Arbeit. Mit Freunden hätte ich einigen dieser Überfälle entgehen können. Aber auf lange Sicht schien es mir das nicht wert. Die Plünderer waren ein abstoßender Haufen – Geier und Nicht-Geier gleichermaßen –, und wenn ich ihren Plänen, Prahlereien und Lügenmärchen zuhörte, drehte sich mir der Magen um. Entscheidend ist, daß ich nie meinen Wagen verloren habe. So verlief meine erste Zeit in der Stadt; ich war noch kräftig genug, die Suche fortzuführen, und noch schnell genug, um – wenn nötig – vor einer Gefahr auszureißen.

Hab Geduld mit mir. Ich weiß, daß ich manchmal abschweife, aber wenn ich die Dinge nicht so niederschreibe, wie sie mir einfallen, glaube ich sie für immer zu verlieren. Mit meinem Verstand ist manches anders geworden. Er ist jetzt langsamer, träge und nicht mehr so beweglich, und schon das Weiterverfolgen des einfachsten Gedankens erschöpft mich. So fängt es also an, trotz meiner Bemühungen. Die Worte fallen mir nur noch ein, wenn ich sie schon gar nicht mehr zu finden glaube, wenn ich schon bezweifle, sie je wieder hervorbringen zu können. Jeden Tag derselbe Kampf, dieselbe Leere, dieselbe Sehnsucht, zu vergessen und doch nicht zu vergessen. Immer nur an diesem Punkt, immer nur an dieser Grenze beginnt der Stift zu schreiben. Die Geschichte fängt an und hört auf, geht weiter und verliert sich, und welch ein Schweigen zwischen jedem einzelnen Wort, Worte, die entfliehen und verschwinden und nie wieder auftauchen.

Lange Zeit versuchte ich mich an gar nichts zu erinnern. Indem ich meine Gedanken auf die Gegenwart beschränkte, kam ich leichter zurecht und war weniger anfällig für Verstimmungen. Das Gedächtnis ist eine große Falle, verstehst du, und ich tat mein Bestes, um mich zurückzuhalten und dafür zu sorgen, daß meine Gedanken sich nicht in die alten Zeiten zurückschlichen. Aber seit kurzem lasse ich nach, jeden Tag ein bißchen mehr, wie es scheint, und manchmal komme ich nicht mehr davon los: von meinen Eltern, von William, von dir. Ich war ja so ein wildes junges Ding, oder? Ich bin schneller erwachsen geworden, als mir guttat, niemand konnte mir irgend etwas beibringen, das ich nicht schon gewußt hätte. Und jetzt denke ich nur noch daran, wie ich meinen Eltern weh getan habe, wie meine Mutter geweint hat, als ich ihr sagte, ich ginge fort. Es reichte noch nicht, daß sie William verloren hatten, jetzt sollten sie auch mich noch verlieren. Bitte – wenn du meine Eltern siehst, sag ihnen, es tut mir leid. Ich brauche die Gewißheit, daß jemand das für mich tut, und nur auf dich kann ich mich verlassen.

Ja, es gibt vieles, wofür ich mich schäme. Zuweilen kommt mir mein Leben wie eine einzige Kette von Kümmernissen, von falschen Entscheidungen und unwiderruflichen Fehlern vor. Darin besteht das Problem, wenn man anfängt zurückzublicken. Man sieht sein früheres Ich und ist entsetzt. Doch jetzt ist es zu spät für Rechtfertigungen, das ist mir klar. Es ist für alles zu spät, nur nicht zum Weitermachen. So lauten also die Worte. Früher oder später werde ich versuchen, alles zu sagen, und es spielt keine Rolle, in welcher Reihenfolge, ob nun das erste als zweites kommt oder das zweite als letztes. All das wirbelt gleichzeitig in meinem Kopf herum, und wenn man etwas lange genug behalten kann, um es auszusprechen, ist das schon ein Sieg. Wenn dich das verwirrt, tut es mir leid. Aber ich habe kaum eine Wahl. Ich muß alles genauso nehmen, wie es kommt.

Ich habe William nicht gefunden, fuhr sie fort. Das versteht sich wohl von selbst. Ich habe ihn nicht gefunden und auch nie jemanden getroffen, der mir sagen konnte, wo er wäre. Die Vernunft sagt mir, daß er tot ist, aber sicher kann ich mir nicht sein. Es gibt keinerlei Anhaltspunkte, nicht einmal für die wüstesten Spekulationen, und solange ich keine Beweise habe, ziehe ich es vor, mit allem zu rechnen. Ohne Wissen ist weder Hoffnung noch Verzweiflung möglich. Dann sollte man lieber an allem zweifeln, und Zweifeln ist unter den gegebenen Umständen die reinste Wohltat.

Wenn William nicht in der Stadt sein sollte, kann er immer noch irgendwo anders sein. Das Land ist riesengroß, mußt du wissen, und er kann sich wer weiß wohin abgesetzt haben. Jenseits der Landwirtschaftszone im Westen soll sich ein mehrere hundert Meilen breiter Wüstenstreifen erstrecken. Dahinter jedoch, so heißt es, befinden sich andere Städte, Gebirgsketten, Bergwerke und Fabriken, unermeßliche Gebiete, die sich bis zu einem zweiten Ozean hinziehen sollen. Vielleicht stimmt ja etwas an diesem Gerede. Falls ja, könnte William durchaus sein Glück irgendwo da draußen versucht haben. Nein, ich vergesse nicht, wie schwierig es ist, die Stadt zu verlassen, aber wir beide kennen William doch. Wenn er die kleinste Chance gesehen hätte, hier herauszukommen, würde er sie genutzt haben.

Ich habe dir das nie erzählt, aber in meiner letzten Woche zu Hause habe ich mit dem Herausgeber von Williams Zeitung gesprochen. Das muß drei oder vier Tage, bevor ich dir Lebewohl sagte, gewesen sein, und ich habe es deswegen nicht erwähnt, weil ich keinen Streit mehr mit dir heraufbeschwören wollte. Es war so schon schlimm genug, und es hätte nur unsere letzten gemeinsamen Augenblicke verdorben. Sei mir bitte jetzt nicht böse. Das könnte ich nicht ertragen.

Der Herausgeber hieß Bogat – ein dickbäuchiger Glatzkopf mit altmodischen Hosenträgern und einer Uhr in der Hosentasche. Er erinnerte mich an meinen Großvater: Er war überarbeitet, leckte an den Spitzen seiner Bleistifte, bevor er schrieb, und strahlte ein zerstreutes Wohlwollen aus, das etwas Verschlagenes an sich hatte, etwas Leutseliges, hinter dem eine verborgene Grausamkeit lauerte. Ich wartete fast eine Stunde im Empfangszimmer. Als er endlich bereit war, mich zu empfangen, führte er mich beim Ellbogen in sein Büro, ließ mich auf seinem Stuhl Platz nehmen und hörte sich meine Geschichte an. Ich muß fünf bis zehn Minuten lang gesprochen haben, ehe er mich unterbrach. William habe seit über neun Monaten keinen Bericht mehr geschickt, sagte er. Ja, er wisse, daß die Maschinen in der Stadt kaputt seien, aber das habe nichts damit zu tun. Einem guten Reporter gelinge es immer, seine Story zu übermitteln – und William sei sein bester Mann gewesen. Eine neunmonatige Funkstille könne nur eins bedeuten: William sei in Schwierigkeiten geraten, und er käme nie zurück. Ganz unverblümt, kein Reden um den heißen Brei. Ich zuckte die Achseln und sagte, das seien doch nur Mutmaßungen.

»Tun Sie es nicht, Mädchen«, sagte er. »Es wäre verrückt, dorthin zu fahren.«

»Ich bin kein Mädchen«, sagte ich. »Ich bin neunzehn Jahre alt, und ich kann besser auf mich aufpassen, als Sie denken.«

»Und wenn Sie hundert Jahre alt wären. Niemand kommt dort raus. Da ist die gottverdammte Welt zu Ende.«

Ich wußte, daß er recht hatte. Aber ich hatte mich entschieden, und nichts sollte mich von meinem Entschluß abbringen. Angesichts meiner Hartnäckigkeit begann Bogat seine Taktik zu ändern.

»Sehen Sie«, sagte er, »vor über einem Monat habe ich einen weiteren Mann hingeschickt. Ich werde wohl bald von ihm hören. Warum nicht noch so lange warten? Vielleicht bekommen Sie all Ihre Antworten, ohne selbst dorthin reisen zu müssen.«

»Was hat das mit meinem Bruder zu tun?«

»William ist auch Teil der Story. Wenn dieser Reporter etwas taugt, findet er heraus, was ihm zugestoßen ist.«

Aber so was zog bei mir nicht, und Bogat wußte es. Entschlossen, mir seine süffisante Bevormunderei nicht gefallen zu lassen, ließ ich nicht locker, und allmählich schien er aufzugeben. Ohne daß ich darum gebeten hätte, nannte er mir den Namen dieses neuen Reporters, öffnete dann als letzte Geste die Schublade eines Aktenschranks hinter seinem Schreibtisch und zog die Fotografie eines jungen Mannes heraus.

»Die sollten Sie vielleicht mitnehmen«, sagte er und warf sie auf seinen Schreibtisch. »Für alle Fälle.«

Es war ein Bild des Reporters. Ich warf einen kurzen Blick darauf und steckte es dann ihm zu Gefallen in die Tasche. Damit war unser Gespräch beendet. Das Treffen war unentschieden ausgegangen, keiner hatte dem anderen nachgegeben. Ich glaube, Bogat war zugleich wütend und ein bißchen beeindruckt.

»Aber denken Sie an das, was ich Ihnen gesagt habe«, sagte er.

»Ich werde es nicht vergessen«, gab ich zurück. »Wenn ich William zurückgeholt habe, komme ich wieder zu Ihnen und erinnere Sie an dieses Gespräch.«

Bogat wollte wohl noch etwas sagen, aber dann schien er es sich anders zu überlegen. Er stieß einen Seufzer aus, schlug leicht mit den Handflächen auf seinen Schreibtisch und erhob sich von seinem Stuhl. »Verstehen Sie mich nicht falsch«, sagte er. »Ich bin auf Ihrer Seite. Ich glaube bloß, daß Sie einen Fehler machen. Das ist ein großer Unterschied.«

»Mag sein. Trotzdem ist es falsch, gar nichts zu tun. Man muß den Leuten Zeit lassen, und Sie sollten keine voreiligen Schlüsse ziehen, bevor Sie nicht wissen, wovon Sie überhaupt reden.«

»Das ist ja das Problem«, sagte Bogat. »Ich weiß genau, wovon ich rede.«

Ich glaube, an dieser Stelle schüttelten wir uns die Hand, vielleicht starrten wir uns auch nur über den Schreibtisch hinweg an. Jedenfalls begleitete er mich dann durch die Druckerei zu den Aufzügen im Korridor. Dort warteten wir schweigend, ohne uns auch nur anzusehen. Bogat wippte auf seinen Absätzen und summte tonlos vor sich hin. Offenbar war er mit seinen Gedanken schon ganz woanders. Als die Tür aufglitt und ich in den Aufzug trat, sagte er müde: »Amüsieren Sie sich schön, Mädchen.« Ehe ich ihm antworten konnte, schloß sich die Tür, und ich war auf dem Weg nach unten.

Am Ende war dieses Foto von entscheidender Bedeutung. Ich hatte nicht einmal vorgehabt, es mitzunehmen, aber dann, als folgte ich einer Eingebung, packte ich es in letzter Minute doch noch mit ein. Da wußte ich natürlich noch nicht, daß William verschwunden war. Ich hatte erwartet, in der Redaktion seinen Vertreter anzutreffen und von dort aus mit meinen Nachforschungen beginnen zu können. Aber nichts ging nach Plan. Als ich in die dritte Zensuszone kam und sah, was dort geschehen war, wurde mir klar, daß mir plötzlich nur noch dieses Bild blieb. Es war meine letzte Verbindung zu William.

Der Mann hieß Samuel Farr, ansonsten wußte ich nichts von ihm. Ich hatte mich Bogat gegenüber zu arrogant aufgespielt, um nach irgendwelchen Einzelheiten zu fragen, und jetzt besaß ich herzlich wenig Weiterführendes. Ein Name und ein Gesicht, das war alles. Mit der richtigen Einstellung und Bescheidenheit hätte ich mir eine ganze Menge Ärger ersparen können. Schließlich habe ich Sam dann tatsächlich getroffen, aber das hatte nichts mit mir zu tun. Es war reiner Zufall, einer dieser Glückstaler, die einem vom Himmel zufallen. Und bevor das geschah, verging eine lange Zeit, die ich am liebsten aus meinem Gedächtnis streichen möchte.

Die ersten Tage waren die schwierigsten. Ich lief herum wie eine Schlafwandlerin, wußte nicht, wo ich war, und wagte nicht einmal, jemanden anzusprechen. Dann verkaufte ich irgendwann meine Taschen an einen Auferstehungsagenten, so daß ich mich für eine ganze Weile mit Nahrungsmitteln versorgen konnte, aber selbst nachdem ich als Plünderer zu arbeiten begonnen hatte, besaß ich noch kein Dach überm Kopf. Ich schlief bei jedem Wetter im Freien, mußte mir jede Nacht einen anderen Platz zum Schlafen suchen. Weiß der Himmel, wie lange das so ging, aber diese Zeit war zweifellos die schlimmste, und keine andere hat mich so fertiggemacht. Mindestens zwei oder drei Wochen, vielleicht aber auch mehrere Monate. Es ging mir so erbärmlich, daß mein Verstand offenbar ausgesetzt hat. Ich stumpfte innerlich ab, war nur noch Instinkt und Selbstsucht. Schreckliche Dinge sind mir da zugestoßen, und ich weiß heute noch nicht, wie ich das alles überlebt habe. An der Ecke Dictionary Place und Muldoon Boulevard wurde ich beinahe von einem Zöllner vergewaltigt. Einem alten Mann, der mich eines Nachts im Vorraum des ehemaligen Hypnose-Hörsaals auszurauben versuchte, stahl ich das Essen – ich riß ihm einfach den Haferbrei aus den Händen, ohne die geringsten Gewissensbisse. Ich hatte keine Freunde, niemanden, mit dem ich reden konnte, niemanden, der eine Mahlzeit mit mir teilte. Ich glaube, ohne das Bild von Sam hätte ich nicht durchgehalten. Nur die Gewißheit, daß er in der Stadt war, gab mir etwas, auf das ich hoffen konnte. Dieser Mann wird dir helfen, redete ich mir ständig ein, und hast du ihn einmal gefunden, wird alles ganz anders werden. Ich muß das Foto hundertmal am Tag aus meiner Tasche gezogen haben. Nach einer Weile war es so wellig und zerknittert, daß man das Gesicht kaum noch erkennen konnte. Aber da kannte ich es bereits auswendig, und das Bild als solches spielte keine Rolle mehr. Ich behielt es nur noch als Talisman, als winzigen Schild zur Abwehr der Verzweiflung.

Schließlich wandte sich das Blatt. Ich hatte da wohl gerade ein oder zwei Monate als Materialjäger gearbeitet, obwohl ich das nur schätzen kann. Eines Tages durchstreifte ich die Außenbezirke der fünften Zensuszone, in der Gegend des früheren Filament Square, als ich eine große Frau mittleren Alters einen Einkaufswagen über das Pflaster schieben sah; langsam und unbeholfen holperte sie voran, mit den Gedanken offensichtlich ganz woanders. Die Sonne schien hell an diesem Tag, es war die Art von Sonnenschein, die einen blendet und vieles unsichtbar macht, und die Luft war warm, das weiß ich noch, sehr warm, daß einem fast schwindlig wurde. Gerade als es der Frau gelungen war, die Karre auf die Straßenmitte zu bringen, kam eine Horde von Rennern um die Ecke gestürmt. Es waren etwa zwölf bis fünfzehn, und sie rannten, dicht zusammengedrängt, in vollem Tempo und kreischten ihre ekstatische Todeslitanei. Ich sah die Frau zu ihnen aufblicken, als sei sie jäh aus ihren Träumereien gerissen, doch anstatt sich zu trollen, blieb sie stehen wie ein vor Schreck erstarrtes

Reh im Scheinwerferlicht. Aus irgendeinem Grund, und noch heute weiß ich nicht warum, löste ich die Nabelschnur von meiner Hüfte, jagte los, packte die Frau mit meinen beiden Armen und schleifte sie, Sekunden bevor die Renner vorbeifegten, aus dem Weg. Ganz schön knapp. Wenn ich es nicht getan hätte, wäre sie wahrscheinlich zu Tode getrampelt worden.

So habe ich Isabel kennengelernt. Wie man es auch sehen mag, fest steht, daß erst in diesem Augenblick mein eigentliches Leben in der Stadt begann. Alles andere war ein Vorspiel, eine Unmenge schwankender Schritte, Tage und Nächte und Gedanken, an die ich mich nicht erinnere. Ohne diesen einen irrationalen Augenblick auf der Straße wäre die Geschichte, die ich dir erzähle, eine andere. Und denke ich an meine damalige Verfassung, kommen mir Zweifel, ob es überhaupt eine Geschichte gegeben hätte.

Noch immer aneinandergeklammert, lagen wir schweratmend im Rinnstein. Als der letzte Renner um die Ecke verschwand, schien Isabel allmählich zu begreifen, was ihr widerfahren war. Sie setzte sich auf, blickte sich um, sah mich an und begann ganz langsam zu weinen. Es war ein fürchterliches Erwachen. Nicht weil sie um Haaresbreite getötet worden wäre, sondern weil sie nicht mehr gewußt hatte, wo sie war. Sie tat mir leid, machte mir aber auch ein wenig Angst. Wer war diese dünne, zitternde Frau mit dem langen Gesicht und den tiefliegenden Augen – und wieso lag ich ausgestreckt neben ihr auf der Straße? Sie schien halb von Sinnen, und nachdem ich wieder zu Atem gekommen war, drängte es mich zunächst, wegzulaufen.

»Ach mein liebes Kind«, sagte sie und griff zögernd nach meinem Gesicht. »Ach mein liebes kleines Herzenskind, du hast dich blutig geschlagen. Eilst einer alten Frau zu Hilfe, und dann verletzt *du* dich. Weißt du, warum das so ist? Weil ich Unglück bringe. Jeder weiß das, aber keiner bringt es übers Herz, es mir zu sagen. Aber ich weiß es. Ich weiß alles, auch wenn es mir niemand sagt.«

Bei unserem Sturz hatte ich mir an einem der Steine eine Schramme geholt; aus meiner linken Schläfe rieselte Blut. Aber es war nichts Ernstes, kein Grund zur Panik. Ich wollte schon Adieu sagen und davongehen, als mir der Gedanke, sie zu verlassen, einen leisen Stich versetzte. Vielleicht sollte ich sie nach Hause bringen, dachte ich, damit ihr nicht noch mehr zustößt. Ich half ihr auf die Beine und holte den Einkaufswagen von der anderen Seite des Platzes.

»Ferdinand wird mich zusammenstauchen«, sagte sie. »Das ist jetzt der dritte Tag hintereinander, daß ich mit leeren Händen zurückkomme. Noch ein paar solcher Tage, und es ist aus mit uns.«

»Ich finde, Sie sollten trotzdem nach Hause gehen«, sagte ich. »Wenigstens fürs erste. Sie sind nicht in der Verfassung, jetzt diesen Wagen durch die Gegend zu schieben.«

»Aber Ferdinand. Der dreht durch, wenn er sieht, daß ich nichts mitbringe.«

»Keine Sorge«, sagte ich. »Ich werde ihm erklären, was geschehen ist.«

Ich hatte natürlich keine Ahnung, wovon ich da redete, aber irgend etwas, das sich meiner Kontrolle entzog, hatte mich gepackt: ein plötzlicher Anfall von Mitgefühl, ein törichtes Bedürfnis, mich um diese Frau zu kümmern. Vielleicht ist ja doch etwas an diesen alten Geschichten von Leuten, die einem anderen das Leben retten. Ist es einmal geschehen, heißt es, ist man für diese Person verantwortlich, und ob es dir gefällt oder nicht, du und der andere gehören dann für immer zusammen.

Wir brauchten fast drei Stunden, um zu ihrem Haus zurückzukommen. Unter normalen Umständen hätte es nur halb so lange gedauert, aber Isabel kam so langsam voran, ging mit so schwankenden Schritten, daß die Sonne bereits unterging, als wir endlich ankamen. Sie hatte keine Nabelschnur bei sich (sie hatte ihre vor ein paar Tagen verloren, erzählte sie), und immer wieder glitt ihr die Karre aus den Händen und polterte die Straße hinunter. Einmal wurde sie ihr beinahe von jemandem entrissen. Danach beschloß ich, eine Hand auf ihrem und eine auf meinem Wagen zu behalten, was unser Fortkommen noch weiter verlangsamte. Wir zogen durch das Randgebiet der sechsten Zensuszone, umgingen die Zollbarrikaden auf der Memory Avenue und schlurften dann durch den Verwaltungssektor an der Pyramid Road, wo die Polizei jetzt ihre Kasernen hat. Isabel erzählte mir auf ihre weitschweifige, zusammenhanglose Art einiges aus ihrem

Leben. Ihr Mann sei früher Reklametafelmaler gewesen, sagte sie, aber da so viele Geschäfte zugemacht hätten oder die Kosten nicht mehr tragen könnten, habe Ferdinand nun schon seit mehreren Jahren keine Arbeit mehr. Eine Zeitlang habe er zuviel getrunken – nachts aus Isabels Handtasche Geld für seine Zechtouren gestohlen oder sich um die Destillerie in der vierten Zensuszone herumgetrieben und bei den Arbeitern Glots abgestaubt, indem er ihnen etwas vortanzte und komische Geschichten erzählte –, bis er eines Tages zusammengeschlagen wurde und keinen Fuß mehr vor die Tür setzte. Und jetzt rührte er sich nicht mehr, saß Tag für Tag in der kleinen Wohnung, sprach kaum ein Wort und kümmerte sich kein bißchen um ihr Überleben. Praktische Dinge überließ er Isabel, da er solche Details nicht mehr für seiner Aufmerksamkeit wert erachtete. Er interessierte sich jetzt nur noch für sein Hobby: Miniaturschiffe bauen und in Flaschen stecken.

»Sie sind so schön«, sagte Isabel, »daß man ihm sein Verhalten dafür fast verzeihen möchte. So schöne kleine Schiffe, so perfekt und winzig. Am liebsten würde man auf die Größe einer Stecknadel schrumpfen und dann an Bord klettern und fortsegeln …«

»Ferdinand ist ein Künstler«, fuhr sie fort, »und er war schon früher ein launischer, unberechenbarer Mensch. Einmal oben, einmal unten, immer von irgendeiner Sache umgetrieben. Aber du hättest die Schilder sehen sollen, die er gemalt hat! Jeder wollte Ferdinand engagieren, und er hat für alle möglichen Läden gearbeitet. Drogerien, Lebensmittelgeschäfte, Tabakhändler, Juweliere, Wirtshäuser, Buchhandlungen, alles. Er hatte damals eine eigene Werkstatt, mitten im Kaufhausbezirk in der Innenstadt, ein reizendes kleines Atelier. Aber das gibt es jetzt alles nicht mehr: die Sägen, die Pinsel, die Farbeimer, die Gerüche von Sägemehl und Firnis. All das ist der zweiten Säuberung der achten Zensuszone zum Opfer gefallen, und damit war's aus und vorbei.«

Ich verstand kaum die Hälfte von dem, was Isabel mir erzählte. Aber aus dem, was ich heraushörte und mir aus den Bruchstücken zusammenreimte, schloß ich, daß sie drei oder vier Kinder gehabt hatte, die alle entweder tot oder von zu Hause weggelaufen waren. Nachdem Ferdinand seine Arbeit verloren hatte, war Isabel unter die Plünderer gegangen. Von einer Frau ihres Alters würde man erwarten, daß sie als Müllsammler angeheuert hätte, aber seltsamerweise entschied sie sich für die Materialjagd. Eine schlechtere Wahl hätte sie meiner Meinung nach nicht treffen können. Sie war weder schnell noch clever noch ausdauernd. Ja, sagte sie, das sei ihr durchaus klar, aber sie habe ihre Schwächen durch gewisse andere Qualitäten wettgemacht – einen eigenartigen Riecher, auf den sie sich verlassen könne, einen Instinkt, an vernachlässigten Orten Dinge aufzuspüren, einen inneren Magneten, der sie irgendwie zu den richtigen Stellen hinziehe. Sie konnte das selbst nicht erklären, aber Tatsache war, daß ihr einige verblüffende Funde gelungen waren: ein ganzer Koffer voll Spitzenunterwäsche, von dem sie und Ferdinand fast einen Monat lang hatten leben können, ein völlig intaktes Saxophon, ein verschlossener Karton mit fabrikneuen Ledergürteln (also offenbar direkt vom Hersteller, obwohl die letzte Gürtelmanufaktur vor über fünf Jahren zugemacht hatte) und ein Altes Testament auf Reispapier mit Goldschnitt und Kalbsledereinband. Aber das sei schon länger her, sagte sie, und in den letzten sechs Monaten sei ihr diese Begabung abhanden gekommen. Sie sei ausgelaugt, zu erschöpft, um lange genug auf den Beinen bleiben zu können, und ihre Gedanken schweiften ständig von der Arbeit ab. Nahezu täglich müsse sie feststellen, daß sie durch Straßen gehe, die sie nicht wiedererkenne, daß sie um Ecken biege, ohne zu wissen, wo sie kurz vorher gewesen sei, daß sie irgendeinen Bezirk betrete und sich ganz woanders wähne. »Es war ein Wunder, daß du zufällig gerade da warst«, sagte sie, als wir uns in einem Hauseingang ausruhten. »Aber ein Zufall war es nicht. Ich habe jetzt so lange zu Gott gebetet, daß er mir endlich einen Retter geschickt hat. Ich weiß, die Leute reden nicht mehr von Gott, aber ich kann nicht anders. Ich denke jeden Tag an ihn, ich bete zu ihm in der Nacht, wenn Ferdinand schläft, und in meinem Herzen spreche ich immerzu mit ihm. Jetzt, wo Ferdinand überhaupt nicht mehr mit mir redet, ist Gott mein einziger Freund, der einzige, der mir noch zuhört. Ich weiß, er ist sehr beschäftigt und hat keine Zeit für eine alte Frau wie mich, aber Gott ist ein feiner Mensch, und er wacht über mich. Heute hat er mir endlich einen

Besuch abgestattet. Als Zeichen seiner Liebe hat er dich zu mir geschickt. Du bist das liebe Herzenskind, das Gott mir gesandt hat, und fortan werde ich für dich sorgen und alles für dich tun, was ich kann. Du brauchst nicht mehr im Freien zu schlafen, nicht mehr von morgens bis abends durch die Straßen zu ziehen, keine schlimmen Träume mehr zu haben. Damit ist jetzt Schluß, ich versprech's dir. Solange ich lebe, wirst du einen Platz zum Leben haben, und es ist mir gleich, was Ferdinand dazu sagt. Von nun an wirst du ein Dach überm Kopf und zu essen haben. Auf diese Weise will ich Gott danken für das, was er getan hat. Er hat meine Gebete erhört, und jetzt bist du mein liebes kleines Herzenskind, meine liebe Anna, die Gott mir geschickt hat.«

Ihr Haus war an der Circus Lane, mitten in einem Gewirr von kleinen Gassen und Trampelpfaden im Zentrum der zweiten Zensuszone, dem ältesten Teil der Stadt, in dem ich erst ein- oder zweimal gewesen war. Für Plünderer war dieses Gebiet wenig ertragreich, und ich hatte immer Angst gehabt, mich in diesem Straßenlabyrinth zu verirren. Die meisten Häuser waren Holzbauten, was zahlreiche kuriose Auswirkungen nach sich zog. Die üblichen staubigen Schutthaufen aus verwitternden Ziegeln und zerbröckelnden Steinen fehlten hier; dafür standen die Häuser allesamt krumm und schief, schienen unter ihrem eigenen Gewicht einzusinken und sich langsam in den Boden zu verkriechen. Während die anderen Gebäude sich irgendwie in ihre Bestandteile auflösten, verkümmerten diese hier wie alte Menschen, die ihre Kraft verloren haben, wie Gichtkranke, die sich nicht mehr aufrecht halten können. Viele Dächer waren eingefallen, die Schindeln waren so morsch wie Schwämme, und hier und da sah man ganze Häuser sich in entgegengesetzte Richtungen neigen wie riesige windschiefe Parallelogramme – dermaßen aus dem Leim gegangen, daß ein Fingerdruck, ein leises Anhauchen sie zum Einsturz gebracht haben würde.

Das Gebäude, in dem Isabel wohnte, war jedoch aus Ziegelsteinen erbaut. Es hatte sechs Stockwerke mit jeweils vier kleinen Wohnungen, ein dunkles Stiegenhaus mit ausgetretenen, wackligen Treppen, von dessen Wänden die Farbe abblätterte. Ameisen und Kakerlaken streiften unbelästigt umher, und das ganze Haus stank nach vergammeltem Essen, ungewaschenen Kleidern und Staub. Aber das Gebäude selbst machte einen ziemlich stabilen Eindruck, und ich konnte mir zu meinem Glück nur gratulieren. Bedenke, wie schnell sich die Dinge für uns verändern. Hätte jemand mir vorher gesagt, daß ich hier einmal landen würde, würde ich es nicht geglaubt haben. Aber jetzt war ich so selig, als wäre mir ein großartiges Geschenk zuteil geworden. Elend und Luxus sind schließlich relative Begriffe. Kaum drei oder vier Monate nach meiner Ankunft in der Stadt war ich bereit, dieses neue Heim ohne das leiseste Schaudern zu akzeptieren.

Ferdinand machte nicht viel Geschrei, als Isabel ihm verkündete, daß ich bei ihnen einziehen würde. Ich finde, sie ist taktisch ganz richtig vorgegangen. Sie bat ihn nicht um seine Einwilligung, mich dort wohnen zu lassen, sondern teilte ihm einfach mit, die Zahl der Haushaltsmitglieder habe sich von zwei auf drei erhöht. Da Ferdinand alle praktischen Entscheidungen schon vor langem seiner Frau überlassen hatte, dürfte es ihm schwergefallen sein, seine Autorität in diesem einen Punkt geltend machen zu wollen, ohne damit stillschweigend auch auf anderen Gebieten mehr Verantwortung zu übernehmen. Auch sprach Isabel das Thema Gott nicht an, wie sie es bei mir getan hatte. Sie unterrichtete ihn trocken von den Tatsachen, erzählte, wie ich sie gerettet hatte, einschließlich des Wo und Wann, doch ohne Schnörkel und Kommentare. Ferdinand hörte ihr schweigend zu, scheinbar desinteressiert, und sah ab und zu verstohlen zu mir her, obwohl er die meiste Zeit einfach aus dem Fenster starrte, als ginge ihn das alles gar nichts an. Als Isabel ausgeredet hatte, schien er einen Augenblick darüber nachzudenken und zuckte dann die Achseln. Zum erstenmal blickte er mich offen an und sagte: »Sehr bedauerlich, daß Sie sich dieser Mühe unterzogen haben. Tot wäre die alte Vogelscheuche besser dran.« Und damit zog er sich, ohne eine Antwort von mir abzuwarten, auf seinen Stuhl in der Ecke des Zimmers zurück und vertiefte sich wieder in die Arbeit an einem winzigen Schiffsmodell.

Ferdinand war jedoch nicht so schlimm, wie ich gedacht hatte, zumindest nicht am Anfang. Sicher, er war ein wenig hilfsbereiter Zeitgenosse, doch ohne die ausgemachte Bösartigkeit, die ich erwartet hatte. Seine schlechte Laune machte sich in kurzen zänkischen Ausbrüchen Luft, aber die meiste Zeit blieb er stumm, weigerte sich hartnäckig, mit irgend jemandem zu reden, und brütete wie ein feindseliges Fabeltier in seiner Ecke. Ferdinand war ein häßlicher Mann, und er hatte keine Eigenschaft, die seine Häßlichkeit vergessen ließ – keinen Charme, keine Großzügigkeit, nichts, was einen mit ihm versöhnen konnte. Er war klapperdürr und bucklig, hatte eine große Hakennase und eine Halbglatze. Das bißchen Haar, das er noch hatte, war kraus und ungepflegt und stand wüst nach allen Seiten ab, und seine Haut war bleich wie die eines Kranken – von einem gespenstischen Weiß, das durch die schwarze Behaarung auf seinen Armen, Beinen und seiner Brust nur noch weißer wirkte. Immer unrasiert, in Lumpen gehüllt und nie mit einem Paar Schuhen an den Füßen sah er aus wie die Karikatur eines Strandläufers. Man konnte fast meinen, seine Schiffsmanie habe ihn dazu gebracht, die Rolle eines Robinson auf einer einsamen Insel zu spielen. Oder umgekehrt. Bereits gestrandet, hatte er angefangen, als Zeichen seiner inneren Verzweiflung Schiffe zu bauen – ein heimlicher Hilferuf. Doch hieß das nicht, daß er mit einer Reaktion auf seinen Ruf rechnete. Ferdinand würde niemals mehr irgendwo hingehen, und das wußte er. In einem seiner umgänglicheren Momente gestand er mir einmal, daß er seit über vier Jahren keinen Fuß mehr vor seine Wohnung gesetzt habe. »Da draußen ist nur der Tod«, sagte er mit einer Gebärde zum Fenster hin. In diesen Gewässern lauern Haie und Wale, die einen mit Haut und Haar verschlingen können. Bleib an Land, rate ich dir, bleib an Land und gib so viele Rauchsignale, wie du kannst.«

Was Ferdinands Talent betraf, so hatte Isabel nicht zuviel versprochen. Seine Schiffe waren tatsächlich kleine Meisterwerke, phantastisch gearbeitet, genial entworfen und zusammengesetzt, und solange ihm genug Material zur Verfügung stand – Holz- und Papierschnitzel, Leim, Schnur und gelegentlich eine Flasche –, war er viel zu sehr in seine Arbeit vertieft, um im Haus irgendwelchen Ärger zu machen. Ich fand heraus, daß man am besten mit ihm auskam, wenn man ihn

MAREIKE

einfach übersah. Anfangs gab ich mir jede Mühe, meine friedlichen Absichten zu beweisen, aber Ferdinand war so kratzbürstig, so durch und durch von sich und der Welt angeekelt, daß das nichts einbrachte. Freundliche Worte bedeuteten ihm nichts, und oft genug verwandelte er sie in Drohungen. Einmal beging ich zum Beispiel den Fehler, seine Schiffe laut zu bewundern und anzudeuten, daß sie eine Menge Geld einbringen würden, wenn er sich entschließen könnte, sie zu verkaufen. Aber Ferdinand geriet außer sich. Er sprang von seinem Stuhl auf, stampfte durchs Zimmer und fuchtelte mir mit seinem Federmesser vor dem Gesicht herum. »Meine Flotte verkaufen!« brüllte er. »Bist du verrückt? Nur über meine Leiche! Von keinem einzigen trenne ich mich – niemals! Das ist Meuterei, jawohl! Ein Aufstand! Noch ein Wort, und du marschierst über die Planke!«

Seine einzige andere Leidenschaft bestand anscheinend darin, die im Haus lebenden Mäuse zu fangen. Nachts hörten wir sie herumtrippeln und alles benagen, was sie an winziger Beute aufspürten. Manchmal wurde der Lärm so laut, daß wir davon aufwachten, aber die Mäuse waren schlau und ließen sich nicht so leicht erwischen. Ferdinand baute aus Maschendraht und Holz eine kleine Falle, die er allabendlich pflichtbewußt mit einem Köder bestückte. Die Falle tötete die Mäuse nicht. Wenn sie hineintappten, um das Futter zu holen, ging die Tür hinter ihnen zu, und sie waren in dem Käfig eingeschlossen. Das geschah nur ein- oder zweimal im Monat, aber wenn Ferdinand an solchen Morgen aufwachte und eine Maus darin entdeckte, drehte er fast durch vor Glückseligkeit – hüpfte um den Käfig herum, klatschte in die Hände und brach in ausgelassenes, grunzendes, nasales Gelächter aus. Dann hob er die Maus am Schwanz hoch und briet sie mit großer Akribie über den Flammen des Ofens. Es war schrecklich mit anzusehen, wie die Maus ums liebe Leben zappelte und quiekte, aber Ferdinand stand einfach da, völlig vertieft in das, was er tat, murmelte vor sich hin und gackerte etwas von den Wonnen des Fleisches. Ein morgendlicher Festschmaus für den Kapitän, verkündete er, wenn er mit der Sengerei fertig war, und dann, mit einem dämonischen Grinsen im Gesicht, verschlang er das Tier mampfend und geifernd mit Haut und Haaren, spie aber die Knochen beim Kauen sorgfältig aus. Er legte sie zum Trocknen auf die Fensterbank, um sie später in seine Schiffe einzubauen – als Masten, Fahnenstangen oder Harpunen. Einmal, erinnere ich mich, nahm er den Brustkorb einer Maus auseinander und verwendete die Rippen als Ruder für ein Galeerenschiff. Ein andermal nahm er den Schädel einer Maus als Galionsfigur und befestigte ihn am Bug eines Piratenschoners. Es war ein prächtiges Stück Arbeit, wie ich zugeben muß, auch wenn mich der Anblick mit Ekel erfüllte.

Wenn das Wetter gut war, stellte Ferdinand seinen Stuhl vor das offene Fenster, legte sein Kopfkissen aufs Fensterbrett und saß dann stundenlang vornübergebeugt, das Kinn in die Hände gestützt, und sah nach unten auf die Straße hinaus. Was er dabei dachte, war unmöglich in Erfahrung zu bringen, denn er sprach kein einziges Wort; nur manchmal, Stunden nach Beendigung einer solchen Sitzung, fing er mit grimmiger Stimme zu quatschen an, ließ einen ganzen Schwall streitsüchtigen Unsinns vom Stapel. »Alles einstampfen«, platzte er dann etwa heraus. »Einstampfen und den Staub verstreuen. Schweine, alle miteinander! Du willst mir das Schlottern beibringen, feinfiedriger Feind? Das schaffst du nie. Puh und pah, ich bin in Sicherheit.« Ein Galimathias nach dem anderen sprudelte aus ihm heraus wie irgendein Gift, das sich in seinem Blut angesammelt hatte. So tobte und zeterte er fünfzehn oder zwanzig Minuten lang, um dann jäh und völlig unvermittelt wieder in Schweigen zu verfallen, als habe der Sturm in seinem Innern sich plötzlich wieder gelegt.

In den Monaten, die ich dort lebte, wurden Ferdinands Schiffe nach und nach immer kleiner. Von Whiskey- und Bierflaschen arbeitete er sich hinunter zu Hustensaftflaschen und Reagenzgläsern und leeren Parfümflakons, bis seine Schiffe schließlich geradezu mikroskopische Ausmaße annahmen. Mir kam diese Arbeit unvorstellbar vor, aber Ferdinand schien nie genug davon bekommen zu können. Und je kleiner das Schiff, desto mehr hing er daran. Ein paarmal, wenn ich morgens ein wenig früher als gewöhnlich aufwachte, sah ich Ferdinand am Fenster sitzen und ein Schiff in die Luft halten, er spielte damit wie ein Sechsjähriger, schwenkte es umher, steuerte es durch einen imaginären Ozean und murmelte mit verschiedenen Stimmen vor sich hin, als würde er die verteilten Rollen in einem selbsterfundenen Spiel darstellen. Armer, verblödeter Ferdinand. »Je kleiner, desto besser«, sagte er eines Abends zu mir, als er mit seinen Leistungen als Künstler herumprahlte. »Eines Tages baue ich ein Schiff, das so klein ist, daß kein Mensch es sehen kann. Dann wirst du erkennen, mit wem du es zu tun hast, du kleine klugscheißerische Herumtreiberin. Ein Schiff so klein, daß kein Mensch es sieht! Man wird ein Buch über mich schreiben, ich werde berühmt. Dann kriegst du deinen Teil, du fiese kleine Schlampe. Du wirst gar nicht wissen, wie dir geschieht. Haha! Keinen blassen Schimmer wirst du haben!«

Wir bewohnten ein einziges mittelgroßes Zimmer, etwa fünfzehn mal zwanzig Fuß. Es gab eine Spüle, einen kleinen Campingkocher, einen Tisch, zwei Stühle – später einen dritten – und in einer Ecke, vom Rest des Zimmers durch ein fadenscheiniges Laken abgeteilt, einen Nachttopf. Ferdinand und Isabel schliefen getrennt in verschiedenen Ecken, ich selbst in der dritten. Betten gab es nicht, aber mit einer zusammengefalteten Decke als Polster unter mir war es auf dem Boden nicht unbequem. Verglichen mit den Monaten, die ich im Freien verbracht hatte, war es der reinste Luxus.

Meine Anwesenheit erleichterte Isabel das Leben, und vorübergehend schien sie wieder ein wenig zu Kräften zu kommen. Sie hatte die ganze Arbeit allein erledigt – die Materialjagd auf den Straßen, die Gänge zu den Auferstehungsagenten, die Nahrungsmittelkäufe auf dem städtischen Markt, das Essenkochen zu Hause, das morgendliche Ausleeren der Exkremente –, und jetzt hatte sie wenigstens jemanden, der die Last mit ihr teilte. In den ersten Wochen machten wir alles gemeinsam. Zurückblickend möchte ich meinen, daß dies unsere besten Tage waren: wir beide vor Sonnenaufgang draußen auf der Straße, wie wir durch die stille Dämmerung zogen, die menschenleeren Gassen, die breiten Boulevards. Es war Frühling, Ende April, glaube ich, und das Wetter war trügerisch schön, so schön, daß man das Gefühl hatte, es würde niemals mehr regnen und Kälte und Wind hätten sich für immer verzogen. Wir nahmen nur einen Wagen mit, den anderen ließen wir im Haus, und ich schob ihn langsam, in

Isabels Tempo, vor mir her, wartete, bis sie sich orientiert und unsere Aussichten abgeschätzt hatte. Es stimmte alles, was sie von sich erzählt hatte. Sie besaß eine außerordentliche Begabung für diese Arbeit, und selbst in ihrem geschwächten Zustand war sie so gut wie jeder andere, dem ich je zugesehen hatte. Manchmal kam sie mir wie eine Dämonin vor, wie eine ausgemachte Hexe, die mit Zauberkräften Dinge aufspürte. Ich bat sie immer wieder, mir zu erklären, wie sie das machte, aber viel wußte sie dazu nicht zu sagen. Sie blieb dann stehen, dachte ernsthaft einige Augenblicke lang nach, um schließlich irgendeine allgemeine Bemerkung von sich zu geben wie die, daß man Ausdauer haben müsse oder die Hoffnung nie aufgeben dürfe – und das in so vagen Formulierungen, daß ich überhaupt nichts damit anfangen konnte. Wenn ich schließlich doch etwas von ihr lernte, dann durch Beobachtung, nicht durch Zuhören, und das nahm ich durch eine Art Osmose in mich auf, genauso wie man eine neue Sprache lernt. Wir starteten einfach ins Blaue, streiften mehr oder weniger ziellos umher, bis Isabel eine Eingebung hatte, wo wir suchen sollten, und dann ließ ich sie zur Bewachung des Wagens zurück und trottete zu der bezeichneten Stelle. In Anbetracht des Mangels, der damals auf den Straßen herrschte, war unsere Ausbeute ganz ordentlich, jedenfalls ausreichend, um uns zu versorgen, und es war gar keine Frage, daß wir ein gutes Gespann bildeten. Nur daß wir auf der Straße kaum miteinander sprachen. Das sei gefährlich, wie Isabel mich oftmals warnte. Bloß nicht an irgend etwas denken, sagte sie. Einfach mit der Straße verschmelzen und so tun, als hätte man keinen Körper. Keine Grübeleien; weder Trauer noch Glück empfinden; nichts als die Straße, im Innern ganz leer, sich nur auf den allernächsten Schritt konzentrieren. Von allen Ratschlägen, die sie mir gab, war dies der einzige, den ich je verstanden habe.

Trotz meiner Hilfe jedoch, und obwohl ihr nun täglich viele Meilen erspart wurden, begannen Isabels Kräfte zu schwinden. Tag für Tag fiel es ihr schwerer, im Freien zurechtzukommen, die langen Stunden auf den Beinen durchzustehen, und eines Morgens taten ihr schließlich die Füße so weh, daß sie einfach nicht mehr hochkam und ich ohne sie losziehen mußte. Von diesem Tag an machte ich die ganze Arbeit allein.

Die Tatsachen – ich will sie dir eine nach der anderen erzählen. Ich übernahm die alltäglichen Haushaltspflichten. Ich trug die Verantwortung, auf mir lastete alles. Da wirst du sicher lachen. Du weißt ja noch, wie ich es zu Hause hatte: Köchin, Dienstmagd, jeden Freitag die Wäsche sauber und gefaltet in meiner Kommode. Nie brauchte ich einen Finger zu rühren. Die ganze Welt gehörte mir, und nie habe ich das in Frage gestellt: die Klavierstunden, die Zeichenstunden, die Sommer am See auf dem Lande, die Auslandsreisen mit meinen Freunden. Und jetzt war ich ein Packesel, die einzige Stütze zweier Leute, denen ich in meinem alten Leben niemals begegnet wäre. Isabel mit ihrer wahnhaften Reinheit und Güte; Ferdinand, der sich ganz seinen groben, schwachsinnigen Wutanfällen überließ. Das alles war so fremd, so unwahrscheinlich. Aber die Tatsache blieb, daß Isabel mir das Leben ebenso sicher gerettet hatte wie ich ihr das ihre, und wie selbstverständlich tat ich für sie, was ich nur konnte. Aus einer kleinen Waise, die sie von der Straße geholt hatten, wurde ich zu einem Bezugspunkt, von dem Leben oder Untergang abhing. Ohne mich hätten sie keine zehn Tage überstanden. Ich will nicht mit meinen Taten prahlen, aber zum erstenmal in meinem Leben waren Leute auf mich angewiesen, und ich habe sie nicht im Stich gelassen.

Anfangs beteuerte Isabel immer wieder, es gehe ihr gut, es fehle ihr nichts, was ein paar Tage Ruhe nicht heilen könnten. »Ehe du dich versiehst, werde ich wieder auf den Beinen sein«, sagte sie jedesmal, wenn ich morgens aufbrach. »Das ist nur eine Frage der Zeit.« Aber mit dieser Illusion war es bald vorbei. Wochen vergingen, und ihr Zustand änderte sich nicht. Mitte Frühjahr wurde uns beiden klar, daß sie sich nicht mehr erholen würde. Es war ein verhängnisvoller Tag für uns, als ich ihren Einkaufswagen und ihre Plündererlizenz an einen Schwarzhändler in der vierten Zensuszone verkaufen mußte. Es war das endgültige Eingeständnis ihrer Krankheit, aber etwas anderes blieb uns nicht übrig. Der Wagen stand nur noch Tag für Tag im Haus herum, ohne irgendwem zu nützen, und zu der Zeit hatten wir das Geld bitter nötig. Der Form halber war es Isabel selbst, die schließlich den Vorschlag machte, daß ich es tun sollte, aber das bedeutete nicht, daß es ihr leicht fiel.

Danach veränderte sich unsere Beziehung ein wenig. Wir waren keine gleichrangigen Partner mehr, und da ihr die zusätzliche Last, die sie mir aufbürdete, Schuldgefühle verursachte, fing sie an, mich maßlos zu bemuttern, und wurde schier hysterisch, wenn es um mein Wohlergehen ging. Nicht lange nachdem ich begonnen hatte, allein auf Beutefang zu gehen, unternahm sie den Versuch, mein Äußeres zu verbessern. Ich sei zu hübsch für den täglichen Kontakt mit der Straße, sagte sie, da müsse etwas getan werden. »Ich ertrage es einfach nicht, dich jeden Morgen so losziehen zu sehen«, erklärte sie. »Jungen Mädchen stoßen andauernd schreckliche Dinge zu, so schrecklich, daß ich gar nicht davon reden kann. Ach Anna, mein liebes Kindchen, wenn ich dich jetzt verlöre, könnte ich mir nie verzeihen, ich würde auf der Stelle sterben. Für Eitelkeit ist hier kein Platz, mein Engel – davon mußt du lassen.« Isabel sprach so überzeugt, daß ihr die Tränen kamen, und ich sah ein, daß es besser wäre, ihr zuzustimmen, als einen Streit anzufangen. Ehrlich gesagt, war ich ziemlich wütend. Aber da ich selbst schon einiges von dem, wovon sie nicht reden konnte, gesehen hatte, konnte ich ihr im Grunde kaum widersprechen. Als erstes mußten meine Haare dran glauben – eine furchtbare Sache war das. Daß ich nicht in Tränen ausbrach, war alles; und daß Isabel, während sie an mir herumschnippelte und mir Mut zusprach, die ganze Zeit zitterte und kurz davor war, in mütterlicher Untröstlichkeit aufzuschluchzen, machte das Ganze nur um so schlimmer. Ferdinand war natürlich auch dabei, saß mit verschränkten Armen in seiner Ecke und verfolgte die Szene mit grausamer Distanziertheit. Als meine Haare auf den Boden zu fallen begannen, lachte er, und während sie immer weiter fielen, sagte er, so langsam sähe ich wie eine Lesbe aus, und ob das nicht lustig sei, daß Isabel jetzt solche Sachen mache, wo ihre Möse so vertrocknet sei wie ein Stück Holz. »Höre nicht auf ihn, mein Engel«, sagte Isabel mir dauernd ins Ohr, »achte nicht darauf, was dieser Unmensch da von sich gibt.« Aber wie hätte ich es nicht hören, von seinem boshaften Lachen unberührt bleiben sollen? Als Isabel endlich fertig war, reichte sie mir einen kleinen

Spiegel und bat mich, hineinzusehen. Die ersten Sekunden waren entsetzlich. Ich war so häßlich, daß ich mich selbst nicht mehr erkannte. Als wäre ich in eine andere verwandelt worden. Was ist mit mir geschehen? dachte ich. Wo bin ich? Genau in diesem Augenblick brach Ferdinand wieder in Gelächter aus, stieß einen wahren Schwall von Gehässigkeiten hervor, und das war zuviel für mich. Ich schleuderte den Spiegel durchs Zimmer, und fast hätte ich ihn damit im Gesicht getroffen. Er flog an seiner Schulter vorbei, knallte an die Wand und klirrte zersplittert auf den Boden. Ein paar Sekunden lang glotzte Ferdinand bloß ungläubig, dann drehte er sich zornbebend und völlig außer sich zu Isabel herum und sagte: »Hast du das gesehen? Sie wollte mich umbringen! Die Scheißnutte wollte mich umbringen!« Aber Isabel hatte nicht vor, ihm ihr Beileid auszusprechen, und kurz darauf hielt er endlich die Klappe. Von da an sprach er nie mehr ein Wort davon, kam nie mehr auf meine Haare zu sprechen.

Schließlich lernte ich, damit zu leben. Was mir zu schaffen machte, war bloß die Vorstellung, aber wenn man es sich genau überlegte, sah ich wohl gar nicht so schlimm aus. Jedenfalls hatte Isabel nicht im Sinn, einen Jungen aus mir zu machen – keine Verkleidung, keine falschen Schnurrbärte –, sondern wollte nur das Weibliche an mir, meine Auswüchse, wie sie das nannte, weniger augenfällig erscheinen lassen. Ich bin ja ohnehin nicht gerade ein Bild von einem Mann gewesen, und mich jetzt als einen auszugeben, hätte auch nichts eingebracht. Du erinnerst dich an meine Lippenstifte, meine geschmacklosen Ohrringe, meine engen und kurzen Röcke. Ich habe mich immer gern herausgeputzt und den Vamp gespielt, schon als kleines Kind. Isabel war darauf aus, daß ich sowenig Aufsehen erregte wie möglich, sie wollte dafür sorgen, daß niemand sich nach mir umdrehte. Nachdem meine Haare ab waren, gab sie mir daher eine Mütze, eine locker sitzende Jacke, wollene Hosen und ein paar ordentliche Schuhe – die sie erst kürzlich für sich selbst gekauft hatte. Die Schuhe waren eine Nummer zu groß, doch sollte möglichen Blasen mit einem zusätzlichen Paar Socken vorgebeugt werden. So ausstaffiert, Brüste und Hüfte einigermaßen versteckt, bot mein Körper nur noch herzlich wenig, wonach es jemanden hätte gelüsten können. Um das wirklich Vorhandene zu sehen, wäre eine lebhafte Phantasie vonnöten gewesen, und wenn in dieser Stadt an irgend etwas Mangel herrscht, dann an Phantasie.

Mein Leben damals: früh am Morgen auf und los, die langen Tage in den Straßen, und abends dann wieder nach Hause. Ich war zu beschäftigt, um über irgend etwas nachdenken zu können, zu erschöpft, um Abstand von mir gewinnen und vorausschauen zu können, und nach dem Abendessen wollte ich immer nur noch eines: in meiner Ecke zusammenklappen und schlafen. Der Vorfall mit dem Spiegel hatte in Ferdinands Verhalten leider eine Veränderung bewirkt; zwischen uns entstand eine Spannung, die kaum noch erträglich war. In Zusammenhang mit der Tatsache, daß er die Wohnung jetzt tagsüber mit Isabel teilen mußte – was ihn seiner Freiheit und Einsamkeit beraubte –, wurde ich zum Brennpunkt seiner Aufmerksamkeit, wann immer ich zu Hause war. Damit meine ich gar nicht so sehr sein Gemecker und die ewigen Sticheleien über die Höhe meiner Einnahmen oder das Essen, das ich für unsere Mahlzeiten nach Hause brachte. Nein, all das war von ihm zu erwarten gewesen. Das eigentliche Problem war viel ernster, geradezu verheerend in der Raserei, die dahintersteckte. Mit einemmal war ich Ferdinands einziger Trost geworden, seine einzige Chance, sich Isabel zu entziehen, und da er mich verachtete, da schon meine Anwesenheit ihn peinigte, gab er sich alle Mühe, mir die Dinge so schwer wie nur möglich zu machen. Er sabotierte buchstäblich mein Leben, schikanierte mich bei jeder Gelegenheit, bombardierte mich mit tausend spitzen Attacken, gegen die ich mich nicht wehren konnte. Ich ahnte schon früh, wohin das alles führen würde, aber auf so etwas war ich nicht vorbereitet gewesen, und ich wußte nicht, wie ich mich dagegen verteidigen sollte.

Du kennst mich ja sehr gut. Du weißt, was mein Körper braucht und was nicht, welche Stürme und Begierden darin lauern. Dergleichen gibt sich nicht einfach, auch nicht in einer Stadt wie dieser. Zugegeben, die Möglichkeiten, deinen Lüsten zu frönen, sind hier weniger zahlreich, und wenn man durch die Straßen geht, muß man kalt sein bis ins Herz, seinen Kopf von allen erotischen Abschweifungen freihalten – und trotzdem gibt es, nachts im Bett zum Beispiel, wenn die ganze Welt um dich herum im Dunkeln liegt, Augenblicke der Einsamkeit, in denen es schwerfällt, sich nicht in diversen Situationen vorzustellen. Ich will nicht verhehlen, wie einsam ich in meiner Ecke war. So etwas kann einen manchmal schon wahnsinnig machen. Ein Schmerz bohrt in deinem Innern, ein entsetzlicher brüllender Schmerz, der niemals aufhören wird, wenn man nichts dagegen unternimmt. Weiß Gott, ich habe versucht, mich zu beherrschen, aber es gab Zeiten, da hielt ich es nicht mehr aus, da glaubte ich, mir würde das Herz zerspringen. Dann schloß ich die Augen und mühte mich einzuschlafen, doch mein Gehirn war völlig aufgewühlt, schwemmte Bilder des vergangenen Tages nach oben, höhnte mich mit einem Inferno von Straßen und Leichen, und um das Chaos zu vervollständigen, gingen mir auch Ferdinands jüngste Beleidigungen nicht aus dem Kopf, so daß an Schlaf überhaupt nicht zu denken war. Masturbieren war das einzige, was ein wenig zu helfen schien. Verzeih mir meine Unverblümtheit, aber ich wüßte nicht, wieso ich mich zieren sollte. Wir alle bedienen uns ja dieser Lösung, und unter den damaligen Umständen hatte ich keine große Wahl. Fast ohne mir dessen bewußt zu sein, begann ich meinen Körper zu streicheln, wobei ich mir einbildete, meine Hände gehörten jemand anderem – ich rieb mir den Bauch sanft mit den Handflächen, strich über die Innenseiten meiner Schenkel, umfaßte zuweilen sogar meine Hinterbacken und bearbeitete das Fleisch mit den Fingern, als gäbe es mich zweimal und wir lägen einander in den Armen. Mir war klar, daß es sich nur um ein trauriges Spielchen handelte, doch mein Körper reagierte gleichwohl auf diese Tricks, und schließlich spürte ich unten Feuchtigkeit zusammenlaufen. Den Rest besorgte der Mittelfinger meiner rechten Hand, und sobald es vorbei war, durchrieselte Schlaffheit meine Knochen und machte meine Augenlider schwer, bis ich endlich in Schlaf sank.

Alles gut und schön, mag sein. Das Problem war nur, daß es in so beengten Verhältnissen gefährlich war, auch nur das leiseste Geräusch zu verursachen, und in gewissen Nächten muß ich mich verraten haben, muß mir im entscheidenden Augenblick ein Seufzer, ein Winseln entschlüpft sein. Ich sage dies, weil ich bald merkte, daß

Ferdinand mir gelauscht hatte, und verkommen wie er war, fand er natürlich bald heraus, was ich da trieb. Nach und nach wurden seine Beleidigungen immer anzüglicher – ein Hagel von Anspielungen und häßlichen Seitenhieben. Nannte er mich eben noch eine perverse kleine Hure, behauptete er gleich darauf, kein Mann würde je ein so frigides Miststück wie mich anfassen wollen – alles widersprüchliche Unterstellungen, die unaufhörlich und von allen Seiten auf mich einstürmten. Es war eine einzige Niedertracht, und ich wußte, daß das für uns alle noch böse ausgehen würde. In Ferdinands Gehirn hatte sich etwas eingenistet, was nicht mehr herauszubekommen war. Er sammelte Mut, holte zum Schlag aus, ich sah, wie er täglich dreister wurde, selbstsicherer, seinem Ziel näher kam. Mit diesem Zöllner am Muldoon Boulevard hatte ich meine erste schlechte Erfahrung gemacht, aber das war im Freien gewesen, und ich hatte weglaufen können. Hier sah die Sache anders aus. Die Wohnung war zu klein, und wenn dort etwas geschähe, säße ich in der Falle. Abgesehen davon, nie mehr zu schlafen, fiel mir nichts ein, was ich hätte tun können.

Es war Sommer, den Monat habe ich vergessen. Ich erinnere mich noch an die Hitze, die langen Tage, die das Blut zum Kochen brachten, die stickigen Nächte. Die Sonne ging unter, aber die sengende Luft lag noch immer auf einem, voller Gerüche, die einem den Atem verschlugen. An einem solchen Abend kam Ferdinand schließlich zur Sache – auf allen vieren schob er sich zentimeterweise durch das Zimmer, rückte mit dämlicher Verstohlenheit an mein Bett heran. Aus Gründen, die ich noch immer nicht begreife, war meine ganze Panik in dem Augenblick wie weggeblasen, da er mich anfaßte. Ich hatte dort im Dunkeln gelegen und mich schlafend gestellt, ohne zu wissen, ob ich versuchen sollte, ihn abzuwimmeln oder einfach aus Leibeskräften zu schreien. Jetzt wurde mir plötzlich klar, daß ich weder das eine noch das andere tun würde.

Ferdinand legte seine Hand auf meine Brust und ließ ein leises Kichern raus, eines jener selbstgefälligen, erbärmlichen Geräusche, die nur von Leuten kommen können, die in Wirklichkeit bereits tot sind, und in diesem Moment wußte ich ganz genau, was ich zu tun hatte. In diesem Wissen lag eine so tiefe Gewißheit, wie ich sie nie zuvor empfunden hatte. Ich sträubte mich nicht, ich schrie nicht auf, ich reagierte mit keinem Teil meiner selbst, den ich als mir zugehörig erkennen konnte. Plötzlich schien alles egal zu sein. Alles. Ich war von jener Gewißheit erfüllt, und die betäubte alles andere. In dem Augenblick, als Ferdinand mich berührte, wußte ich, daß ich ihn töten würde, und die Gewißheit war so stark, so überwältigend, daß ich fast innehalten und ihm davon erzählen wollte, nur damit er erführe, was ich von ihm dachte und warum er den Tod verdiente.

Er rutschte mit seinem Körper noch näher an mich heran, streckte sich am Rand der Pritsche aus, begann sein rauhes Gesicht in meinen Hals zu wühlen und murmelte mir etwas davon vor, daß er die ganze Zeit über recht gehabt hätte, und ja, er würde mich ficken, und ja, ich würde jede Sekunde genießen. Sein Atem roch nach Dörrfleisch und den Rüben, die wir zu Abend gegessen hatten, und wir schwitzten beide ungeheuer, wir schwammen förmlich in Schweiß. Die Luft im Zimmer war zum Ersticken, sie stand darin, und jedesmal, wenn er mich anfaßte, fühlte ich das salzige Wasser über meine Haut rinnen. Ich tat nichts, um ihn aufzuhalten, lag einfach schlaff und leidenschaftslos da, ohne ein Wort zu sagen. Nach einer Weile begann er sich zu vergessen, das spürte ich, ich fühlte ihn an mir herumtasten, und als er dann auf mich klettern wollte, legte ich die Finger um seinen Hals. Anfangs ganz sachte, als spielte ich mit ihm, als wäre ich endlich seinem Charme erlegen, seinem unwiderstehlichen Charme, weshalb er auch keinen Verdacht schöpfte. Dann begann ich zu drükken, und seiner Kehle entrang sich ein heftiges leises Würgen. In diesem ersten Augenblick, nachdem ich begonnen hatte zuzudrücken, empfand ich ein unbeschreibliches Glücksgefühl, überschwemmte mich ein unbändiges Entzücken. Es war, als hätte ich irgendeine innere Schwelle überschritten, und die Welt war mit einem Schlag zu einem Ort von unvorstellbarer Unkompliziertheit geworden. Ich schloß die Augen, und da hatte ich das Gefühl, durchs leere All zu fliegen, ich bewegte mich durch eine Nacht von ungeheurer Schwärze und voller Sterne. Solange ich Ferdinands Kehle gepackt hielt, war ich frei. Ich war jenseits der Erdanziehung, jenseits der Nacht, jenseits jeglicher Wahrnehmung meiner selbst.

Und dann kam das Merkwürdigste. Gerade als mir klar wurde, daß ich nur noch wenige Augenblicke weiterzudrücken brauchte, um die Sache zu Ende zu bringen, ließ ich los. Mit Schwäche hatte das nichts zu tun, auch nicht mit Mitleid. Mein Griff um Ferdinands Kehle war eisenhart, nichts hätte ihn lockern können, und wenn er noch so gestrampelt und um sich geschlagen hätte. Nein, mir wurde nur plötzlich bewußt, was für ein Vergnügen ich dabei empfand. Ich weiß nicht, wie ich das sonst ausdrücken könnte, aber als ich da in der schwülen Finsternis auf dem Rücken lag und Ferdinand langsam das Leben ausquetschte, es fast schon geschafft hatte, merkte ich, daß ich ihn nicht aus Notwehr tötete – ich tötete ihn aus purem Vergnügen. Schreckliches Bewußtsein, schreckliches, schreckliches Bewußtsein. Ich ließ Ferdinands Kehle los und stieß ihn mit aller Kraft von mir weg. Ich empfand nichts als Ekel, nichts als Empörung und Bitterkeit. Daß ich aufgehört hatte, war ziemlich belanglos. So oder so wäre es nur um wenige Sekunden gegangen, aber ich erkannte jetzt, daß ich kein bißchen besser war als Ferdinand, nicht besser als jeder andere.

Ein furchtbares pfeifendes Keuchen drang aus Ferdinands Lungen, jämmerlich und unmenschlich wie der Schrei eines Esels. Seine Kehle umklammernd, krümmte er sich auf dem Boden, die Brust hob sich in Panik, verzweifelt schnappte er nach Luft, geiferte, hustete, würgte die Katastrophe hoch und bespie sich von oben bis unten. »Jetzt weißt du Bescheid«, sagte ich zu ihm. »Jetzt weißt du, mit wem du es zu tun hast. Wenn du so etwas noch einmal versuchst, werde ich nicht mehr so großzügig sein.«

Ich wartete gar nicht erst ab, bis er sich vollständig erholt hatte. Es war schon genug, daß er überleben würde, mehr als genug. Ich stieg in meine Kleider und verließ die Wohnung, ging die Treppen hinunter und trat in die Nacht hinaus. Das alles war so schnell gegangen. Von Anfang bis Ende, stellte ich fest, hatte das Ganze nur wenige Minuten gedauert. Und Isabel war nicht aufgewacht. Das allein war schon ein Wunder. Ich war kurz davor gewesen, ihren Mann umzubringen, und Isabel in ihrem Bett hatte sich nicht gerührt.

Zwei oder drei Stunden lang streifte ich ziellos umher und kehrte dann in die Wohnung zurück. Es ging auf vier Uhr morgens zu, und Ferdinand und Isabel schliefen in ihren üblichen Ecken. Gegen sechs, so schätzte ich, würde die Hölle los sein: Ferdinand würde durchs Zimmer toben, mit den Armen herumfuchteln und mich mit Schaum vor dem Mund eines Verbrechens nach dem anderen beschuldigen. Es konnte gar nicht anders kommen. Unsicher war ich nur, wie Isabel darauf reagieren würde. Mein Instinkt sagte mir, sie würde sich auf meine Seite stellen, aber sicher war das nicht. Man kann nie wissen, was für Loyalitäten im entscheidenden Augenblick aufbrechen, was für Konflikte sich ergeben können, wenn man am wenigsten damit rechnet. Ich versuchte, mich auf das Schlimmste vorzubereiten – und wußte, daß ich noch am selben Tag wieder auf der Straße sein würde, wenn das Blatt sich gegen mich wendete.

Isabel erwachte wie gewöhnlich als erste. Das war keine leichte Sache für sie, denn morgens waren die Schmerzen in ihren Beinen meistens am heftigsten, und oft brauchte sie zwanzig oder dreißig Minuten, bis sie den Mut fand, aufzustehen. An diesem Morgen fiel es ihr besonders schwer, und während sie langsam daran ging, sich hochzurappeln, hantierte ich wie gewöhnlich in der Wohnung herum und versuchte, mich so zu benehmen, als wäre nichts geschehen: Wasser aufsetzen, Brot schneiden, Tisch decken – der übliche Trott. In der Regel schlief Ferdinand morgens bis zur allerletzten Minute, rührte sich erst, wenn er den Haferbrei auf dem Ofen riechen konnte, daher schenkten wir beide ihm auch jetzt keinerlei Beachtung. Sein Gesicht war der Wand zugedreht, und allem Anschein nach klammerte er sich bloß ein wenig hartnäckiger als sonst an den Schlaf. Angesichts dessen, was er in der Nacht zuvor durchgemacht hatte, leuchtete mir das durchaus ein, und ich dachte nicht weiter darüber nach.

Schließlich wurde sein Schweigen dann aber doch auffällig. Isabel und ich hatten unsere diversen Vorbereitungen abgeschlossen und waren bereit, uns zum Frühstück hinzusetzen. Normalerweise hätte jetzt eine von uns Ferdinand geweckt, doch an diesem Morgen aller Morgen blieben wir beide stumm. Eine seltsame Unlust schien im Raum zu schweben, und nach einer Weile begann ich zu spüren, daß wir das Thema absichtlich umgingen, daß jede von uns beschlossen hatte, die andere zuerst reden zu lassen. Ich hatte natürlich meine Gründe, zu schweigen, aber Isabels Verhalten überraschte mich sehr. Etwas Unheimliches steckte dahinter, eine Spur von Trotz und Anspannung, als habe sich unmerklich etwas in ihr verändert. Ich wußte nicht, was ich davon halten sollte. Vielleicht habe ich mich in der vorangegangenen Nacht getäuscht, dachte ich. Vielleicht war sie wach gewesen; vielleicht hatte sie die Augen offen gehabt und die ganze abscheuliche Sache mit angesehen.

»Fehlt dir was, Isabel?« fragte ich.

»Nein, meine Liebe. Was sollte mir fehlen?« sagte sie und schenkte mir ihr unsicheres, engelhaftes Lächeln.

»Meinst du nicht, wir sollten Ferdinand wecken? Du weißt doch, wie er sich aufführt, wenn wir ohne ihn anfangen. Er soll nicht auf den Gedanken kommen, daß wir ihn um seinen Anteil betrügen.«

»Nein, das tun wir wohl auch kaum«, sagte sie mit einem leisen Seufzer. »Ich habe nur eben diesen gemeinsamen Augenblick genossen. Wir kommen nur noch so selten dazu, allein miteinander zu sein. Ein stilles Haus hat doch etwas Zauberhaftes, findest du nicht?«

»Doch, Isabel, ja. Aber ich finde auch, daß wir Ferdinand jetzt wekken sollten.«

»Wenn du darauf bestehst. Ich habe nur versucht, die Stunde der Abrechnung hinauszuzögern. Das Leben kann doch so wunderbar sein, sogar in Zeiten wie diesen. Es ist ein Jammer, daß manche Leute nichts anderes im Sinn haben, als es einem zu verderben.«

Ich erwiderte nichts auf diese mysteriösen Bemerkungen. Irgend etwas stimmte offensichtlich nicht, und so langsam ahnte ich, was es war. Ich ging in Ferdinands Ecke hinüber, hockte mich neben ihn und legte ihm eine Hand auf die Schulter. Nichts geschah. Ich rüttelte an der Schulter, und als Ferdinand sich noch immer nicht rührte, rollte ich ihn auf den Rücken. Im ersten Moment sah ich überhaupt nichts. Mich durchfuhr nur ein Gefühl, ein brennender Tumult von Gefühlen. Das ist ein Toter, sagte ich mir. Ferdinand ist ein toter Mann, und ich sehe ihn mit eigenen Augen an. Erst als ich mir dies gesagt hatte, merkte ich, in was für einem Zustand sein Gesicht war: die Augen waren aus ihren Höhlen hervorgetreten, die Zunge hing ihm aus dem Mund, um seine Nase klebte angetrocknetes Blut. Es kann nicht sein, daß Ferdinand tot ist, dachte ich. Als ich die Wohnung verließ, hatte er gelebt, und es war ausgeschlossen, daß meine Hände das getan hatten. Ich wollte ihm den Mund schließen, aber der Kiefer war schon steif, so daß ich ihn nicht bewegen konnte. Ich hätte ihm schon die Knochen im Gesicht brechen müssen, und dazu fehlte mir die Kraft.

»Isabel«, sagte ich ganz leise. »Du solltest wohl mal herkommen.«

»Stimmt was nicht?« fragte sie. Ihrer Stimme war nicht anzumerken, ob sie wußte, was sie erwartete.

»Komm her und sieh es dir selbst an.«

Wie sie es in letzter Zeit stets zu tun gezwungen war, schlurfte Isabel auf ihren Stuhl gestützt durchs Zimmer heran. In Ferdinands Ecke hievte sie sich auf ihren Stuhl zurück, verschnaufte kurz und sah dann auf die Leiche nieder. Mehrere Sekunden lang starrte sie völlig abwesend hin und zeigte keinerlei Gefühlsregung. Und dann begann sie ganz plötzlich, ohne die leiseste Geste, tonlos zu weinen – scheinbar fast unbewußt entströmten die Tränen ihren Augen, rannen ihr über die Wangen. Kleine Kinder weinen manchmal so – ohne jedes Schluchzen und Luftholen: Wasser, das gleichmäßig aus zwei identischen Hähnen fließt.

»Ich glaube nicht, daß Ferdinand je wieder aufwacht«, sagte sie, ohne den Blick von der Leiche zu wenden. Es war, als könne sie nirgendwo anders hinsehen, als würden ihre Augen sich nie mehr von diesem Anblick losreißen können.

»Was glaubst du, ist geschehen?«

»Das weiß Gott allein, meine Liebe. Ich will mir nicht anmaßen, darüber zu spekulieren.«

»Er muß im Schlaf gestorben sein.«

»Ja, das klingt ganz vernünftig. Er muß im Schlaf gestorben sein.«

»Wie fühlst du dich, Isabel?«

»Ich weiß nicht. Es ist noch zu früh. Aber im Augenblick bin ich wohl glücklich. Ich weiß, es ist schrecklich, das zu sagen, aber ich glaube, ich bin sehr glücklich.«

»Das ist nicht schrecklich. Dir steht wie jedem anderen ein wenig Frieden zu.«

»Nein, meine Liebe, es ist schrecklich. Aber ich kann nichts dafür. Ich hoffe, Gott wird mir verzeihen. Ich hoffe, er wird es übers Herz bringen, mich nicht für das zu bestrafen, was ich jetzt empfinde.«

Den ganzen Vormittag war Isabel mit Ferdinands Leiche zugange. Helfen lassen wollte sie sich nicht, und so saß ich etliche Stunden in meiner Ecke und sah ihr zu. Natürlich war es sinnlos, Ferdinand anzuziehen, aber Isabel ließ sich nicht davon abbringen. Sie wollte, daß er so aussehe wie vor vielen Jahren, ehe Zorn und Selbstmitleid ihn zerstört hatten.

Sie wusch ihn mit Seife und Wasser, nahm ihm den Bart ab, schnitt seine Nägel und zog ihm dann den blauen Anzug an, den er früher zu besonderen Anlässen getragen hatte. Mehrere Jahre lang hatte sie diesen Anzug unter einem losen Dielenbrett versteckt gehalten, aus Angst, Ferdinand würde sie zwingen, ihn zu verkaufen, falls er ihn einmal finden sollte. Jetzt war ihm der Anzug zu groß, und sie mußte ein neues Loch in seinen Gürtel bohren, um die Hose um seine Taille befestigen zu können. Isabel arbeitete unglaublich langsam, mühte sich an jeder Kleinigkeit mit aufreizender Pedanterie, ohne je innezuhalten, ohne je schneller zu machen, und nach einer Weile begann es mir auf die Nerven zu gehen. Ich wollte das alles so schnell wie möglich erledigt sehen, aber Isabel beachtete mich überhaupt nicht. Sie war so vertieft in ihre Arbeit, daß sie mich gar nicht wahrzunehmen schien. Dabei redete sie fortwährend auf Ferdinand ein, machte ihm mit sanfter Stimme Vorwürfe, plapperte herum, als könnte er sie hören, als bekäme er jedes ihrer Worte mit. In Anbetracht seines noch immer in jener gräßlichen Todesfratze erstarrten Gesichts wird er wohl auch keine andere Wahl gehabt haben, als sie reden zu lassen. Immerhin war dies ihre letzte Gelegenheit, und dieses eine Mal war er außerstande, sie zu unterbrechen.

Bis gegen Mittag zog sich das so hin – sie kämmte ihm das Haar, bürstete die Flusen von seinem Jackett und richtete ihn immer wieder aufs neue her, als würde sie eine Puppe aufputzen. Als es endlich vorbei war, mußten wir entscheiden, was wir mit der Leiche tun sollten. Ich war dafür, Ferdinand nach unten zu tragen und auf der Straße liegen zu lassen, aber Isabel fand das herzlos. Zum allermindesten, sagte sie, sollten wir ihn in den Plündererwagen legen und durch die Stadt zu einem der Transformationszentren schieben. Ich war aus mehreren Gründen dagegen. Erstens war Ferdinand zu groß, und außerdem war es riskant, den Wagen durch die Straßen zu bugsieren. Ich sah ihn schon umkippen und Ferdinand herausfallen, sah die Geier uns Ferdinand und den Wagen entreißen. Noch schwerer wog, daß Isabel gar nicht die Kraft für einen solchen Ausflug hatte, und ich machte mir Sorgen, sie könnte dabei ernsten Schaden nehmen. Ein langer Tag auf den Beinen zerstörte womöglich das bißchen Gesundheit, das ihr noch geblieben war, und so sehr sie auch heulte und flehte, ich ließ mich nicht dazu erweichen.

Schließlich fanden wir so etwas wie eine Lösung. Damals schien sie mir sehr vernünftig, aber wenn ich jetzt daran zurückdenke, kommt sie mir reichlich bizarr vor. Nach einigem Hin und Her beschlossen wir nämlich, Ferdinand aufs Dach zu befördern und ihn von dort hinabzustürzen. Wir wollten einen Springer aus ihm machen. Zumindest die Nachbarn würden denken, Ferdinand habe noch etwas Kampfgeist übrig gehabt, sagte Isabel. Sie würden ihn da oben vom Dach fliegen sehen und sich sagen, das ist ein Mann, der den Mut hat, die Dinge selbst in die Hand zu nehmen. Es war unschwer zu erkennen, daß ihr diese Vorstellung sehr zusagte. Wir selbst, sagte ich, könnten uns dabei ausmalen, daß wir ihn über Bord würfen. Wenn ein Matrose auf hoher See stirbt, wird es auch so gemacht: Seine Kameraden werfen ihn ins Wasser. Ja, das gefiel Isabel sehr. Wir würden aufs Dach klettern und so tun, als stünden wir an Deck eines Schiffs. Die Luft wäre das Wasser, und die Straße wäre der Meeresgrund. Ferdinand bekäme ein Seemannsbegräbnis, und von da an würde er der See gehören. Dieser Plan hatte etwas so Einleuchtendes, daß jegliche weitere Diskussion sich erübrigte. Ferdinand bekäme sein Seemannsgrab, und endlich könnten die Haie ihn zu den ihren zählen.

Das Ganze erwies sich leider als nicht so einfach, wie es schien. Zwar lag die Wohnung im obersten Stockwerk des Gebäudes, doch gab es zum Dach keine Treppe. Der einzige Zugang führte über eine schmale Eisenleiter durch eine Luke in der Decke – eine Art Falltür, die man von innen aufstoßen konnte. Die Leiter hatte etwa ein Dutzend Sprossen und war höchstens sieben bis acht Fuß hoch, aber das änderte nichts daran, daß Ferdinand mit einer Hand senkrecht hochgezogen werden mußte, während man sich mit der anderen Hand festhielt, um nicht aus dem Gleichgewicht zu geraten. Isabel konnte dabei nicht viel helfen, also mußte ich es allein tun. Erst versuchte ich, ihn von unten hinaufzuschieben, dann, ihn von oben zu ziehen, aber ich schien einfach nicht die Kraft dazu zu haben. Er war mir zu schwer, zu groß, zu sperrig; und dann diese erstickende Hitze. Schweiß rann mir in die Augen, und ich wußte kaum noch weiter. Schon begann ich mich zu fragen, ob wir nicht eine ähnliche Wirkung erzielen könnten, wenn wir Ferdinand in die Wohnung zurückschleiften und aus dem Fenster stießen; was freilich nicht so dramatisch wäre, mir unter diesen Umständen aber als annehmbarer Ausweg erschien. Doch als ich gerade aufgeben wollte, hatte Isabel eine Idee. Wir würden Ferdinand in ein Laken wickeln, sagte sie, dann ein zweites Laken daranknüpfen und das Bündel damit nach oben ziehen. Das wäre auch nicht leicht, aber immerhin ersparte es mir, gleichzeitig klettern und tragen zu müssen. Ich stieg aufs Dach und zog Ferdinand Sprosse für Sprosse hoch. Isabel stand unten, dirigierte das Bündel und sorgte dafür, daß es nicht hängenblieb, und schließlich kam die Leiche nach oben. Dann legte ich mich flach auf den Bauch, streckte die Hand nach unten ins Dunkel aus und half Isabel herauf. Ich will nicht davon reden, wie oft sie abrutschte, beinahe stürzte und kurz vor dem Aufgeben war. Als sie endlich durch die Falltür kroch und sich langsam an meine Seite schleppte, waren wir beide so erschöpft, daß wir auf der heißen Teerpappe zusammenbrachen und mehrere Minuten lang nicht mehr hochkamen, unfähig, uns überhaupt noch zu bewegen. Ich weiß noch, wie ich da auf dem Rücken lag, in den Himmel sah und meinem Körper zu entschweben glaubte, mühsam um Atem ringend und vollkommen erschlagen von der grellen, alles versengenden Sonne.

Das Gebäude war nicht sonderlich hoch. Trotzdem war ich seit meiner Ankunft in der Stadt noch nie so hoch über dem Erdboden gewesen. Eine leichte Brise begann die Dinge hin und her zu treiben, und als ich schließlich auf die Füße kam und auf die wirre Welt da unten hinabblickte, entdeckte ich zu meiner Verblüffung den Ozean – am äußersten Horizont, in weiter Ferne schimmerte ein Streifen graublauen Lichts. Es war ganz seltsam, das Meer so zu sehen, und ich kann dir unmöglich beschreiben, was für eine Wirkung das auf mich hatte. Zum erstenmal seit meiner Ankunft bekam ich einen Beweis dafür, daß die Stadt nicht irgendwo und nirgends lag, daß jenseits davon noch etwas existierte, daß es außerhalb dieser Welt noch andere gab. Es überkam mich wie eine Offenbarung, fuhr mir wie ein Schwall Sauerstoff in die Lungen, fast schwindlig wurde mir bei dem Gedanken. Ich sah die weite Staffelung der Dächer. Ich sah den Rauch aus den Krematorien und Kraftwerken steigen. Ich hörte eine Explosion in einer nahegelegenen Straße. Ich sah Leute da unten gehen, so winzig, daß sie nicht mehr wie Menschen wirkten. Ich spürte den Wind im Gesicht und roch den Gestank in der Luft. Alles kam mir fremd vor, und während ich so neben Isabel auf dem Dach stand, noch zu erschöpft, um etwas sagen zu können, hatte ich plötzlich das Gefühl, ich sei tot, so tot wie Ferdinand in seinem blauen Anzug, so tot wie die Leute, die am Stadtrand in Rauch aufgingen. Ich wurde so ruhig wie lange nicht, ja geradezu glücklich, aber glücklich auf eine kaum faßliche Weise, als hätte dieses Glücksgefühl gar nichts mit mir zu tun. Und da begann ich mit einemmal zu weinen – ich meine, richtig zu weinen: aus tiefster Brust schluchzend, abgehackt und verzweifelt um Atem ringend –, ich heulte, wie ich seit meiner Kindheit nicht mehr geheult hatte. Isabel fiel mir um den Hals, und ich barg lange mein Gesicht an ihrer Schulter und schluchzte mir vollkommen grundlos die Seele aus dem Leibe. Ich habe keine Ahnung, woher diese Tränen kamen, aber noch etliche Monate später kam ich mir wie verwandelt vor. Zwar lebte und atmete ich weiter, bewegte mich von einem Fleck zum andern, doch konnte ich nicht die Vorstellung abschütteln, daß ich tot sei, daß nichts mich wieder dem Leben zurückgeben könne.

Irgendwann setzten wir unsere Arbeit auf dem Dach fort. Inzwischen war es später Nachmittag und die Hitze hatte den Teer zu einer zähen, klebrigen Masse zerschmolzen. Der Aufstieg über die Leiter war Ferdinands Anzug nicht gut bekommen, und nachdem wir ihn aus dem Laken befreit hatten, begann Isabel noch einmal, ihn ausgiebig herzurichten und aufzuputzen. Als es dann endlich soweit war, daß wir ihn an die Dachkante tragen konnten, behauptete Isabel, er müsse aufrecht stehen. Andernfalls würde der Zweck der ganzen Posse verfehlt. Wir müßten die Illusion erzeugen, daß Ferdinand ein Springer sei, sagte sie, und Springer kröchen nicht, sondern schritten kühn erhobenen Hauptes dem Abgrund entgegen. Dieser Logik war nichts entgegenzusetzen, und so rangen wir in den nächsten Minuten mit Ferdinands schwerfälligem Leichnam, schoben und zerrten ihn herum, bis er auf wackligen Füßen stand. Eine grausige kleine Komödie, kann ich dir sagen. Der tote Ferdinand stand jetzt also zwischen uns und schwankte wie eine riesige Aufziehpuppe – sein Haar wehte im Wind, die Hose rutschte ihm über die Hüfte, und dazu noch immer dieser verblüffte, entsetzte Ausdruck auf seinem Gesicht. Als wir ihn an die Dachkante führten, knickten ihm dauernd die Knie ein und schleiften nach, und als wir endlich ankamen, hatte er seine beiden Schuhe verloren. Keine von uns brachte es über sich, allzu nahe an den Rand zu treten, so daß wir nicht wissen konnten, ob uns von unten auf der Straße womöglich jemand beobachtete. Etwa einen Meter von der Kante entfernt – weiter wagten wir uns nicht vor – zählten wir im Takt, um unsere Bewegungen zu synchronisieren, gaben Ferdinand dann einen kräftigen Stoß und warfen uns gleichzeitig zurück, um von dem Schwung nicht mit in die Tiefe gerissen zu werden. Er knallte mit dem Bauch auf die Kante, kam ein wenig hoch und kippte dann ab. Ich erinnere mich, daß ich den Aufprall des Körpers auf dem Pflaster erwartete, doch ich hörte nichts als meinen Pulsschlag, das Klopfen meines Herzens in meinem Kopf. Danach haben wir Ferdinand nicht mehr gesehen. An diesem Tag gingen wir beide nicht mehr auf die Straße hinunter, und als ich am nächsten Morgen meine Runde mit dem Einkaufswagen antrat, war Ferdinand samt allem, was er getragen hatte, verschwunden.

Ich blieb bei Isabel bis zum Ende. Den Sommer und Herbst hindurch und noch ein wenig länger – bis zum Winteranfang, als die

Kälte gerade richtig einzusetzen begann. In all diesen Monaten wechselten wir kein Wort über Ferdinand – nicht über sein Leben, nicht über seinen Tod, über gar nichts. Es fiel mir schwer, zu glauben, daß Isabel die Kraft oder den Mut aufgebracht haben sollte, ihn zu töten, aber das war die einzige Erklärung, die mir einleuchtete. Oft war ich in Versuchung, sie nach jener Nacht zu fragen, aber ich brachte es nicht über mich. Schließlich war das Isabels Sache, und solange sie nicht darüber reden wollte, glaubte ich kein Recht dazu zu haben.

Soviel stand fest: Keine von uns bedauerte, daß er nicht mehr da war. Ein paar Tage nach der Zeremonie auf dem Dach suchte ich all seine Habseligkeiten zusammen und verkaufte sie, einschließlich der Schiffsmodelle und einer halbleeren Tube Leim, und Isabel sagte kein Wort dazu. Eigentlich hätte dies für sie eine Zeit des Neuanfangs sein können, aber es kam ganz anders. Mit ihrer Gesundheit ging es weiter bergab, und sie war nicht mehr in der Lage, aus dem Leben ohne Ferdinand noch einen Nutzen zu ziehen. Tatsächlich hat sie, nach jenem Tag auf dem Dach, die Wohnung nie mehr verlassen.

Ich wußte, daß Isabel sterben würde, aber ich glaubte nicht, daß es so schnell geschehen würde. Es begann damit, daß sie nicht mehr gehen konnte, und danach breitete sich die Schwäche langsam immer weiter aus, bis ihr nicht mehr nur die Beine den Dienst versagten, sondern alles, von den Armen bis zum Rückgrat und schließlich sogar Hals und Mund. Es handle sich um eine Art von Sklerose, erklärte sie mir, die unheilbar sei. Ihre Großmutter war vor langer Zeit an derselben Krankheit gestorben, auf die Isabel übrigens stets nur mit »der Kollaps« oder »der Verfall« anspielte. Ich konnte ihr die Sache zwar erleichtern, darüber hinaus aber war nichts zu machen.

Das Schlimmste daran war, daß ich weiterarbeiten mußte. Jeden Morgen aus dem Bett und auf die Straße, um aufzustöbern, was sich nur finden ließ. Ich war nicht mehr mit dem Herzen dabei, und es fiel mir immer schwerer, irgend etwas von Wert aufzutreiben. Ständig vertrödelte ich mich, indem meine Gedanken eine und meine Schritte eine andere Richtung einschlugen, unfähig, mich rasch und zielstrebig zu bewegen. Immer wieder kamen mir andere Materialjäger zuvor. Sie schienen aus dem Nichts herabzustoßen und schnappten mir die Sachen weg, wenn ich sie gerade aufheben wollte. Dies hatte zur Folge, daß ich immer länger draußen bleiben mußte, um mein Pensum zu erfüllen, während mich ständig der Gedanke quälte, daß ich eigentlich zu Hause sein und mich um Isabel kümmern sollte. Unablässig malte ich mir aus, ihr könnte in meiner Abwesenheit etwas zustoßen, sie würde ohne meinen Beistand sterben, und das allein war genug, mich völlig aus der Bahn zu werfen, mich meine Arbeit vergessen zu lassen. Und glaube mir, diese Arbeit mußte getan werden. Denn sonst hätten wir nichts zu essen gehabt.

Als es aufs Ende zuging, war Isabel nicht mehr in der Lage, sich aus eigener Kraft zu bewegen. Ich versuchte, sie stabil im Bett aufzusetzen, doch da sie ihre Muskeln kaum noch beherrschte, rutschte sie jedesmal nach wenigen Minuten wieder ab. Diese Lageveränderungen waren eine Tortur für sie, und sobald ihr Körper nur den Boden berührte, glaubte sie schon bei lebendigem Leibe zu verbrennen. Die Schmerzen waren aber nur ein Teil des Problems. Der Zerfall von Muskeln und Knochen setzte sich schließlich bis in ihren Hals fort, und nun begann Isabel ihr Sprechvermögen zu verlieren. Verfall des Körpers ist eine Sache, aber wenn dann auch noch die Stimme versagt, kommt es einem vor, als sei die betreffende Person gar nicht mehr vorhanden. Es begann mit einer gewissen Nachlässigkeit der Artikulation – die Worte kamen genuschelt, die Konsonanten wurden weicher und undeutlicher und hörten sich nach und nach immer mehr wie Vokale an. Anfangs schenkte ich dem kaum Beachtung. Ich hatte an Wichtigeres zu denken, und in diesem Stadium war sie immerhin noch ohne große Mühe zu verstehen. Aber dann wurde es stetig schlimmer, ich mußte mich anstrengen, um hinter den Sinn dessen zu kommen, was sie mir zu sagen versuchte, wobei es mir am Ende zwar stets gelang, es zu begreifen, doch Tag für Tag mit größeren Schwierigkeiten. Eines Morgens schließlich war es kein Sprechen mehr. Sie gurgelte und stöhnte, versuchte, mir etwas zu sagen, brachte aber bloß ein zusammenhangloses Zischen zustande, ein furchtbares Geräusch, das wie das reinste Chaos klang. Speichel rann ihr aus den Mundwinkeln, und dazu ständig dieses Zischen, ein unvorstellbar wirrer und qualvoller Grabgesang. Isabel brach in Tränen aus, als sie sich an diesem Morgen hörte und mein verständnisloses Gesicht bemerkte, und ich glaube, nie hat mir jemand so leid getan wie sie in diesem Augenblick. Stück für Stück war ihr die Welt entglitten, und jetzt war praktisch nichts mehr davon übrig.

Aber das war noch nicht ganz das Ende. Noch etwa zehn Tage lang hatte Isabel Kraft genug, mir mit Bleistift schriftliche Mitteilungen zu machen. Eines Nachmittags begab ich mich zu einem Auferstehungsagenten und erwarb ein großes Notizbuch mit blauem Umschlag. Sämtliche Seiten waren leer, und das machte es ziemlich kostspielig, denn brauchbare Notizbücher sind in der Stadt außerordentlich schwer zu bekommen. Aber mir schien es den Preis durchaus wert, so teuer es auch sein mochte. Ich hatte mit diesem Agenten – Mr. Gambino, dem Buckligen aus der China Street – schon früher Geschäfte gemacht, und ich weiß noch, wie wir beide fast eine halbe Stunde lang erbittert und schier bis aufs Blut darum feilschten. Ich schaffte es zwar nicht, den Preis für das Notizbuch zu drücken, aber am Ende gab er mir sechs Bleistifte und einen kleinen Plastikspitzer gratis dazu.

In eben dieses blaue Notizbuch schreibe ich jetzt, so seltsam das auch scheinen mag. Isabel hat nicht mehr viel davon gehabt, kaum fünf oder sechs Seiten konnte sie noch beschreiben, und nach ihrem Tod brachte ich es nicht fertig, es fortzuwerfen. Ich nahm es auf meine Streifzüge mit und trage es seither immer bei mir – das blaue Notizbuch: samt den sechs gelben Bleistiften und dem grünen Spitzer. Hätte ich diese Dinge nicht neulich in meiner Tasche gefunden, würde ich wohl kaum angefangen haben, dir zu schreiben. Aber da hatte ich nun dieses Notizbuch mit all den leeren Seiten, und plötzlich überkam mich ein unwiderstehlicher Drang, einen der Bleistifte zu nehmen und diesen Brief zu beginnen. Inzwischen ist dies für mich das einzige, was noch zählt: mich endlich aussprechen zu können, das alles auf diesen Seiten festzuhalten, bevor es zu spät ist. Ich erschauere bei der Vorstellung, wie eng das alles zusammenhängt. Hätte Isabel nicht ihre Stimme verloren, existierte keines dieser Worte. Weil sie keine Worte mehr hatte, sind aus mir diese anderen Worte herausgekommen. Ich möchte, daß du das nicht vergißt. Ohne Isabel stünde hier nichts. Ich hätte niemals damit angefangen.

Was sie am Ende umbrachte, war dasselbe, was ihr die Stimme genommen hatte. Ihre Kehle versagte schließlich vollständig den Dienst, so daß sie nicht mehr schlucken konnte. An feste Nahrung war nun nicht mehr zu denken, aber bald bekam sie nicht einmal mehr Wasser herunter: Mir blieb nur noch, ihr die Lippen mit Wasser anzufeuchten, damit ihr der Mund nicht austrocknete, aber wir wußten beide, daß es jetzt nur noch eine Frage der Zeit war, da sie buchstäblich zu Tode hungerte, sich mangels jeglicher Nahrungszufuhr verzehrte. Es war merkwürdig, aber einmal, ganz am Ende, glaubte ich sogar zu bemerken, daß Isabel mir zulächelte, als ich neben ihr saß und ihre Lippen mit Wasser betupfte. Absolut sicher kann ich mir da freilich nicht sein, denn zu diesem Zeitpunkt war sie schon sehr weit weg von mir, aber ich stelle mir gerne vor, daß es ein Lächeln war, auch wenn Isabel gar nicht mehr wußte, was sie tat. Sie war wegen ihrer Krankheit so untröstlich gewesen, so zerknirscht darüber, in allem auf mich angewiesen zu sein; dabei stand fest, daß ich sie ebensosehr brauchte wie sie mich. Unmittelbar nach diesem Lächeln, falls es ein Lächeln war, begann Isabel an ihrem eigenen Speichel zu ersticken. Sie konnte ihn einfach nicht mehr schlucken, und obwohl ich ihr den Mund mit den Fingern zu säubern versuchte, rann ihr zuviel davon in die Kehle zurück, und bald bekam sie keine Luft mehr. Die Geräusche, die sie da von sich gab, waren entsetzlich, aber so schwach, ließen sowenig echte Gegenwehr erkennen, daß es nicht sehr lange dauerte.

Noch am selben Tag stellte ich etliche Gegenstände aus der Wohnung zusammen, packte sie in meinen Wagen und brachte sie zur Progress Avenue in die achte Zensuszone hinüber. Meine Gedanken waren nicht sehr klar – ich weiß sogar noch, daß ich mir dessen damals bewußt war –, aber das behinderte mich nicht im geringsten. Ich verkaufte Geschirr, Kleider, Bettzeug, Töpfe, Pfannen und weiß Gott noch alles – was immer mir in die Hände gefallen war. Es war eine Wohltat, das alles loszuwerden, und in gewisser Weise ersetzte es mir die Tränen. Denn weinen konnte ich nicht mehr, nicht mehr seit jenem Tag auf dem Dach, das verstehst du, und nach Isabels Tod hätte ich alles zertrümmern, das ganze Haus kurz und klein schlagen mögen. Ich nahm das Geld, ging durch die Stadt zum Ozone Prospect und kaufte das schönste Kleid, das ich finden konnte. Es war weiß, mit Spitzen an Kragen und Ärmeln und einer breiten Satinschärpe um die Taille. Ich glaube, Isabel wäre glücklich gewesen, wenn sie gewußt hätte, daß sie es tragen würde.

Danach geraten mir die Dinge ein wenig durcheinander. Du mußt wissen, ich war erschöpft und hatte so ein Wabern im Gehirn, dieses Gefühl, als wäre man nicht mehr man selber, wo einem das Bewußtsein aus und an geht, obwohl man wach ist. Erinnern kann ich mich noch daran, daß ich Isabel hochhob und erschauderte, als ich merkte, wie leicht sie geworden war. Wie wenn man ein Kind trägt, mit so federleichten Knochen und diesem weichen, biegsamen Körper. Dann war ich auf der Straße und schob sie in dem Wagen durch die Stadt, und ich weiß noch, daß ich Angst hatte, denn ich spürte, daß alle, denen ich begegnete, den Wagen musterten und sich überlegten, wie sie mich angreifen und Isabel das Kleid vom Leibe reißen könnten. Danach sehe ich mich am Tor des Dritten Transformationszentrums ankommen und mit vielen anderen in einer Schlange stehen – und dann, als ich an die Reihe komme, wie einer der Beamten mir den üblichen Betrag auszahlt. Auch er musterte Isabels Kleid mit mehr als dem üblichen Interesse, und ich sah förmlich die Räder in seinem verkommenen kleinen Kopf rotieren. Ich hielt das Geld hoch, das er mir gerade ausgehändigt hatte, und sagte, er könne es haben, wenn er mir verspreche, das Kleid mit Isabel zusammen zu verbrennen. Natürlich willigte er ein – mit einem vulgären, komplizenhaften Blinzeln –, aber wie soll ich wissen, ob er Wort gehalten hat? Ich neige zu der Annahme, daß er es nicht getan hat, weshalb ich es auch vorziehe, überhaupt nicht mehr an diese ganze Sache zu denken.

Nachdem ich das Transformationszentrum verlassen hatte, muß ich eine Zeitlang völlig geistesabwesend umhergeirrt sein, ohne darauf zu achten, wo ich war. Später schlief ich irgendwo ein, in einem Hauseingang vermutlich, fühlte mich aber beim Aufwachen nicht besser als vorher, eher noch schlechter. Ich überlegte, ob ich in die Wohnung zurückkehren sollte, und stellte fest, daß ich dem noch nicht gewachsen war. Mir graute bei der Vorstellung, dort allein zu sein, in dieses Zimmer zurückzugehen und dort herumzusitzen, ohne etwas zu tun zu haben. Vielleicht würden mir noch ein paar Stunden frische Luft guttun, dachte ich. Und dann, als ich etwas wacher wurde und allmählich merkte, wo ich war, fiel mir auf, daß ich den Wagen nicht mehr hatte. Die Nabelschnur hing noch um meine Hüfte, aber der Wagen selbst war weg. Ich suchte die ganze Straße danach ab, rannte verzweifelt von einem Hauseingang zum andern, aber es war zwecklos. Entweder hatte ich ihn am Krematorium stehen lassen, oder er war mir im Schlaf gestohlen worden. Wie hätte ich es wissen können, verworren wie mein Geist damals war. So schnell geht das. Nur ein paar Augenblicke lang läßt deine Aufmerksamkeit nach, nur eine Sekunde lang vergißt du, wachsam zu sein, und schon ist alles verloren, ist deine gesamte Arbeit mit einem Schlag zunichte. Wenn ich irgend etwas zum Überleben brauchte, war es der Wagen gewesen, und jetzt war er weg. Was ich mir da geleistet hatte, war ebenso effektvoll, als wenn ich mir mit einer Rasierklinge die Kehle durchgeschnitten hätte.

Es war fatal, aber komischerweise schien mir das gar nichts auszumachen. Objektiv betrachtet, war der Verlust des Wagens eine Katastrophe, aber andererseits bekam ich dadurch etwas, nach dem ich mich insgeheim schon lange gesehnt hatte: einen Vorwand, das Plündern aufzugeben. Ich hatte um Isabel willen ausgeharrt, doch nachdem sie gestorben war, konnte ich mir nicht mehr vorstellen, damit weiterzumachen. Es war mit einem Leben verbunden, das für mich aufgehört hatte, und dies war meine Chance, einen neuen Weg einzuschlagen, mein Leben selbst in die Hand zu nehmen und die Initiative zu ergreifen.

Ohne meinen Gang zu unterbrechen, begab ich mich zu einem der Paßfälscher in der fünften Zensuszone und verkaufte ihm für dreizehn Glots meine Plündererlizenz. Das Geld, das ich an diesem Tag erworben hatte, hätte mich für mindestens zwei bis drei Wochen am Leben erhalten, aber nachdem ich einmal angefangen hatte, stand mir nicht der Sinn danach, mich damit zu begnügen. Voller Pläne kehrte ich in die Wohnung zurück und rechnete aus, wieviel zusätzliches Geld ich durch den Verkauf weiterer Haushaltsgegenstände ein-

nehmen könnte. Die ganze Nacht hindurch stapelte ich mitten im Zimmer Sachen auf. Ich durchwühlte den Wandschrank nach jedwedem brauchbaren Stück, kippte Schachteln aus, stöberte in Schubladen, und gegen fünf Uhr morgens zog ich aus Isabels Versteck unter dem Fußboden einen ganz unverhofften Schatz: ein silbernes Messer, eine silberne Gabel, die Bibel mit Goldschnitt und ein Säckchen mit achtundvierzig Glots in kleinen Münzen. Den ganzen nächsten Tag verbrachte ich damit, die verkäuflichen Stücke in einen Koffer zu stopfen und zu verschiedenen Auferstehungsagenten im Stadtgebiet zu schleppen, das heißt eine Ladung zu verkaufen, dann in die Wohnung zurückzugehen und die nächste zusammenzustellen. Alles in allem verdiente ich über dreihundert Glots (davon fast ein Drittel für das Messer und die Gabel), und so war ich mit einem Schlag für fünf bis sechs Monate aus dem Schneider. Das war mehr, als ich mir unter den gegebenen Umständen hatte erhoffen können. Ich fühlte mich reich und war geradezu übermütig.

Dieser Überschwang bekam jedoch schnell einen Dämpfer. Erschöpft von meiner Verkaufstour, legte ich mich an jenem Abend ins Bett, und schon am nächsten Morgen, kaum eine Stunde nach Sonnenaufgang, wurde ich durch ein lautes Poltern an meiner Tür aus dem Schlaf gerissen. Es ist seltsam, wie schnell man dergleichen weiß, aber als erste Reaktion auf dieses Klopfen durchfuhr mich die Hoffnung, daß sie mich nicht töten würden. Ich hatte nicht einmal die Chance, aufzustehen. Die Einbrecher schlugen die Tür ein und drangen mit den üblichen Knüppeln und Keulen in den Händen über die Schwelle. Sie waren zu dritt, und in den beiden Größeren erkannte ich die Söhne der Gundersons aus dem Parterre. Neuigkeiten verbreiten sich schnell, dachte ich. Isabel war kaum zwei Tage tot, und schon hatten die Nachbarn zugeschlagen.

»Fahr deine Stelzen aus, Mädchen«, sagte einer von ihnen. »Mach dich auf die Socken. Aber ganz brav und ruhig, dann passiert dir nichts.«

Es war so frustrierend, so unerträglich. »Gebt mir ein paar Minuten, damit ich meine Taschen packen kann«, sagte ich, während ich aus meinen Decken stieg. Ich zwang mich, Ruhe zu bewahren, meinen

Zorn zu unterdrücken, denn beim geringsten Anzeichen von Gegenwehr wären sie todsicher über mich hergefallen.

»Okay«, sagte ein anderer. »Wir geben dir drei Minuten. Aber nur eine Tasche. Pack dein Zeug da rein und zisch ab.«

Es war ein Wunder, aber im Lauf der Nacht war die Temperatur drastisch gefallen, so daß ich mit sämtlichen Kleidern am Leib ins Bett gegangen war. Das ersparte mir die Demütigung, mich vor ihnen anziehen zu müssen, und außerdem – das rettete mir am Ende das Leben – hatte ich die dreihundert Glots in meinen Hosentaschen verstaut. Nicht daß ich an Hellseherei glaube, aber fast will mir scheinen, als hätte ich vorausgeahnt, was geschehen würde. Während ich meinen Tornister packte, behielten die Schläger mich scharf im Auge, aber keiner von ihnen war intelligent genug, darauf zu kommen, wo Geld versteckt war. Dann hastete ich so schnell ich konnte aus dem Zimmer und sprang die Treppe hinunter. Unten verschnaufte ich kurz, dann stieß ich die Tür auf. Die Luft traf mich wie ein Hammer. Ein ungeheures Getöse von eiskaltem Wind, der Winter stürmte mir in die Ohren, und überall flogen mit einer wahnsinnigen Wucht Gegenstände herum, krachten wahllos gegen Häuserfronten, schlitterten über die Straßen oder zerbarsten wie Eisbrocken. Ich war jetzt seit über einem Jahr in der Stadt, aber keinen Schritt vorangekommen. Ich hatte zwar etwas Geld in der Tasche, doch keine Arbeit, kein Dach überm Kopf. Nach alldem Auf und Ab war ich wieder genau da, wo ich angefangen hatte.

Ganz gleich, wie man dazu stehen mag: Tatsachen sind nicht umkehrbar. Daß man in etwas hineingeraten kann, bedeutet noch lange nicht, daß man auch wieder herauskommt. Eingänge werden nicht zu Ausgängen, und nichts garantiert einem, daß die Tür, durch die man gerade getreten ist, noch da sein wird, wenn man sich umdreht, um noch einmal danach zu sehen. Jedenfalls in dieser Stadt ist es so. Wann immer man die Antwort auf eine Frage zu wissen glaubt, erweist sich die Frage selbst als sinnlos.

Mehrere Wochen lang versuchte ich zu entkommen. Zunächst schien es jede Menge Möglichkeiten zu geben, eine ganze Reihe von

Wegen zurück nach Hause, und da mir einiges an Geld zur Verfügung stand, sah ich keine großen Schwierigkeiten voraus. Das war natürlich falsch gedacht, aber es dauerte eine ganze Weile, bis ich bereit war, mir das einzugestehen. Ich war auf einem ausländischen Hilfsschiff hier eingetroffen, und daß mich ein solches auch wieder fortbringen könnte, schien mir eine plausible Annahme. Fest entschlossen, sämtliche zur Buchung der Überfahrt erforderlichen Beamten zu bestechen, begab ich mich daher zum Hafen. Aber dort lag kein einziges Schiff. Sogar die kleinen Fischerboote, die ich vor einem Monat dort gesehen hatte, waren verschwunden. Statt dessen wimmelte es auf dem ganzen Ufer von Arbeitern – es schienen Hunderte und Aberhunderte zu sein, mehr, als ich zählen konnte. Einige luden Schutt von Lastwagen ab, andere trugen Ziegel und Steine an die Kaimauer, wieder andere legten die Fundamente für etwas, das wie ein riesiger Deich oder eine Befestigungsanlage aussah. Bewaffnete Polizeiposten überwachten von Plattformen aus die Arbeiter, und ringsum herrschte lärmendes Chaos – Maschinen rumpelten, Leute liefen hin und her, Truppführer brüllten Befehle. Das Ganze erwies sich als das »Deichprojekt«, ein staatliches Bauvorhaben, das die neue Regierung vor kurzem in die Wege geleitet hatte. Die Regierungen kommen und gehen hier ziemlich schnell, und oft genug bekommt man gar nichts von den Veränderungen mit. Von dem aktuellen Machtwechsel erfuhr ich so zum erstenmal, und als ich jemanden nach dem Zweck des Deiches fragte, erklärte er mir, damit wolle man sich auf einen möglichen Krieg vorbereiten. Die Bedrohung durch eine Invasion von außen nehme ständig zu, sagte er, und als Bürger hätten wir die Pflicht, unsere Heimat zu schützen. Dank der Bemühungen des großen Sowieso – wie immer der neue Führer heißen mochte – werde die Bausubstanz der eingestürzten Häuser jetzt zu Verteidigungszwecken eingesammelt, außerdem gebe das Projekt Tausenden von Leuten Arbeit. Was man dafür bekomme? fragte ich. Kein Geld, antwortete er, aber ein Dach über dem Kopf und eine warme Mahlzeit pro Tag. Ob ich anheuern wolle? Nein, danke, wehrte ich ab, ich hätte anderes zu tun. Na ja, sagte er, ich hätte noch viel Zeit, mich anders zu besinnen. Die Regierung habe für die Errichtung des Deiches mindestens fünfzig Jahre veranschlagt. Wie schön für sie, sagte ich, und wie soll man in der Zwischenzeit von hier wegkommen? Aber nein, meinte er kopfschüttelnd, das ist unmöglich. Schiffen ist die Einfahrt nicht mehr erlaubt – und wenn keins kommt, kann auch keins abfahren. Und was ist mit Flugzeugen? fragte ich. Flugzeugen? Was ist das? fragte er mit einem verwirrten Lächeln zurück, als hätte ich ihm gerade einen unverständlichen Witz erzählt. Ein Flugzeug, sagte ich. Eine Maschine, die durch die Luft fliegt und Leute von einem Ort zu einem anderen befördert. Lächerlich, sagte er und sah mich argwöhnisch an. Unmöglich. Ja wissen Sie denn nicht mehr? fragte ich. Ich weiß nicht, wovon Sie reden, gab er zurück. Sie könnten Schwierigkeiten bekommen, wenn Sie solchen Unsinn verbreiten. Die Regierung sieht es gar nicht gern, wenn Leute Geschichten erfinden. Das schadet der Moral.

Du siehst, womit man es hier zu tun hat. Nicht nur, daß Dinge verschwinden – mit ihnen verschwindet zugleich auch die Erinnerung an sie. Dunkle Bereiche entstehen im Gehirn, und wer sich nicht ständig bemüht, sich die verlorenen Dinge zu vergegenwärtigen, dem kommen sie schnell für immer abhanden. Ich bin gegen diese Krankheit nicht immuner als jeder andere, und zweifellos gibt es auch in mir schon viele solcher leeren Stellen. Ein Ding verschwindet; und wenn du den Gedanken daran zu lange aufschiebst, wirst du es auch mit der größten Anstrengung nicht mehr dem Vergessen entreißen können. Erinnern ist schließlich kein Willensakt. Es geschieht unwillkürlich, und wenn ständig zu vieles im Fluß begriffen ist, muß das Gehirn ja versagen, müssen ihm die Dinge entgleiten. Manchmal, wenn ich nach einem Gedanken tappe, der mir entfallen ist, beginne ich in die alten Zeiten zu Hause abzuschweifen und denke daran, wie es war, als ich ein kleines Mädchen war und die ganze Familie mit dem Zug in die Sommerferien nach Norden fuhr. Mein großer Bruder William überließ mir immer den Fensterplatz, und oft genug sprach ich dann mit keinem ein Wort, drückte mein Gesicht an die Scheibe und sah in die Landschaft hinaus, studierte den Himmel und die Bäume und das Wasser, während der Zug durch die Wildnis raste. Wie schön ich das jedesmal fand, viel schöner als die Dinge in der Stadt, und jedes Jahr sagte ich mir, Anna, so etwas Schönes hast du noch nie gesehen – versuch, es zu behalten, versuch, dir all diese schönen Dinge einzuprägen, dann werden sie immer bei dir sein, auch wenn du sie nicht mehr sehen kannst. Ich glaube, nie habe ich die Welt intensiver betrachtet als auf diesen Zugfahrten in den Norden. All das sollte mir gehören, all dieses Schöne sollte ein Teil meiner selbst werden, und ich erinnere mich, wie ich es mir zu merken versuchte, es mir für später aufzubewahren versuchte, es für eine Zeit festhalten wollte, da ich es wirklich brauchen würde. Aber merkwürdig – nichts davon ist mir geblieben. So sehr habe ich mich bemüht, doch aus irgendeinem Grund ging es mir schließlich für immer verloren, und am Ende blieb mir nur die Erinnerung daran, wie sehr ich mich bemüht hatte. Die Dinge zogen zu schnell vorbei, und während ich sie noch sah, flogen sie mir bereits aus dem Kopf, wurden ersetzt von anderen, die schon verschwanden, ehe ich sie überhaupt sehen konnte. Das einzige, was mir geblieben ist, ist ein verschwommener Fleck, ein bunter und schöner Fleck. Aber die Bäume, der Himmel und das Wasser – all das ist fort. War schon immer fort, noch ehe ich es besessen hatte.

Es bringt also nichts, einfach Ekel zu empfinden. Jeder neigt zu Vergeßlichkeit, auch unter den günstigsten Umständen, und an einem Ort wie diesem, wo so vieles aus der physischen Welt verschwindet, gerät natürlich erst recht so manches in Vergessenheit. Am Ende liegt das Problem gar nicht so sehr darin, daß die Leute vergessen, sondern daß nicht alle dasselbe vergessen. Was für den einen noch in der Erinnerung existiert, kann für den anderen unwiederbringlich verloren sein, und daraus entstehen Schwierigkeiten, unüberwindliche Verständigungsbarrieren. Wie sollst du zum Beispiel mit jemandem über Flugzeuge reden, wenn er gar nicht weiß, was ein Flugzeug ist? Es ist ein langsamer, aber unvermeidlicher Prozeß der Auslöschung. Worte sind im allgemeinen ein wenig haltbarer als Dinge, aber schließlich schwinden auch sie dahin, zusammen mit den Bildern, die sie einst hervorriefen. Ganze Klassen von Gegenständen verschwinden – Blumentöpfe, zum Beispiel, oder Zigarettenfilter oder Gummibänder –, und eine Zeitlang erkennt man die Worte noch wieder, auch wenn man sich an ihre Bedeutung nicht mehr erinnern kann. Aber dann werden sie ganz allmählich zu bloßen Geräuschen, einem willkürlichen Gemenge von Kehl- und Reiblauten, einem Gewirr von Phonemen, bis es schließlich auf ein einziges Kauderwelsch hinausläuft. Dann sagt einem das Wort »Blumentopf« nicht mehr als das Wort »Splandigo«. Du nimmst es mit dem Verstand wahr, aber der registriert es als etwas Unverständliches, als ein Wort aus einer Sprache, die du nicht kennst. Und je mehr solcher fremd klingenden Worte um dich herum aufsprießen, desto aufreibender wird jegliche Unterhaltung. So spricht denn jeder seine Privatsprache, und da die Gebiete, auf denen man einander noch versteht, beständig schrumpfen, wird der Gedankenaustausch mit anderen immer schwieriger.

Den Plan, nach Hause zu fahren, mußte ich aufgeben. Von allem, was mir bis dahin zugestoßen war, war dies wohl am schwersten zu verwinden. Bis hierher hatte ich mir stets weisgemacht, jederzeit und nach Belieben zurückkehren zu können. Doch der Bau des Deiches und das Aufgebot so vieler Leute zur Verhinderung einer Abreise zerstörte diese tröstliche Vorstellung. Zuerst war Isabel gestorben, dann hatte ich die Wohnung verloren. Mein einziger Trost war der Gedanke an die Heimat gewesen, und der war mir jetzt plötzlich auch noch genommen worden. Zum erstenmal seit meinem Eintreffen in der Stadt sah ich vollkommen schwarz.

Ich erwog, mein Heil in der entgegengesetzten Richtung zu suchen. Am Westrand der Stadt gab es den Fiddler-Wall, und angeblich brauchte man nur eine Reisegenehmigung, wenn man ihn durchschreiten wollte. Ich glaubte, alles wäre besser als die Stadt, selbst das Unbekannte, aber nachdem ich tagelang von Behörde zu Behörde gelaufen war und Schlange gestanden hatte, nur um Tag für Tag mit meinem Anliegen an ein anderes Amt verwiesen zu werden, bekam ich schließlich heraus, daß der Preis für Reisegenehmigungen auf zweihundert Glots gestiegen war. Das kam natürlich nicht in Frage, hätte es doch auf einen Schlag mehr als die Hälfte meiner Mittel verschlungen. Ich vernahm Gerüchte über eine Untergrundorganisation, die einen für ein Zehntel dieses Preises aus der Stadt schmuggeln sollte, aber viele Leute waren der Meinung, es handle sich dabei um eine Falle – um ein von der neuen Regierung clever arrangiertes Lockmittel. Es hieß, am anderen Ende des Tunnels wären Polizisten postiert, und sobald man auf der anderen Seite herausgekrochen käme, würde man verhaftet – und unverzüglich in eines der Zwangsarbeitslager in der südlichen Bergbauzone deportiert. Ob dieses Gerücht zutraf oder nicht, konnte ich unmöglich in Erfahrung bringen, und um es herauszufinden, schien mir das Risiko zu hoch. Dann kam der Winter, und die Frage war für mich erledigt. Alle Fluchtgedanken würden bis zum Frühling warten müssen – vorausgesetzt natürlich, daß ich bis zum Frühling durchhielt. Unter den gegebenen Umständen schien mir nichts unwahrscheinlicher als das.

Es war der härteste Winter seit Menschengedenken – der Schreckliche Winter, wie jedermann ihn nannte –, und selbst jetzt, Jahre danach, behauptet er seinen Platz als ein entscheidendes Ereignis in der Geschichte der Stadt, als Trennlinie zwischen zwei Epochen.

Die Kälte hielt fünf oder sechs Monate lang an. Ab und zu gab es zwar einmal ein kurzes Tauwetter, aber diese gelinden Wärmeperioden steigerten die Probleme nur. Es schneite etwa eine Woche lang – ungeheure Stürme, die die Stadt mit Weiß blendeten –, dann kam die Sonne heraus und brannte kurz mit sommerlicher Intensität. Der Schnee schmolz, und schon am Nachmittag waren die Straßen überflutet. Die Gullys flossen über von den Wassermassen, und wo man auch hinsah, war ein irrsinniges Gleißen von Wasser und Licht, als wäre die ganze Welt in einen riesigen zerfließenden Kristall verwandelt worden. Dann plötzlich verfinsterte sich der Himmel, es wurde Nacht, und die Temperatur fiel wieder unter Null, und zwar so jäh, daß das Wasser zu den wüstesten Eisgebilden zusammenfror: Beulen, Kräusel und Strudel, mitten im Überschlag erstarrte Wogen; ein geologischer Wahnsinn im kleinen. Am Morgen war das Gehen natürlich so gut wie unmöglich – Leute schlitterten um- und übereinander, Schädel krachten aufs Eis, Leiber knallten hilflos auf die glatten harten Flächen. Dann schneite es wieder, und der Kreislauf fing von vorn an. So ging das monatelang, und am Ende blieben Tausende von Toten zurück. Die Obdachlosen hatten praktisch keine Überlebenschance, doch auch unter den Geschützten und Wohlgenährten gab es zahllose Verluste. Alte Gebäude brachen unter der Schneelast

zusammen und begruben ganze Familien unter sich. Die Kälte brachte die Leute um den Verstand, und den ganzen Tag in einer schlecht beheizten Wohnung herumzusitzen, war am Ende auch nicht viel besser, als draußen zu sein. Die Leute zerschlugen ihre Möbel und verbrannten sie für ein bißchen Wärme, und viele dieser Feuer gerieten außer Kontrolle. Fast täglich wurden so Häuser zerstört, manchmal ganze Wohnblöcke und Viertel. Wann immer ein solches Feuer ausbrach, scharten sich ungeheure Massen von Obdachlosen um die Brandstelle und blieben so lange dort, wie das Gebäude brannte – sie genossen die Wärme, jubelten auf, wenn die Flammen in den Himmel loderten. Sämtliche Bäume in der Stadt wurden in diesem Winter gefällt und verheizt. Sämtliche Haustiere verschwanden; sämtliche Vögel wurden geschossen. Nahrungsmittel wurden so drastisch knapp, daß der Bau des Deiches unterbrochen wurde – kaum sechs Monate nach Baubeginn –, damit alle verfügbaren Polizisten für die Bewachung der Warentransporte zu den städtischen Märkten eingesetzt werden konnten. Gleichwohl kam es zu einer Reihe von Lebensmittelkrawallen, die weitere Tote, Verletzte und Katastrophen zur Folge hatten. Niemand weiß, wie viele Leute in diesem Winter gestorben sind, aber ich habe von Schätzungen gehört, die von einem Viertel bis einem Drittel der Bevölkerung sprachen.

Aus irgendeinem Grund blieb das Glück mir treu. Ende November wurde ich bei einem Lebensmittelkrawall auf dem Ptolemy Boulevard beinahe verhaftet. Dort stand an diesem Tag wie üblich eine endlose Schlange, und nachdem wir über zwei Stunden in der bitteren Kälte gewartet hatten, ohne daß es voranging, fingen drei Männer unmittelbar vor mir an, einen Polizeiwächter zu beschimpfen. Der Posten zog seinen Knüppel und walzte auf uns zu, bereit, auf jeden einzuprügeln, der ihm in die Quere kam. Die Devise lautet: erst schlagen, dann fragen; und mir war klar, daß ich keine Chance zur Verteidigung hatte. Ohne zu überlegen, brach ich aus der Schlange aus und rannte so schnell ich nur konnte die Straße hinunter. Vorübergehend verwirrt, machte der Polizist zwei oder drei Schritte in meine Richtung, blieb dann aber stehen, da ihm offenbar mehr daran lag, die Menge im Auge zu behalten. Ihm konnte es ja nur recht sein, wenn ich von der

Bildfläche verschwand. Ich rannte weiter, und eben als ich die Ecke erreichte, hörte ich die Menge hinter mir in bedrohliches, feindseliges Geschrei ausbrechen. Das versetzte mich nun richtig in Panik, denn ich wußte, nun würde es in wenigen Minuten in der ganzen Gegend von Rollkommandos wimmeln. Ich lief so schnell ich konnte weiter, jagte eine Straße nach der anderen hinunter, ohne mich auch nur umzusehen vor lauter Angst. Nach einer Viertelstunde, immer noch laufend, fand ich mich schließlich neben einem mächtigen Steingebäude. Ich hatte keine Ahnung, ob ich verfolgt wurde oder nicht, aber gerade da ging wenige Fuß vor mir eine Tür auf, und ich stürzte hinein. Ein dünner Mann mit blassem Gesicht und Brille stand auf der Schwelle, im Begriff zu gehen, und sah mich entsetzt an, als ich an ihm vorbeischlüpfte. Ich war offenbar in eine Art Büro geraten – ein kleines Zimmer mit drei oder vier Schreibtischen und einem Wirrwarr von Zeitungen und Büchern.

»Sie können hier nicht herein«, sagte er ungehalten. »Das ist die Bücherei.«

»Und wenn's die Villa des Präsidenten wäre«, sagte ich und rang vornübergekrümmt nach Atem. »Jetzt bin ich drin, und niemand bekommt mich wieder raus.«

»Ich werde Sie melden müssen«, sagte er mit blasierter, unleidlicher Stimme. »Sie können doch nicht einfach so hier hereinplatzen. Dies ist die Bücherei, und ohne Ausweis hat hier niemand Zutritt.«

Dieses scheinheilige Gebaren verschlug mir die Sprache. Ich war erschöpft, mit meinem Latein am Ende, und anstatt mich auf einen Streit mit ihm einzulassen, stieß ich ihn mit aller Kraft zu Boden. Eine lächerliche Handlungsweise, aber ich konnte mich nicht bremsen. Dem Mann flog die Brille aus dem Gesicht, als er hinschlug, und ich geriet sogar kurz in Versuchung, sie zu zertreten.

»Melden Sie mich, wenn's Ihnen Spaß macht«, sagte ich. »Aber ich gehe hier erst, wenn man mich rausträgt.« Und ehe er noch aufstehen konnte, drehte ich mich um und lief durch die Tür auf der anderen Seite des Zimmers.

Ich kam in einen großen Saal, einen riesigen, eindrucksvollen Raum mit hoch gewölbter Decke und Marmorfußboden. Der jähe Kontrast zwischen dem winzigen Büro und diesem gewaltigen Raum war verblüffend. Meine Schritte hallten zu mir wider, und fast war es mir, als könnte ich das Echo meines Atems von den Wänden hören. Hier und da schritten Gruppen von Leuten auf und ab und sprachen leise miteinander, offenbar in ernste Gespräche vertieft. Als ich den Saal betrat, drehten sich mehrere Köpfe zu mir herum, aber das war nur ein Reflex, und gleich darauf wandten sie sich alle wieder ab. Ich ging so leise und unauffällig wie möglich an diesen Leuten vorbei, versuchte, mit gesenktem Blick den Anschein zu erwecken, als würde ich mich auskennen. Nach dreißig oder vierzig Fuß kam ich an eine Treppe und begann hochzusteigen.

Zum erstenmal war ich in der Nationalbibliothek. Es war ein großartiges Gebäude, mit den Porträts von Gouverneuren und Generalen an den Wänden, italienisch anmutenden Säulenreihen und schönen Marmorintarsien – eines der Wahrzeichen der Stadt. Wie alles andere hatte jedoch auch dies seine besten Tage hinter sich. Eine Decke im ersten Stock war eingesunken, Säulen waren umgestürzt und geborsten, überall lagen Bücher und Zeitungen verstreut. Auch hier sah ich Scharen von Leuten herumlaufen – hauptsächlich Männer, stellte ich fest –, doch niemand schenkte mir die geringste Beachtung. Gegenüber den Regalen mit dem Zettelkatalog stieß ich auf eine grüne Ledertür, die zu einer ummauerten Treppe führte. Ich folgte dieser Treppe ins nächste Stockwerk hinauf und gelangte in einen langen, niedrigen Korridor mit zahlreichen Türen auf beiden Seiten. Niemand sonst war in dem Flur, und da hinter den Türen hervor keinerlei Geräusche zu mir drangen, hielt ich die Zimmer für leer. Ich versuchte, die erste Tür zu meiner Rechten zu öffnen, aber sie war verschlossen. Ebenso die zweite Tür. Die dritte dann ging wider Erwarten auf. Drinnen saßen um einen hölzernen Tisch fünf oder sechs Männer, die lebhaft und erregt über irgend etwas diskutierten. Der Raum war kahl und ohne Fenster, gelbliche Farbe blätterte von den Wänden und Wasser tropfte von der Decke. Die Männer trugen Bärte, schwarze Kleidung und Hüte. Ihr plötzlicher Anblick erschreckte mich so, daß ich leise aufstöhnte und die Tür wieder schließen wollte. Aber der

Älteste am Tisch wandte sich um und schenkte mir ein wunderbares Lächeln, ein Lächeln so voller Wärme und Güte, daß ich zögerte.

»Können wir irgend etwas für Sie tun?« fragte er.

Er sprach mit starkem Akzent (ohne Diphthong, und das s klang eher wie sch), aber ich hätte nicht sagen können, aus welchem Land er stammte. Kennen wir irgen etwasch fir Sie tun. Dann sah ich ihm in die Augen, und ein Funke des Erkennens durchzuckte mich.

»Ich dachte, die Juden wären alle tot«, flüsterte ich.

»Ein paar von uns sind noch übrig«, sagte er und lächelte mich wieder an. »Uns wird man nicht so leicht los.«

»Ich bin auch Jüdin«, platzte ich heraus. »Mein Name ist Anna Blume, und ich bin von weither gekommen. Ich bin jetzt seit über einem Jahr in der Stadt, auf der Suche nach meinem Bruder. Sie werden ihn wohl nicht kennen. Er heißt William. William Blume.«

»Nein, meine Liebe«, sagte er kopfschüttelnd, »ich habe Ihren Bruder nicht kennengelernt.« Er sah über den Tisch seine Kollegen an und stellte ihnen dieselbe Frage, doch keiner von ihnen wußte, wo William war.

»Es ist lange her«, sagte ich. »Falls ihm nicht irgendwie die Flucht gelungen ist, ist er bestimmt tot.«

»Das ist sehr wahrscheinlich«, sagte der Rabbi mit sanfter Stimme. »Es sind so viele gestorben. Man sollte lieber nicht mit Wundern rechnen.«

»An Gott glaube ich nicht mehr, falls Sie das meinen«, sagte ich. »Das habe ich schon als kleines Mädchen aufgegeben.«

»Alles andere fällt auch schwer«, sagte der Rabbi. »Wenn man nach dem Augenschein geht, leuchtet es durchaus ein, warum so viele denken wie Sie.«

»Sie wollen mir doch nicht sagen, daß *Sie* an Gott glauben«, fuhr ich auf.

»Wir sprechen mit ihm. Aber ob er uns hört oder nicht, ist eine andere Frage.«

»Meine Freundin Isabel hat an Gott geglaubt«, redete ich weiter. »Die ist auch tot. Ihre Bibel habe ich für sieben Glots an Mr. Gambino verkauft, den Auferstehungsagenten. Das war gemein von mir, oder?«

»Nicht unbedingt. Es gibt schließlich wichtigere Dinge als Bücher. Essen kommt vor Gebeten.«

Merkwürdig, was in Gegenwart dieses Mannes über mich gekommen war, doch je länger ich mit ihm sprach, desto mehr redete ich wie ein Kind. Vielleicht erinnerte er mich an die Verhältnisse in meiner frühen Kindheit, an die finsteren Zeiten, da ich noch glaubte, was Väter und Lehrer mir erzählten. Ich bin nicht sicher, aber Tatsache war, daß ich mich bei ihm auf sicherem Grund fühlte und wußte, daß ich ihm vertrauen konnte. Fast unbewußt fühlte ich mich in meine Manteltasche greifen und das Bild von Samuel Farr hervorziehen.

»Ich suche auch nach diesem Mann«, sagte ich. »Sein Name ist Samuel Farr, und er weiß womöglich, was meinem Bruder zugestoßen ist.«

Ich reichte dem Rabbi das Bild, aber nachdem er es eine Zeitlang studiert hatte, schüttelte er den Kopf und sagte, er kenne ihn nicht. Schon stieg Enttäuschung in mir auf, als ein Mann am anderen Ende des Tisches sich zu Wort meldete. Er war der Jüngste von allen, und sein rötlicher Bart war kürzer und schütterer als der der anderen.

»Rabbi«, sagte er zaghaft. »Darf ich etwas sagen?«

»Du brauchst nicht um Erlaubnis zu fragen, Isaac«, sagte der Rabbi. »Du darfst dich ganz frei äußern.«

»Natürlich ist nichts gewiß, aber ich glaube, diese Person zu kennen«, sagte der junge Mann. »Zumindest kenne ich jemanden dieses Namens. Vielleicht ist es nicht der Mann, nach dem die junge Dame sucht, aber den Namen kenne ich bestimmt.«

»Dann sieh dir das Bild an«, sagte der Rabbi und schob ihm das Foto über den Tisch zu.

Isaac betrachtete es, aber sein Gesichtsausdruck blieb so verschlossen, daß ich sofort die Hoffnung aufgab. »Die Ähnlichkeit ist sehr gering«, sagte er schließlich. »Aber nachdem ich es mir nun genau ansehen konnte, habe ich kaum noch einen Zweifel, daß dies der Mann ist.« Isaacs bleiches Gelehrtengesicht verzog sich zu einem Lächeln. »Ich habe mehrmals mit ihm gesprochen«, fuhr er fort. »Ein intelligenter Mann, aber außerordentlich verbittert. Wir sind fast in allem verschiedener Meinung.«

Ich glaubte, meinen Ohren nicht zu trauen. Bevor ich ein Wort sagen konnte, fragte der Rabbi: »Wo ist dieser Mann anzutreffen, Isaac?«

»Mr. Farr ist nicht fern«, ließ Isaac sich das Wortspiel nicht nehmen. Er kicherte kurz und fügte dann hinzu: »Er wohnt hier in der Bibliothek.«

»Ist das wahr?« sagte ich schließlich. »Ist das wirklich wahr?«

»Aber ja. Ich kann Sie gleich zu ihm bringen, wenn Sie wollen.« Isaac zögerte und wandte sich dann an den Rabbi. »Vorausgesetzt, ich habe Ihre Erlaubnis.«

Der Rabbi sah jedoch etwas beunruhigt aus. »Gehört dieser Mann einer der Fakultäten an?« fragte er.

»Nicht daß ich wüßte«, antwortete Isaac. »Ich glaube, er ist ein Unabhängiger. Er hat mir erzählt, daß er irgendwo für eine Zeitung gearbeitet hätte.«

»Das stimmt«, sagte ich. »Stimmt ganz genau. Samuel Farr ist Journalist.«

»Und was macht er jetzt?« fragte der Rabbi, ohne meinen Einwurf zu beachten.

»Er schreibt ein Buch. Das Thema kenne ich nicht, aber ich nehme an, es hat etwas mit der Stadt zu tun. Wir haben ein paarmal unten im großen Saal miteinander gesprochen. Er stellt sehr scharfsinnige Fragen.«

»Ist er auf unserer Seite?« fragte der Rabbi.

»Er ist neutral«, sagte Isaac, »weder für noch gegen uns. Ein leidender Mann, aber vollkommen fair und frei von persönlichen Interessen.«

Der Rabbi drehte sich zu mir um und erklärte: »Ihnen ist bekannt, daß wir viele Feinde haben«, sagte er. »Unsere Zulassung ist ständig gefährdet, da wir keinen vollen akademischen Status mehr besitzen; ich muß daher mit großer Vorsicht vorgehen.« Ich nickte und versuchte so zu tun, als wüßte ich, wovon er redete. »Aber unter diesen Umständen«, fuhr er fort, »wüßte ich nicht, was es schaden könnte, wenn Isaac Ihnen zeigte, wo dieser Mann lebt.«

»Danke, Rabbi«, sagte ich. »Ich bin Ihnen sehr verbunden.«

»Isaac wird Sie bis vor die Tür bringen, aber ich möchte nicht, daß er auch nur einen Schritt weitergeht. Ist das klar, Isaac?« Er sah seinen Schüler mit einem Ausdruck ruhiger Autorität an.

»Ja, Rabbi«, sagte Isaac.

Der Rabbi erhob sich von seinem Stuhl und schüttelte mir die Hand. »Sie müssen mich einmal besuchen kommen, Anna«, sagte er und sah plötzlich sehr alt, sehr müde aus. »Ich möchte wissen, wie das alles ausgegangen ist.«

»Ich komme wieder«, sagte ich. »Das verspreche ich.«

Das Zimmer lag im achten, dem obersten Stockwerk des Gebäudes. Isaac eilte davon, sobald wir davor angelangt waren, nuschelte er eine Entschuldigung, daß er nicht bleiben könne, und dann war ich plötzlich wieder allein und stand mit einer winzigen Kerze in der linken Hand in dem pechschwarzen Korridor. Ein Gesetz des Stadtlebens lautet: Klopfe nie an eine Tür, wenn du nicht weißt, was dahinter ist. War ich diesen weiten Weg gekommen, nur um neues Unheil auf mich zu ziehen? Samuel Farr war für mich nichts als ein Name, ein Symbol für unerfüllbare Sehnsüchte und absurde Hoffnungen. Er hatte mir als Ansporn gedient, mich nicht gehen zu lassen, aber jetzt, da ich es endlich bis vor seine Tür geschafft hatte, bekam ich Angst. Wenn die Kerze nicht so schnell heruntergebrannt wäre, hätte ich vielleicht nie den Mut gefunden, anzuklopfen.

Aus dem Zimmer ertönte eine barsche, unfreundliche Stimme: »Gehen Sie.«

»Ich suche nach Samuel Farr. Ist das Samuel Farr da drinnen?«

»Wer will das wissen?« fragte die Stimme.

»Anna Blume«, sagte ich.

»Ich kenne keine Anna Blume«, erwiderte die Stimme. »Gehen Sie.«

»Ich bin William Blumes Schwester«, sagte ich. »Ich versuche seit über einem Jahr, Sie zu finden. Sie können mich jetzt nicht wegschikken. Wenn Sie die Tür nicht aufmachen wollen, werde ich so lange klopfen, bis Sie es tun.«

Ich hörte einen Stuhl über den Boden scharren, verfolgte das Geräusch von näherkommenden Schritten und hörte dann einen Riegel aus dem Schloß gleiten. Die Tür ging auf, und jäh überschwemmte mich Licht, ein gewaltiger Schwall Sonnenlicht, das durch ein Zimmerfenster in den Korridor strömte. Meine Augen brauchten eine Weile, um sich darauf einzustellen. Als es mir endlich gelang, die Person vor mir auszumachen, sah ich als erstes eine Pistole – eine kleine schwarze Pistole, die genau auf meinen Magen gerichtet war. Es war tatsächlich Samuel Farr, aber mit dem Foto hatte er nicht mehr viel Ähnlichkeit. Der kräftige junge Mann auf dem Bild war eine hagere bärtige Gestalt mit dunklen Ringen unter den Augen geworden, und sein Körper schien eine nervöse, unberechenbare Energie auszustrahlen. Er sah aus wie jemand, der einen Monat lang nicht mehr geschlafen hat.

»Wie soll ich wissen, daß Sie diejenige sind, für die Sie sich ausgeben?« fragte er.

»Weil ich es sage. Weil es dumm von Ihnen wäre, mir nicht zu glauben.«

»Ich verlange einen Beweis. Ohne Beweis werde ich Sie nicht hereinlassen.«

»Sie brauchen mir nur zuzuhören. Mein Akzent ist derselbe wie Ihrer. Wir stammen aus demselben Land, derselben Stadt. Wahrscheinlich sind wir sogar im selben Viertel aufgewachsen.«

»Jeder kann eine Stimme nachmachen. Da werden Sie mir schon mehr bieten müssen.«

»Wir wär's damit«, sagte ich, griff in meine Manteltasche und zog das Foto heraus.

Er betrachtete es zehn, zwanzig Sekunden lang, ohne ein Wort zu sagen, und langsam schien sein ganzer Körper zu schrumpfen, in sich selbst zu versinken. Als er wieder zu mir aufblickte, sah ich, daß die Pistole an seiner Seite herunterhing.

»Großer Gott«, sagte er leise, fast flüsternd. »Wo haben Sie das her?«

»Von Bogat. Er gab es mir vor meiner Abreise.«

»Das bin ich«, sagte er. »So habe ich mal ausgesehen.«

»Ich weiß.«

»Kaum zu glauben, was?«

»Nun ja. Wenn man bedenkt, wie lange Sie schon hier sind.«

Er schien kurz einem Gedanken nachzuhängen. Als er mich wieder ansah, war es, als würde er mich nicht mehr erkennen.

»Was sagten Sie, wer Sie sind?« Er lächelte entschuldigend, und ich sah, daß drei oder vier seiner unteren Zähne fehlten.

»Anna Blume. William Blumes Schwester.«

»Blume. Wie blühen und vergehen, verstehe.«

»Ganz recht. Blume, wie Geburten und Beerdigungen. Sie haben die Wahl.«

»Sie möchten sicherlich hereinkommen, oder?«

»Ja. Deswegen bin ich hier. Wir haben eine Menge zu bereden.«

Das Zimmer war klein, aber nicht so klein, daß zwei Leute nicht hineingepaßt hätten. Auf dem Boden eine Matratze, am Fenster ein Schreibtisch mit Stuhl, ein Holzofen, an den Wänden Unmengen von Zeitungen und Büchern aufgestapelt, in einem Karton die Kleider. Es erinnerte mich an ein Zimmer in einem Studentenwohnheim – nicht unähnlich dem, das du hattest, als ich dich in dem Jahr an der Universität besucht habe. Die Decke war niedrig und die Schräge der Außenwand so steil, daß man in diesen Teil des Zimmers nur mit gekrümmtem Rücken gelangen konnte. An dieser Wand war freilich etwas Bemerkenswertes – ein schönes, fächerförmiges Fenster, das sich fast über ihre gesamte Breite erstreckte. Dicke Glasscheiben, unterteilt von schlanken Bleistäben, die ein Muster bildeten, so kompliziert wie ein Schmetterlingsflügel. Man konnte durch dieses Fenster buchstäblich meilenweit sehen – bis zum Fiddler-Wall und darüber hinaus.

Sam bedeutete mir, auf dem Bett Platz zu nehmen, setzte sich selbst auf den Schreibtischstuhl und drehte ihn zu mir herum. Er entschuldigte sich, die Waffe auf mich gerichtet zu haben, aber seine Lage sei prekär, sagte er, und er könne keinerlei Risiken eingehen. Er lebe jetzt seit fast einem Jahr in der Bücherei, und es habe sich das Gerücht verbreitet, in seinem Zimmer sei ein großer Geldbetrag versteckt.

»So wie es hier aussieht«, sagte ich, »wäre ich nie auf die Idee gekommen, daß Sie reich sein könnten.«

»Ich brauche das Geld nicht für mich, sondern für das Buch, das ich schreibe. Ich bezahle Leute dafür, daß sie herkommen und mit mir sprechen. Pro Interview einen gewissen Betrag, je nachdem, wie lange es dauert. Ein Glot für die erste Stunde, einen halben Glot für jede weitere. Ich habe Hunderte geführt, eine Geschichte nach der anderen aufgezeichnet. Ich wüßte nicht, wie ich sonst daran kommen sollte. Die Geschichte ist so umfangreich, verstehen Sie, daß ein einziger sie unmöglich ganz erzählen kann.«

Sam war von Bogat in die Stadt geschickt worden, und noch jetzt fragte er sich, was in ihn gefahren war, daß er diesen Auftrag angenommen hatte. »Wir alle wußten, daß Ihrem Bruder irgend etwas Schreckliches zugestoßen war«, sagte er. »Über sechs Monate hatte er sich nicht mehr gemeldet, und wer immer ihm dorthin folgte, würde in genau demselben Schlamassel landen. Bogat focht das natürlich nicht an. Er rief mich eines Morgens in sein Büro und sagte: ›Auf diese Chance haben Sie gewartet, junger Mann. Ich schicke Sie dort rüber, um Blume zu ersetzen.‹ Ich bekam eindeutige Anweisungen: Berichte schreiben, nach Williams Schicksal forschen, mich selbst am Leben erhalten. Drei Tage später gab man eine Abschiedsparty mit Champagner und Zigarren für mich. Bogat sprach einen Toast, und alles trank auf meine Gesundheit, schüttelte mir die Hand und klopfte mir auf die Schulter. Ich kam mir vor wie ein Gast bei meiner eigenen Beerdigung. Aber immerhin warteten nicht drei Kinder und ein Teich voller Goldfische zu Hause auf mich wie auf Willoughby. Was immer man sonst vom Chef sagen könnte, Gefühl hat der Mann. Ich habe es ihm nie übelgenommen, daß er ausgerechnet mich hierhergeschickt hat. Eigentlich wollte ich es wohl selbst. Denn sonst hätte ich ja ohne weiteres kündigen können. So fing es also an. Ich packte meine Sachen, spitzte meine Bleistifte und verabschiedete mich. Das war vor über anderthalb Jahren. Überflüssig zu sagen, daß ich weder je einen Bericht abgeschickt noch William gefunden habe. Sicher scheint fürs erste nur, daß ich am Leben geblieben bin. Aber ich würde keine Wetten abschließen, wie lange noch.«

»Ich hatte gehofft, Sie könnten mir etwas Bestimmteres über William mitteilen«, sagte ich. »So oder so.«

Sam schüttelte den Kopf. »In dieser Stadt gibt es nichts Bestimmtes. In Anbetracht der Möglichkeiten sollten Sie froh darüber sein.«

»Ich werde die Hoffnung nicht aufgeben. Nicht bevor ich sicher bin.«

»Das steht Ihnen frei. Aber ich hielte es nicht für klug, etwas anderes als das Schlimmste zu erwarten.«

»Das hat der Rabbi mir auch gesagt.«

»Jeder vernünftige Mensch würde Ihnen das sagen.«

Sam sprach fahrig, in selbstironischem Ton, sprang so von einem Thema zum anderen, daß ich nur mit Mühe folgen konnte. Er machte auf mich den Eindruck eines Mannes am Rande des Zusammenbruchs – eines Mannes, der sich zu sehr geschunden hatte und kaum noch aufrecht stehen konnte. Er habe über dreitausend Seiten Notizen gesammelt, sagte er. Wenn er im gegenwärtigen Tempo weiterarbeite, glaube er, die Vorarbeiten für das Buch in fünf bis sechs Monaten abschließen zu können. Nur gehe ihm allmählich das Geld aus, und die Chancen stünden wohl gegen ihn. Die Interviews könne er sich nicht mehr leisten, und angesichts des heiklen Tiefstands seiner Geldvorräte nehme er jetzt nur noch jeden zweiten Tag eine Mahlzeit zu sich. Das mache es natürlich nur um so schlimmer. Die Kräfte schwänden ihm, und manchmal sei er so benommen, daß er beim Schreiben die eigenen Worte nicht mehr sehen könne. Es komme vor, sagte er, daß er, ohne es zu merken, an seinem Schreibtisch einschlafe.

»Sie werden sich noch umbringen, bevor Sie fertig sind«, sagte ich. »Und wozu das Ganze? Sie sollten mit dem Buch aufhören und mal an sich selbst denken.«

»Ich kann nicht aufhören. Das Buch ist das einzige, was mich noch aufrecht hält. Es hindert mich daran, über mich nachzudenken und von meinem eigenen Leben aufgefressen zu werden. Wenn ich die Arbeit daran je aufgäbe, wäre ich verloren. Ich glaube, ich würde das keinen einzigen Tag lang überleben.«

»Aber niemand wird Ihr verfluchtes Buch lesen«, sagte ich wütend. »Sehen Sie das denn nicht? Ganz gleich, wie viele Seiten Sie schreiben. Niemand wird es je zu Gesicht bekommen.«

»Da irren Sie sich. Ich werde das Manuskript mit nach Hause zurücknehmen. Das Buch wird erscheinen, und jeder wird erfahren, was sich hier abspielt.«

»Sie wissen ja gar nicht, wovon Sie reden. Haben Sie nichts von dem Deichprojekt gehört? Es ist unmöglich, von hier wegzukommen.«

»Über den Deich weiß ich Bescheid. Aber das ist nur eine Stelle. Es gibt andere, glauben Sie mir. Weiter oben an der Küste nach Norden zu. Dann im Westen durch die verlassenen Gebiete. Wenn es soweit ist, werde ich bereit sein.«

»So lange werden Sie nicht durchhalten. Wenn dieser Winter vorbei ist, werden Sie zu gar nichts mehr bereit sein.«

»Es wird sich schon was ergeben. Wenn nicht, nun, dann ist es mir ohnehin egal.«

»Wieviel Geld haben Sie denn noch?«

»Keine Ahnung. Dreißig oder fünfunddreißig Glots.«

Ich war verdattert, als ich hörte, wie wenig es war. Auch wenn man jede denkbare Vorsorge traf und Geld nur ausgab, wenn es absolut notwendig war, würden dreißig Glots kaum drei bis vier Wochen reichen. Plötzlich begriff ich, in was für einer gefährlichen Lage Sam war. Er marschierte geradewegs auf seinen Tod zu und war sich dessen nicht einmal bewußt.

Dies löste mir unversehens die Zunge. Ich merkte gar nicht, was ich da sagte, bis ich mich reden hörte, aber da war es schon zu spät. »Ich habe etwas Geld«, sagte ich. »Es ist nicht viel, aber viel mehr, als Sie haben.«

»Wie schön für Sie«, sagte Sam.

»Sie verstehen mich nicht«, gab ich zurück. »Wenn ich sage, daß ich Geld habe, meine ich, daß ich es mit Ihnen teilen möchte.«

»Teilen? Wieso denn das?«

»Um uns am Leben zu erhalten«, sagte ich. »Ich brauche ein Dach überm Kopf, und Sie brauchen Geld. Wenn wir unsere Mittel zusammenlegen, haben wir vielleicht eine Chance, den Winter zu überleben. Wenn nicht, werden wir beide sterben. Daran ist wohl kaum zu rütteln. Wir werden sterben, und es ist dumm zu sterben, wenn man es nicht nötig hat.«

Die Unverblümtheit meiner Rede erschreckte uns beide, und wir waren einige Augenblicke lang sprachlos. Das alles war so kraß, so grotesk, und doch war es mir irgendwie gelungen, die Wahrheit zu sagen. Zuerst wollte ich mich entschuldigen, aber je länger die Worte in der Luft zwischen uns schwebten, desto vernünftiger klangen sie, und es widerstrebte mir, sie zurückzunehmen. Ich glaube, wir wußten beide, was geschah, aber das machte es auch nicht einfacher, das nächste Wort auszusprechen. In ähnlichen Situationen haben Leute in dieser Stadt einander umgebracht. Es ist kaum der Rede wert, jemanden wegen eines Zimmers oder einer Handvoll Kleingeld umzubringen. Was uns vielleicht daran hinderte, übereinander herzufallen, war die schlichte Tatsache, daß wir hier beide fremd waren. Wir waren in dieser Stadt nicht zu Hause. Wir waren woanders aufgewachsen, und das allein gab uns vielleicht schon das Gefühl, ein wenig voneinander zu wissen. Ich bin nicht sicher. Der Zufall hatte uns auf höchst unpersönliche Weise zusammengeworfen, und das schien der Begegnung eine eigene Logik zu verleihen, ein Gewicht, das von uns beiden ganz unabhängig war. Ich hatte einen befremdlichen Vorschlag gemacht, einen Kopfsprung ins Vertrauliche, und Sam hatte kein Wort dazu gesagt. Die bloße Tatsache dieses Schweigens war außerordentlich, das spürte ich, und je länger es andauerte, desto nachdrücklicher schien es meine Worte zu bestätigen. Als es vorbei war, blieb nichts mehr zu besprechen übrig.

»Es ist furchtbar eng hier«, sagte Sam und sah durch den winzigen Raum. »Wo willst du denn schlafen?«

»Spielt keine Rolle«, sagte ich. »Wir werden uns was ausdenken.«

»William hat manchmal von dir erzählt«, sagte er, und der Hauch eines Lächelns erschien in seinen Mundwinkeln. »Er hat mich sogar vor dir gewarnt. ›Hüte dich vor meiner kleinen Schwester‹, hat er gesagt. ›Das ist ein Drachen.‹ Bist du das wirklich, Anna Blume, ein Drachen?«

»Ich weiß, was du denkst«, sagte ich, »aber du brauchst dir keine Sorgen zu machen. Ich werde dich nicht stören. Schließlich bin ich nicht blöd. Ich kann lesen und schreiben. Und denken kann ich auch. Mit mir hier wird das Buch viel schneller fertig sein.«

»Ich mache mir keine Sorgen, Anna Blume. Du schneist hier aus der Kälte herein, pflanzt dich auf meinem Bett auf und bietest mir Reichtümer an – und da soll ich mir Sorgen machen?«

»Nun übertreib mal nicht. Es sind weniger als dreihundert Glots. Nicht mal zweihundertfünfundsiebzig.«

»Sag ich doch – Reichtümer.«

»Wenn du meinst.«

»Das meine ich. Und ich meine auch das: Es ist ein gottverdammtes Glück für uns, daß die Knarre nicht geladen war.«

Auf diese Weise überlebte ich den Schrecklichen Winter. Ich wohnte bei Sam in der Bibliothek, und in den nächsten sechs Monaten war dieses kleine Zimmer für mich der Mittelpunkt der Welt. Es wird dich wohl kaum schockieren, daß wir beide im selben Bett schliefen. Man hätte aus Stein sein müssen, um dem zu widerstehen, und als es schließlich in der dritten oder vierten Nacht geschah, fanden wir es beide töricht, so lange gewartet zu haben. Anfangs war es rein körperlich, ein wütendes Drängen und Verknäueln von Gliedern, eine Entladung aufgestauter Lust. Es war ein ungeheuer befreiendes Gefühl, und in den Tagen darauf gingen wir bis zur Erschöpfung aufeinander los. Dann legte sich das Tempo, das konnte ja nicht ausbleiben, und in den folgenden Wochen begann allmählich Liebe zwischen uns zu entstehen. Ich rede jetzt nicht bloß von Zärtlichkeiten oder der Wohltat des Zusammenlebens. Nein, wir verliebten uns tief und unwiderruflich, und am Ende war es, als wären wir verheiratet, als würden wir einander nie mehr verlassen.

Das war die beste Zeit für mich. Nicht bloß hier, verstehst du, sondern überhaupt – die beste Zeit meines Lebens. Es ist seltsam, daß ich in dieser schrecklichen Zeit so glücklich sein konnte, aber das Leben mit Sam machte alles ganz anders. Äußerlich änderte sich nicht viel. Der Überlebenskampf blieb derselbe, die täglichen Probleme blieben dieselben, aber jetzt war mir die Möglichkeit zur Hoffnung gegeben worden, und ich begann daran zu glauben, daß unsere Schwierigkeiten früher oder später einmal ein Ende haben würden. Sam wußte mehr von der Stadt als alle anderen, die ich jemals getroffen hatte. Er konnte sämtliche Regierungen der vergangenen zehn Jahre auswendig hersagen; er wußte die Namen von Gouverneuren, Bürgermeistern und zahllosen kleineren Funktionären; er konnte die Geschichte der Zöllner erzählen, den Bau der Kraftwerke beschreiben und noch über die kleinsten Sekten detaillierte Auskünfte geben. Daß er so vieles wußte und unsere Chance, hier herauszukommen, dennoch zuversichtlich beurteilte – das war es, was mich überzeugte. Sam war kein Mann, der die Tatsachen verdrehte. Er war schließlich Journalist, und er war darin geübt, die Welt mit Skepsis zu betrachten. Kein Wunschdenken, keine verschwommenen Vorstellungen. Wenn er sagte, es sei möglich für uns, nach Hause zurückzukehren, dann wußte er auch, daß es möglich war.

Grundsätzlich war Sam wohl kaum ein Optimist, kaum das, was man einen unbekümmerten Menschen nennen würde. Immerzu brodelte so etwas wie Wut in ihm, sogar im Schlaf schien er gequält, wälzte sich unter den Decken herum, als kämpfte er in seinen Träumen mit jemandem. Als ich bei ihm einzog, war er in schlechter Verfassung, unterernährt, ständig hustend, und es dauerte über einen Monat, bis er wieder einem halbwegs gesunden Menschen glich. Bis dahin machte ich fast die ganze Arbeit allein. Ich ging Essen einkaufen, ich leerte die Eimer aus, ich kochte unsere Mahlzeiten und hielt das Zimmer sauber. Als Sam später wieder kräftig genug war, um der Kälte zu trotzen, schlüpfte er morgens immer aus dem Bett, um die Hausarbeiten selbst zu machen, und bestand darauf, daß ich liegenblieb und meinen Schlaf nachholte. Sam besaß wirklich einen guten Riecher für Aufmerksamkeiten – und seine Liebe war anständig, viel anständiger, als ich mir je die Liebe eines anderen erträumt hatte. Wenn ihn seine Angstzustände auch zuweilen von mir entfernten, so waren sie doch eine innerliche Angelegenheit. Das Buch blieb seine Leidenschaft, und er neigte dazu, sich zu sehr damit abzuschinden, über den Rahmen des Erträglichen hinaus daran zu arbeiten. Angesichts der Notwendigkeit, all das von ihm gesammelte verstreute Material zu einem zusammenhängenden Ganzen ordnen zu müssen, begann er manchmal den Glauben an das Projekt zu verlieren. Dann nannte er es plötzlich wertlos, einen nutzlosen Haufen Papier, der Dinge ausdrücken sollte, die sich nicht sagen ließen, worauf er regelmäßig in Depressionen verfiel, die ein bis drei Tage anhielten. Diesen finsteren Stimmungen folgten unweigerlich Phasen extremer Zärtlichkeit. Dann kaufte er mir kleine Geschenke – einen Apfel, zum Beispiel, oder ein Band für mein Haar oder ein Stück Schokolade. Wahrscheinlich war es nicht richtig, dieses zusätzliche Geld auszugeben, aber es fiel mir schwer, von diesen Gesten nicht gerührt zu sein. Ich war immer die Praktische, die nüchterne Hausfrau, die ängstlich knauserte, aber wenn Sam mit irgendeinem solchen Luxusartikel hereinkam, war ich zutiefst gerührt, vollkommen außer mir vor Freude. Ich kam nicht dagegen an. Ich hatte es nötig, zu wissen, daß er mich liebte, und wenn das bedeutete, daß uns das Geld ein wenig früher ausgehen würde, war ich bereit, diesen Preis zu zahlen.

Wir beide entwickelten eine Leidenschaft für Zigaretten. Tabak ist hier schwer und, wenn überhaupt, nur furchtbar teuer zu bekommen, aber Sam hatte im Verlauf der Recherchen für sein Buch eine Reihe von Verbindungen zum schwarzen Markt geknüpft und war daher oft in der Lage, Päckchen mit zwanzig Stück für den Spottpreis von einem oder anderthalb Glots aufzutreiben. Ich rede von echten, altmodischen Zigaretten, die in Fabriken hergestellt werden und in buntes Papier und Cellophan verpackt sind. Die von Sam erworbenen waren aus den diversen ausländischen Hilfsschiffen gestohlen worden, die früher hier angelegt hatten, und die Markennamen darauf waren meist in Sprachen aufgedruckt, die wir nicht einmal lesen konnten. Wir rauchten sie immer erst, wenn es dunkel war; dann lagen wir auf dem Bett und sahen durch das große fächerförmige Fenster, betrachteten den Himmel und das Hin und Her an ihm, die über den Mond treibenden Wolken, die winzigen Sterne, die von oben herabstürzenden Schneestürme. Wir bliesen den Rauch aus unseren Mündern, sahen ihn durchs Zimmer schweben und Schatten an die Wand gegenüber werfen, die sich auflösten, kaum daß sie entstanden waren. In alldem lag etwas schön Vergängliches, etwas Schicksalhaftes, das uns mit sich in unbekannte Winkel des Vergessens zog. Wir sprachen dann oft von zu Hause, beschworen alle möglichen Erinnerungen herauf, gedachten noch der kleinsten, speziellsten Bilder mit einer Art wohliger Bezauberung – der Ahornbäume an der Miro Avenue im Oktober, der Uhren mit den römischen Ziffern in den Schulzimmern, der leuchtendgrünen Drachen in dem Chinarestaurant gegenüber der

Universität. Wir konnten diese Dinge, die unzähligen Details einer Welt, die wir beide seit unserer Kindheit kannten, gemeinsam genießen, und das trug wohl mit dazu bei, daß wir den Mut nicht sinken ließen und den Glauben bewahrten, wir würden eines Tages zu alldem zurückkehren können.

Ich weiß nicht, wie viele Menschen zu der Zeit in der Bibliothek lebten, aber es dürften gut über hundert gewesen sein, vielleicht sogar noch mehr. Die Bewohner waren ausschließlich Wissenschaftler und Schriftsteller, Überlebende der Säuberungswelle, die im Verlauf der Tumulte des vergangenen Jahrzehnts stattgefunden hatte. Sam zufolge hatte die nächste Regierung dann eine Politik der Toleranz eingeleitet und die Wissenschaftler in einer Reihe von öffentlichen Gebäuden im ganzen Stadtgebiet untergebracht – in der Turnhalle der Universität, einem verlassenen Krankenhaus, der Nationalbibliothek. Dieses Wohnungsprogramm war voll subventioniert (was die Anwesenheit des gußeisernen Ofens in Sams Zimmer und die wundersam funktionierenden Spülen und Toiletten im fünften Stock erklärte) und wurde schließlich auch noch auf eine Anzahl religiöser Gruppierungen und ausländischer Journalisten ausgedehnt. Als zwei Jahre später die nächste Regierung an die Macht kam, wurde diese Politik jedoch eingestellt. Die Wissenschaftler wurden zwar nicht aus ihren Behausungen vertrieben, erhielten aber keinerlei staatliche Unterstützung mehr. Die Verlustrate war begreiflicherweise hoch, da viele Wissenschaftler durch die Umstände gezwungen waren, auszuziehen und sich nach anderen Beschäftigungen umzusehen. Diejenigen, die blieben, hatte man so ziemlich sich selbst überlassen; die zahlreichen Regierungen, die nacheinander an die Macht kamen, übersahen sie einfach. Zwischen den verschiedenen Parteien in der Bibliothek hatte sich eine gewisse argwöhnische Kameradschaft entwickelt, zumindest insoweit, als viele von ihnen bereit waren, miteinander zu reden und Ideen auszutauschen. Das erklärte die Gruppen, die ich am ersten Tag in der Vorhalle gesehen hatte. Jeden Morgen fand ein zweistündiges öffentliches Kolloquium statt – die sogenannten »Peripathetischen Stunden« –, zu dem jeder, der in der Bibliothek lebte, eingeladen war. Auf einer dieser Sitzungen hatte Sam Isaac kennengelernt, obwohl er sich ansonsten von ihnen fernhielt, da ihn die Wissenschaftler, außer als Phänomen an sich, nicht sonderlich interessierten – stellten sie doch nur einen Aspekt des Lebens in der Stadt dar. Die meisten von ihnen gingen reichlich esoterischen Beschäftigungen nach: sie suchten in der klassischen Literatur nach Parallelen zu aktuellen Ereignissen, erstellten statistische Analysen zur Bevölkerungsentwicklung, kompilierten ein neues Wörterbuch und so weiter. Sam hatte für dergleichen keine Verwendung, versuchte aber, mit allen in gutem Einvernehmen zu bleiben, da er wußte, wie tückisch Wissenschaftler werden können, wenn sie das Gefühl haben, daß man sich über sie lustig macht. Viele von ihnen lernte ich mehr oder weniger zufällig kennen – wenn ich mit meinem Eimer an der Spüle im fünften Stock in der Schlange stand, wenn ich mit den Frauen Essenstips austauschte und mir das Geschwätz anhörte –, aber ich befolgte Sams Rat und ließ mich mit keinem von ihnen näher ein, sondern blieb freundlich, aber reserviert auf Distanz.

Der einzige Mensch, mit dem ich außer Sam noch sprach, war der Rabbi. Während des ersten Monats besuchte ich ihn bei jeder Gelegenheit – in einer freien Stunde am späten Nachmittag zum Beispiel oder in einem der seltenen Augenblicke, wenn Sam ganz in sein Buch vertieft war und alle Hausarbeiten erledigt waren. Oft war der Rabbi mit seinen Schülern beschäftigt, deshalb hatte er nicht immer Zeit für mich, aber es gelang uns doch, mehrere gute Gespräche zu führen. Woran ich mich am besten erinnere, war eine Bemerkung, die er bei meinem letzten Besuch machte. Ich fand sie damals so verblüffend, daß ich seither ständig darüber nachgedacht habe. Jeder Jude, sagte er, glaubt, der letzten Generation der Juden anzugehören. Wir sind immer am Ende, stehen immer am Rand des letzten Augenblicks, und warum sollten wir uns jetzt einbilden, es verhielte sich anders? Vielleicht erinnere ich mich deswegen so gut an diese Worte, weil ich ihn nach dieser Unterhaltung nie wiedergesehen habe. Als ich das nächste Mal in den zweiten Stock hinunterstieg, war der Rabbi fort, und ein anderer Mann hatte sich in dem Zimmer eingerichtet – ein dünner Kahlkopf mit Drahtbrille. Er saß an dem Tisch und schrieb wie wild in ein Notizbuch, umgeben von Zeitungsstapeln und Gegenständen, die wie menschliche Knochen und Schädel aussahen. Als ich das Zimmer betrat, sah er mit verärgerter, ja feindseliger Miene zu mir auf.

»Schon mal was von Anklopfen gehört?« fragte er.

»Ich suche den Rabbi.«

»Der Rabbi ist weg«, sagte er unwillig, spitzte die Lippen und starrte mich an, als wäre ich ein Idiot. »Die Juden sind vor zwei Tagen alle entfernt worden.«

»Wovon reden Sie?«

»Die Juden sind vor zwei Tagen entfernt worden«, wiederholte er und stieß einen angewiderten Seufzer aus. »Morgen sind die Jansenisten dran, und die Jesuiten sind am Montag fällig. Wissen Sie denn gar nichts?«

»Ich habe nicht die leiseste Ahnung, wovon Sie reden.«

»Von den neuen Gesetzen. Religiöse Gruppierungen haben ihren akademischen Status verloren. Unfaßbar, wie jemand so unwissend sein kann.«

»Deswegen brauchen Sie nicht so gehässig zu sein. Wer sind Sie denn eigentlich?«

»Mein Name ist Dujardin«, sagte er. »Henri Dujardin. Ich bin Ethnograph.«

»Und dieses Zimmer gehört jetzt Ihnen?«

»Ganz recht. Dies ist mein Zimmer.«

»Was ist mit den ausländischen Journalisten? Hat sich deren Status auch verändert?«

»Keine Ahnung. Das geht mich nichts an.«

»Aber diese Knochen und Schädel gehen Sie wohl was an.«

»Das stimmt. Ich bin dabei, sie zu analysieren.«

»Von wem stammen sie?«

»Von anonymen Leichen. Leute, die erfroren sind.«

»Wissen Sie, wo der Rabbi jetzt ist?«

»Auf dem Weg ins Gelobte Land, nehme ich an«, sagte er sarkastisch. »Gehen Sie jetzt bitte. Sie haben meine Zeit lange genug beansprucht. Ich habe Wichtiges zu tun, und ich lasse mich nicht gerne stören. Danke. Und vergessen Sie nicht, beim Hinausgehen die Tür zu schließen.«

Sam und ich hatten unter diesen Gesetzen letztlich nicht zu leiden. Die Regierung war durch das Mißlingen des Deichprojekts bereits angeschlagen, und ehe man sich dem Problem der ausländischen Journalisten zuwenden konnte, kam schon ein neues Regime an die Macht. Die Vertreibung der religiösen Gruppierungen war nichts als eine absurde und verzweifelte Machtdemonstration gewesen, eine willkürliche Attacke auf Menschen, die sich nicht wehren konnten. Die völlige Sinnlosigkeit dieser Aktion bestürzte mich und machte mir das Verschwinden des Rabbi noch unerträglicher. Du siehst, wie es in diesem Land zugeht. Alles verschwindet, Menschen ebenso unausweichlich wie Dinge, die Lebenden zusammen mit den Toten. Ich betrauerte den Verlust meines Freundes, schon der Gedanke daran erdrückte mich. Ich konnte mich nicht einmal mit der Gewißheit seines Todes trösten – ich sah mich nur vor einer Leere, einem gefräßigen Nichts.

In der Folge wurde Sams Buch das Wichtigste in meinem Leben. So lange wir daran weiterarbeiteten, das erkannte ich, konnten wir die Vorstellung von einer möglichen Zukunft aufrechterhalten. Sam hatte mir dies schon am ersten Tag klarzumachen versucht, aber erst jetzt begriff ich es so richtig. Ich erledigte alles, was zu tun war – Seiten einteilen, Interviews redigieren, Endfassungen abschreiben, eine saubere handschriftliche Kopie des Manuskripts anfertigen. Mit einer Schreibmaschine wäre es natürlich besser gegangen, aber Sam hatte seine einige Monate zuvor verkauft, und eine neue konnten wir uns unmöglich leisten. Es war schon schwer genug, immer für einen ausreichenden Vorrat an Bleistiften und Kugelschreibern zu sorgen. Die winterlichen Engpässe hatten die Preise auf Rekordhöhen getrieben, und ohne die sechs Bleistifte, die ich noch besaß – und die zwei Kugelschreiber, die ich zufällig auf der Straße fand –, wäre uns das Material wahrscheinlich ausgegangen. Papier hatten wir im Überfluß (Sam hatte sich noch am Tag seines Einzugs einen Vorrat von zwölf Ries angelegt), dafür stellten die Kerzen ein weiteres Problem dar, das unsere Arbeit behinderte. Um unsere Ausgaben niedrig zu halten, waren wir aufs Tageslicht angewiesen, aber wir steckten mitten im Winter, und die Sonne zog in wenigen kurzen Stunden ihren mickrigen

Bogen über den Himmel, und wenn die Arbeit an dem Buch sich nicht ewig hinziehen sollte, mußten wir eben gewisse Opfer bringen. Wir versuchten, uns auf vier bis fünf Zigaretten pro Abend zu beschränken, und Sam ließ seinen Bart wieder wachsen. Rasierklingen waren schließlich ein Luxus, und als es darum ging, ob er ein glattes Gesicht oder ich glatte Beine haben sollte, gewannen die Beine spielend.

In den Magazinen waren Kerzen Tag und Nacht erforderlich. Die Bücher befanden sich im innersten Kern des Gebäudes, und folglich gab es dort kein einziges Fenster. Da der Strom schon vor langer Zeit gesperrt worden war, mußte man also sein eigenes Licht mitbringen. Angeblich hatte es in der Nationalbibliothek früher einmal über eine Million Bände gegeben. Diese Zahl hatte sich, als ich dorthin kam, bedeutend verringert, doch Hunderttausende waren noch übrig, eine beunruhigende Lawine von Druckerzeugnissen. Manche Bücher standen aufrecht in ihren Regalen, manche waren chaotisch am Boden verstreut, andere lagen zu wirren Haufen aufgestapelt. Es gab eine streng gehandhabte Bibliotheksverordnung, die es untersagte, Bücher aus dem Gebäude zu entfernen, aber dennoch waren viele hinausgeschmuggelt und auf dem schwarzen Markt verkauft worden. Man konnte sich ohnehin darüber streiten, ob die Bibliothek überhaupt noch als solche zu bezeichnen war. Das Klassifikationssystem war vollkommen zerstört, und bei der unter den Büchern herrschenden Unordnung war es praktisch unmöglich, irgendeinen gewünschten Band zu finden. Wenn man bedenkt, daß das Magazin sich über sieben Stockwerke erstreckte, war die Aussage, ein Buch sei nicht am richtigen Platz, gleichbedeutend mit der, es habe aufgehört, zu existieren. Selbst wenn es in dem Gebäude physisch anwesend gewesen wäre, stand fest, daß es für niemanden mehr auffindbar war. Ich stöberte für Sam einige alte städtische Register auf, mußte mich aber bei den meisten meiner Exkursionen dorthin schlicht darauf beschränken, Bücher aufs Geratewohl einzusammeln. Ich war nicht sonderlich gern da unten, denn man konnte nie wissen, wem man dort begegnete, und außerdem war mir der klamme und modrige Verfallsgeruch zuwider. Ich packte mir immer soviel Bücher wie möglich unter beide Arme und rannte damit zu unserem Zimmer zurück. Mit diesen Büchern heizten wir uns durch den Winter. Da jeglicher andere Brennstoff fehlte, verbrannten wir sie in dem gußeisernen Ofen, um uns zu wärmen. Ich weiß, das hört sich furchtbar an, aber uns blieb wirklich keine andere Wahl. Entweder das oder erfrieren. Das Paradoxe daran entgeht mir keineswegs – all diese Monate an einem Buch zu arbeiten und gleichzeitig Hunderte von anderen Büchern zu verbrennen, um nicht zu frieren. Merkwürdigerweise empfand ich keinerlei Bedauern dabei. Ehrlich gesagt, ich glaube sogar, es hat mir Spaß gemacht, all diese Bücher den Flammen zu übergeben. Vielleicht löste das irgendeine heimliche Wut in mir; vielleicht entsprang es einfach der Erkenntnis, daß es völlig belanglos war, was mit ihnen geschah. Die Welt, der sie angehört hatten, war am Ende, und jetzt wurden sie wenigstens einem vernünftigen Zweck zugeführt. Die meisten waren es ohnehin nicht wert, aufgeschlagen zu werden – kitschige Romane, Sammlungen von politischen Reden, veraltete Lehrbücher. Wann immer ich etwas fand, das genießbar aussah, legte ich es zurück und las es. Manchmal, wenn Sam erschöpft war, las ich ihm vor dem Einschlafen etwas vor. Ich erinnere mich, auf diese Weise einige Stellen aus Herodot gelesen zu haben, und an einem Abend las ich das komische kleine Buch, das Cyrano de Bergerac über seine Reisen zum Mond und zur Sonne geschrieben hatte. Am Ende aber wanderte alles in den Ofen und ging in Rauch auf.

Wenn ich jetzt so daran zurückdenke, glaube ich immer noch, daß es gut für uns hätte ausgehen können. Wir hätten das Buch beendet, und früher oder später hätten wir eine Möglichkeit gefunden, nach Hause zurückzukehren. Hätte ich gegen Ende des Winters nicht einen dummen Fehler begangen, säße ich jetzt womöglich dir gegenüber und würde dir diese Geschichte in eigener Person erzählen.

Daß mir dieser Fehler unbeabsichtigt unterlaufen ist, macht ihn nicht weniger schmerzlich. Ich hätte es besser wissen müssen, aber durch mein impulsives Handeln, bei dem ich jemandem vertraute, dem ich nicht hätte trauen dürfen, habe ich mein ganzes Leben zerstört. Diese Behauptung ist keine dramatische Übertreibung. Durch eigene Dummheit habe ich alles kaputtgemacht, und mir allein kommt die ganze Schuld daran zu.

Das geschah so. Kurz nach der Jahreswende stellte ich fest, daß ich schwanger war. Im unklaren darüber, wie Sam diese Neuigkeit aufnehmen würde, behielt ich sie eine Weile für mich, bis mich eines Morgens heftige Übelkeit befiel – kalter Schweiß, Erbrechen auf den Fußboden – und ich ihm schließlich die Wahrheit eröffnete. Es war kaum zu glauben, aber Sam war glücklich darüber, womöglich noch glücklicher als ich selbst. Es war ja nicht so, daß ich das Kind nicht haben wollte, aber ich hatte Angst, da war nichts zu machen, und es gab Zeiten, wo mein Mut mich verließ und mir der Gedanke, unter diesen Umständen ein Kind zu gebären, wie der reine Wahnsinn vorkam. Sam freilich war so begeistert, wie ich besorgt war. Die Vorstellung, Vater zu werden, stimulierte ihn geradezu, und allmählich beschwichtigte er meine Zweifel und brachte mich dazu, meine Schwangerschaft als gutes Zeichen zu betrachten. Das Kind sei der Beweis, daß wir verschont geblieben wären, sagte er. Wir hätten über die Wahrscheinlichkeit gesiegt, und von jetzt an würde alles anders. Indem wir gemeinsam ein Kind gezeugt hätten, hätten wir den Beginn einer neuen Welt möglich gemacht. Nie zuvor hatte ich Sam so reden hören. Solch mutige, idealistische Gefühle – es erschreckte mich fast, dergleichen aus seinem Mund zu vernehmen. Aber das heißt nicht, daß es mir nicht gefiel. Es gefiel mir so sehr, daß ich es schließlich selbst glaubte.

Vor allem wollte ich ihn nicht im Stich lassen. Trotz einiger schlimmer Morgen in den ersten Wochen blieb ich bei guter Gesundheit, und ich versuchte, meinen Teil der Arbeit genauso weiter zu leisten wie zuvor. Mitte März deutete manches darauf hin, daß der Winter allmählich an Kraft verlor: es stürmte nicht mehr ganz so häufig, die Tauperioden dauerten ein bißchen länger, nachts schienen die Temperaturen nicht mehr ganz so tief zu sinken. Ich will damit nicht sagen, daß es warm geworden wäre, aber es gab zahlreiche kleine Anzeichen dafür, daß es in diese Richtung ging, ein ganz bescheidenes Gefühl, daß das Schlimmste überstanden war. Wie der Zufall es wollte, gingen mir gerade um diese Zeit die Schuhe kaputt – dieselben, die Isabel mir vor so langem geschenkt hatte. Es wäre mir unmöglich, auszurechnen, wie viele Meilen ich in ihnen gewandert bin.

Sie hatten mich seit über einem Jahr begleitet, jeden meiner Schritte mitgemacht, mich in jeden Winkel der Stadt gebracht, und jetzt waren sie völlig hinüber: Die Sohlen waren durchgelaufen, das Oberleder hing in Fetzen, und obwohl ich mein Bestes tat, die Löcher mit Zeitungen zu verstopfen, mußten sie vor den Straßen voller Wasser kapitulieren, und wann immer ich nach draußen ging, wurden meine Füße naß. Dies geschah einmal zu oft, nehme ich an, denn eines Tages Anfang April bekam ich eine Erkältung. Und zwar eine richtige, mit allem, was dazugehört: Gliederreißen und Schüttelfrost, wundem Hals und Schnupfen. Sams Anteilnahme an meiner Schwangerschaft führte dazu, daß er diese Erkältung mit schier hysterischer Sorge betrachtete. Er ließ alles stehen und liegen, um sich um mich zu kümmern, kreiste ums Bett wie eine durchgedrehte Krankenschwester, verschleuderte Geld für Luxusartikel wie Tee und Dosensuppen. Nach drei oder vier Tagen erholte ich mich, aber nun machte Sam mir Vorschriften. Solange wir kein neues Paar Schuhe für mich fänden, sagte er, dürfte ich keinen Fuß mehr nach draußen setzen. Einkäufe und Besorgungen werde er selbst erledigen. Ich hielt ihm vor, das wäre lächerlich, aber er beharrte darauf und wollte es sich nicht ausreden lassen.

»Ich will nicht wie eine Kranke behandelt werden, nur weil ich schwanger bin«, sagte ich.

»Es geht nicht um dich«, sagte Sam, »sondern um die Schuhe. Jedesmal, wenn du ausgehst, werden deine Füße naß. Die nächste Erkältung ist vielleicht nicht so einfach zu kurieren, und was würde aus uns, wenn du richtig krank würdest?«

»Wenn du dir solche Sorgen machst, warum gibst du mir dann nicht deine Schuhe, wenn ich ausgehe?«

»Die sind zu groß. Du würdest wie ein Kind damit herumschlappen und früher oder später hinfallen. Und dann? Sobald du den Boden berührtest, würde jemand sie dir von den Füßen reißen.«

»Was kann ich dafür, daß ich kleine Füße habe. Die sind mir angeboren.«

»Du hast wunderschöne Füße, Anna. Die zierlichsten kleinen Hüpfefüßchen aller Zeiten. Ich bete diese Füße an. Ich küsse den Boden, auf den sie treten. Und deswegen müssen sie beschützt werden. Wir müssen dafür sorgen, daß ihnen nie etwas zustößt.«

Die nächsten Wochen waren schwierig für mich. Ich sah Sam seine Zeit mit Dingen vergeuden, die ich ohne weiteres selbst hätte erledigen können, und das Buch kam fast gar nicht mehr voran. Es ärgerte mich maßlos, daß ein lumpiges Paar Schuhe solche Scherereien machen konnte. Von dem Baby war jetzt erstmals etwas zu sehen, und ich fühlte mich wie eine unnütze Kuh, eine tölpelhafte Prinzessin, die den ganzen Tag zu Hause saß, während ihr Herr und Ritter in die Schlacht marschierte. Wenn ich nur ein Paar Schuhe auftreiben könnte, sagte ich mir ständig, dann käme das Leben wieder in Gang. Ich begann mich ein wenig umzuhören, fragte Leute beim Schlangestehen an der Spüle und nahm sogar ein paarmal an den Peripathetischen Stunden unten im Vorsaal teil, um zu sehen, ob mir irgend jemand einen Hinweis geben könnte. Nichts kam dabei heraus, aber dann traf ich eines Tages zufällig Dujardin im Korridor des fünften Stocks, und er fing sofort eine Unterhaltung mit mir an, plauderte drauflos, als wären wir alte Bekannte. Ich war Dujardin seit unserer ersten Begegnung im Zimmer des Rabbi stets aus dem Weg gegangen, und diese plötzliche Freundlichkeit seinerseits kam mir komisch vor. Dujardin war ein pedantischer kleiner Schleicher, und in all diesen Monaten war er mir genauso sorgsam ausgewichen wie ich ihm. Jetzt war er ganz Lächeln und teilnahmsvolle Sorge. »Ich habe gehört, daß Sie ein Paar Schuhe brauchen«, sagte er. »Wenn das zutrifft, könnte ich in der Lage sein, Ihnen Hilfe anzubieten.« Ich hätte gleich merken müssen, daß da etwas nicht stimmte, aber die Erwähnung des Wortes »Schuhe« brachte mich aus der Fassung. Ich war so verzweifelt dahinter her, mußt du wissen, daß es mir nicht einfiel, seine Motive zu hinterfragen.

»Die Sache ist nämlich die«, schnatterte er weiter, »ich habe einen Vetter, der mit, hmmm, wie soll ich mich ausdrücken, mit An- und Verkauf zu tun hat. Brauchbare Gegenstände, ja? Konsumgüter und ähnliches. Manchmal laufen ihm Schuhe über den Weg – die ich jetzt trage, zum Beispiel –, und ich glaube, man darf davon ausgehen, daß er gegenwärtig noch andere auf Lager hat. Da ich ihn zufällig heute abend besuchen werde, würde es mir nichts, absolut nichts ausmachen, Ihretwegen ein paar Erkundigungen einzuziehen. Natürlich müßte ich Ihre Schuhgröße wissen – hmmm, nicht sehr groß, möchte ich meinen –, und wieviel Sie dafür ausgeben wollen. Aber das sind Nebensachen, bloße Nebensachen. Wenn wir uns für morgen verabreden könnten, werde ich Ihnen wohl schon etwas Näheres sagen können. Schuhe braucht schließlich jeder, und wenn ich sehe, was Sie da an den Füßen haben, ist mir begreiflich, warum Sie herumgefragt haben. Lumpen und Fetzen. Das reicht einfach nicht, nicht bei dem Wetter in diesen Zeiten.«

Ich sagte ihm meine Schuhgröße, wieviel Geld ich ausgeben konnte und vereinbarte mit ihm einen Termin für den nächsten Nachmittag. So herablassend er sich auch gab, ich hatte einfach das Gefühl, Dujardin versuchte, nett zu sein. Vermutlich profitierte er an dem Geschäft, das er für seinen Vetter anbahnte, aber darin vermochte ich nichts Schlechtes zu sehen. Wir alle müssen irgendwie zu Geld kommen, und wenn er nebenbei noch die eine oder andere Sache laufen hatte, um so besser für ihn. Es gelang mir, Sam für den Rest dieses Tages nichts von dieser Begegnung zu erzählen. Es war durchaus nicht sicher, daß Dujardins Vetter etwas für mich haben würde, aber wenn das Geschäft zustande kam, sollte es eine Überraschung sein. Ich bemühte mich, nicht davon auszugehen. Unser Geldvorrat war auf unter hundert Glots gesunken, und der Betrag, den ich Dujardin genannt hatte, war lächerlich klein – höchstens elf oder zwölf Glots, glaube ich, vielleicht auch nur zehn. Andererseits hatte er bei meinem Angebot nicht mit der Wimper gezuckt, und das schien mir ein Zeichen der Ermutigung. Jedenfalls reichte es, meine Hoffnungen wachzuhalten, und die nächsten vierundzwanzig Stunden verbrachte ich in einem Strudel von Erwartungen.

Am folgenden Tag trafen wir uns um zwei Uhr in der Nordwest-Ecke des Hauptsaals. Dujardin erschien mit einer braunen Papiertüte, und sobald ich die sah, wußte ich, daß die Sache gut ausgegangen war. »Ich glaube, wir haben Glück«, sagte er, nahm mich verschwörerisch beim Arm und führte mich hinter eine Marmorsäule, wo uns niemand sehen konnte. »Mein Vetter hatte ein Paar in Ihrer Größe, und er ist bereit, sie für dreizehn Glots zu verkaufen. Es tut mir leid, daß ich den Preis nicht herunterhandeln konnte, aber mehr konnte ich nicht tun. In Anbetracht der Qualität der Ware ist es noch immer ein ausgezeichnetes Geschäft.« Er drehte sich zur Wand, so daß er mir den Rücken zuwandte, und zog vorsichtig einen Schuh aus der Tüte. Es war ein Wanderschuh aus braunem Leder, für den linken Fuß. Das Material war offensichtlich echt, und die Sohle war aus haltbarem, bequem wirkendem Hartgummi gefertigt – genau das richtige für die Straßen dieser Stadt. Dazu kam noch, daß der Schuh in fast tadellosem Zustand war. »Probieren Sie ihn an«, sagte Dujardin. »Er soll ja auch passen.« Er paßte. Als ich so dastand und meine Zehen an der glatten Innenfläche der Sohle spielen ließ, war ich so glücklich wie schon lange nicht mehr. »Sie haben mir das Leben gerettet«, sagte ich. »Auf dreizehn Glots können wir uns einigen. Geben Sie mir nur den anderen Schuh, und ich bezahle Sie auf der Stelle.« Aber Dujardin schien zu zögern, und dann zeigte er mir mit verlegener Miene, daß die Tüte leer war. »Soll das ein Witz sein?« fragte ich. »Wo ist der andere Schuh?«

»Ich habe ihn nicht bei mir«, sagte er.

»Ach nein, ein mieser kleiner Nepp! Sie halten mir einen guten Schuh unter die Nase, lassen mich das Paar im voraus bezahlen und präsentieren mir dann für den anderen Fuß ein ramponiertes Stück Plunder. Stimmt's? Na, tut mir leid, aber auf diesen Trick falle ich nicht rein. Keinen einzigen Glot, ehe ich nicht den anderen Schuh gesehen habe.«

»Nein, Miss Blume, Sie verstehen nicht. Es ist ganz anders. Der andere Schuh ist in demselben Zustand wie dieser hier, und niemand verlangt von Ihnen Geld im voraus. So wickelt mein Vetter nun mal seine Geschäfte ab, fürchte ich. Er bestand darauf, Sie sollten persönlich in seinem Kontor vorsprechen, um den Handel abzuschließen. Ich versuchte, ihm das auszureden, aber er wollte nicht auf mich hören. Bei einem so niedrigen Preis, sagte er, müsse er auf einen Mittelsmann verzichten.«

»Wollen Sie damit sagen, Ihr Vetter habe nicht mal für dreizehn Glots Vertrauen zu Ihnen?«

»Ich gestehe, es läßt mich in sehr schlechtem Licht dastehen. Aber mein Vetter ist ein harter Mann. Er vertraut niemandem, wenn es ums Geschäft geht. Sie können sich denken, wie ich mir vorkam, als er das sagte. Er stellte meine Integrität in Zweifel; das war eine bittere Pille für mich, kann ich Ihnen versichern.«

»Wenn für Sie nichts dabei herausspringt, warum haben Sie sich dann überhaupt die Mühe gemacht, unsere Verabredung einzuhalten?«

»Ich hatte Ihnen mein Versprechen gegeben, Miss Blume, und ich wollte mein Wort halten. Sonst hätte ich ja nur bewiesen, daß mein Vetter recht hat, und ich habe an meine Ehre zu denken, verstehen Sie, ich habe meinen Stolz. Dergleichen ist wichtiger als Geld.«

Dujardin gab eine beeindruckende Vorstellung. Sie war makellos, nichts deutete im geringsten darauf hin, daß er irgend etwas anderes sei als ein Mann, dessen Gefühle zutiefst verletzt worden waren. Ich dachte: Er will sich die Gunst seines Vetters nicht verscherzen, und deshalb ist er bereit, mir diesen Gefallen zu tun. Er sieht das als Prüfung an, und wenn es ihm gelingt, sie erfolgreich zu bestehen, wird sein Vetter ihm allmählich erlauben, auf eigene Faust Geschäfte abzuschließen. Du siehst, wie schlau ich sein wollte. Ich glaubte, Dujardin überlegen zu sein, und daher wandelten mich keinerlei Bedenken an.

Es war ein gleißender Nachmittag. Überall Sonnenlicht, und der Wind trug uns geradezu in seinen Armen. Ich fühlte mich wie jemand, der von einer langen Krankheit genesen war – ich durfte das Licht wieder erleben, meine Beine spüren, die sich unter mir im Freien bewegten. Wir gingen in flottem Tempo, wichen zahllosen Hindernissen aus, umschritten leichtfüßig die vom Winter zurückgelassenen Trümmerhaufen und wechselten auf dem ganzen Weg kaum ein einziges Wort. Der Frühling stand jetzt unabweisbar vor der Tür, wenn auch in den Schatten der Häuser noch immer Schnee und Eis anzutreffen waren und auf den Straßen, wo die Sonne am kräftigsten hinschien, breite Bäche zwischen aufgewühlten Steinen und zerbröckelndem Asphalt dahinrauschten. Meine Schuhe waren nach zehn Minuten aufs jämmerlichste zugerichtet, innen wie außen: die Socken durchweicht, die Zehen klamm und schlüpfrig von dem kalten Sickerwasser. Es mag merkwürdig anmuten, daß ich all diese Einzelheiten jetzt erwähne, aber sie habe ich von diesem Tag am lebhaftesten behalten – das Glücksgefühl auf diesem Gang, das heitere, fast trunkene Gefühl des Gehens. Später, nachdem wir unser Ziel erreicht hatten, geschah alles viel zu schnell, als daß ich mich daran erinnern könnte. Wenn ich das jetzt vor mir sehe, dann nur in wirren, gebündelten Blitzen, isolierten Bildern jenseits jeden Zusammenhangs, Salven von Licht und Schatten. Das Haus zum Beispiel hat keinerlei Eindruck bei mir hinterlassen. Ich erinnere mich, daß es am Rand des Warenhaus-Bezirks in der achten Zensuszone stand, nicht weit von da, wo Ferdinand früher seine Schilderwerkstatt gehabt hatte – aber das kam nur daher, daß Isabel mir die Straße einmal im Vorbeigehen gezeigt hatte und ich mich deshalb auf vertrautem Terrain zu befinden meinte. Vielleicht war ich zu abgelenkt, um die Oberfläche der Dinge wahrzunehmen, zu sehr in Gedanken versunken, um an irgend etwas anderes denken zu können als an Sams Freude, wenn ich zurückkäme. Und so weiß ich von der Fassade des Hauses rein gar nichts mehr. Desgleichen von unserem Eintritt durch die Vordertür und dem Aufstieg über mehrere Treppenabsätze. Es ist, als wäre all das nie geschehen, obwohl mir das Gegenteil natürlich vollkommen klar ist. Das erste Bild, das ich mit einiger Deutlichkeit vor mir sehe, ist das Gesicht von Dujardins Vetter. Vielleicht nicht so sehr sein Gesicht, sondern die Feststellung, daß er die gleiche Drahtbrille trug wie Dujardin, und die Überlegung – ganz kurz nur, für den Bruchteil eines Augenblicks –, ob sie die wohl beim selben Händler gekauft hätten. Ich glaube kaum, daß ich länger als ein oder zwei Sekunden in dieses Gesicht geschaut habe, denn eben als er vortrat, um mir die Hand zu schütteln, ging hinter ihm eine Tür auf – anscheinend zufällig, denn ihr Geräusch, als sie sich in den Angeln drehte, ließ seine Miene von Herzlichkeit zu jäher Panik wechseln, und er wandte sich hastig um und schloß sie wieder, ohne mir zuvor noch die Hand zu geben –, und in diesem Moment begriff ich, daß ich betrogen worden war, daß mein Besuch dort überhaupt nichts mit Schuhen oder Geld oder irgendeinem Geschäft zu tun hatte. Denn genau da, in dem winzigen Zeitraum zwischen dem Auf- und Zugehen dieser Tür, konnte ich deutlich in den Raum dahinter sehen, und was ich da sah, war ganz unzweideutig: drei oder vier menschliche Leichen, die nackt an Fleischerhaken hingen, und einen Mann mit einem Beil, der sich über einen Tisch beugte und einer weiteren Leiche die Gliedmaßen abhackte. In der Bibliothek waren Gerüchte von Menschen-Schlachthäusern kursiert, aber ich hatte nicht daran geglaubt. Nun, durch das zufällige Aufschwingen der Tür hinter Dujardins Vetter, hatte ich einen Blick auf das Schicksal werfen können, das diese Männer mir zugedacht hatten. An dieser Stelle begann ich wohl zu schreien. Manchmal höre ich mich sogar das Wort »Mörder« brüllen, immer und immer wieder. Aber das kann nicht sehr lange gedauert haben. Es ist unmöglich, meine Gedanken von diesem Zeitpunkt an zu rekonstruieren, unmöglich in Erfahrung zu bringen, ob ich da überhaupt gedacht habe. Ich sah links von mir ein Fenster und rannte darauf zu. Ich erinnere mich, daß Dujardin und sein Vetter auf mich losstürzten, aber ich rannte mit voller Wucht durch ihre ausgestreckten Arme und krachte durch das Fenster. Ich erinnere mich an das Klirren der Scheibe und an die Luft, die mir ins Gesicht schlug. Es muß ein langer Fall gewesen sein. Jedenfalls lange genug, um zu merken, daß ich fiel. Lange genug, um zu wissen, daß ich tot sein würde, sobald ich am Boden auftraf.

Schritt für Schritt versuche ich, dir zu erzählen, was geschehen ist. Ich kann nichts daran ändern, daß in meiner Erinnerung Lücken sind. Bestimmte Ereignisse weigern sich, wiederaufzutauchen, und so sehr ich mich darum bemühe, ich habe nicht die Kraft, sie auszugraben. In dem Moment, da ich auf dem Boden aufschlug, muß ich das Bewußtsein verloren haben, aber ich habe keine Erinnerung an Schmerz oder daran, wo ich hingefallen bin. Im Grunde kann ich mir nur der einen Tatsache sicher sein, daß ich nicht gestorben bin. Und diese Tatsache verblüfft mich noch heute. Mehr als zwei Jahre nach meinem Sturz aus diesem Fenster ist mir noch immer unbegreiflich, wie ich das überlebt habe.

Ich stöhnte, als sie mich aufhoben, so hat man mir erzählt, aber danach blieb ich reglos, atmete kaum noch, gab kaum noch einen Ton

von mir. Lange Zeit verging. Man hat mir nie gesagt, wie lange, aber ich schätze, es war mehr als ein Tag, vielleicht sogar drei oder vier Tage. Als ich schließlich die Augen aufschlug, so hat man mir erzählt, glich dies eher einer Wiederauferstehung als einer Genesung, es war ein Emporsteigen aus dem reinen Nichts. Ich erinnere mich, daß ich eine Zimmerdecke über mir bemerkte und mich fragte, wie ich in ein Haus gekommen sei, aber gleich darauf durchbohrte mich ein Schmerz – vom Kopf durch die rechte Seite in meinen Bauch –, und der war so heftig, daß ich aufkeuchte. Ich lag in einem Bett, einem richtigen Bett mit Laken und Kopfkissen, aber ich konnte nichts anderes tun als dort liegen und winseln, während der Schmerz durch meinen Körper fuhr. Plötzlich erschien eine Frau in meinem Blickfeld und sah lächelnd zu mir herab. Sie war zwischen achtunddreißig und vierzig, hatte dunkel gewelltes Haar und große grüne Augen. Trotz meiner Gefühle in diesem Augenblick konnte ich sehen, daß sie schön war – vielleicht die schönste Frau, die ich seit meiner Ankunft in der Stadt gesehen hatte.

»Es muß sehr weh tun«, sagte sie.

»Kein Grund für Sie, zu lächeln«, erwiderte ich. »Mir ist nicht nach Lächeln zumute.« Gott weiß, woher ich dieses Taktgefühl nahm, aber der Schmerz war so erbärmlich, daß ich das erstbeste sagte, das mir in den Kopf kam. Die Frau ließ sich jedoch nicht irritieren und lächelte mich weiter tröstend an.

»Freut mich, daß Sie am Leben sind«, sagte sie.

»Sie meinen, ich bin nicht tot? Das werden Sie mir beweisen müssen, bevor ich's glaube.«

»Sie haben einen Arm und ein paar Rippen gebrochen und eine schlimme Beule am Kopf. Fürs erste sieht es jedoch so aus, als ob Sie am Leben wären. Ich denke, Ihre Ausdrucksweise ist dafür Beweis genug.«

»Wer sind Sie eigentlich«, sagte ich, ohne meine Aufsässigkeit aufgeben zu wollen. »Der barmherzige Engel?«

»Ich bin Victoria Woburn. Und dies ist das Woburn House. Wir wollen den Menschen hier helfen.«

»Schönen Frauen ist es verboten, Arzt zu sein. Das verstößt gegen die Regeln.«

»Ich bin kein Arzt. Mein Vater war einer, aber er lebt nicht mehr. Er hat damals das Woburn House gegründet.«

»Ich habe schon von diesem Haus gehört. Hab's für ein Märchen gehalten.«

»Soll vorkommen. Man weiß ja auch kaum, was man noch glauben darf.«

»Haben Sie mich hierhergebracht?«

»Nein, das war Mr. Frick. Mr. Frick und sein Enkel Willie. Jeden Mittwochnachmittag machen sie mit dem Wagen eine Runde. Nicht alle Leute, die Hilfe brauchen, können aus eigener Kraft hierherkommen, verstehen Sie, also fahren wir sie suchen. Es ist unser Ziel, auf diese Weise wöchentlich mindestens einen neuen Pflegling aufzunehmen.«

»Sie meinen, die haben mich zufällig gefunden?«

»Sie fuhren gerade vorbei, als Sie durch dieses Fenster gekracht kamen.«

»Es war kein Selbstmordversuch«, sagte ich abwehrend. »Kommen Sie bloß nicht auf komische Gedanken.«

»Die Springer stürzen sich nicht aus Fenstern. Und wenn doch, pflegen sie sie vorher zu öffnen.«

»Ich würde mich niemals umbringen«, schimpfte ich weiter, um diesem Punkt Nachdruck zu verleihen, doch während ich diese Worte sprach, begann mir eine dunkle Wahrheit aufzugehen. »Ich würde mich niemals umbringen«, sagte ich noch einmal. »Ich bekomme ein Kind, wissen Sie, und warum sollte eine schwangere Frau sich umbringen? Da müßte sie ja verrückt sein.«

Aus der Veränderung, die in ihrem Gesicht vorging, schloß ich sofort, was geschehen war. Ich wußte es, ohne daß man mir es sagen mußte. Mein Kind war nicht mehr in mir. Der Sturz war zuviel für es gewesen, und jetzt war es tot. Ich kann dir nicht sagen, wie trostlos mir in diesem Augenblick alles wurde. Das nackte, tierische Elend überkam mich, und es waren keine Phantasien darin, keine Gedanken, gar nichts. Ich muß zu weinen begonnen haben, noch ehe sie ein Wort gesagt hatte.

»Es ist ja überhaupt ein Wunder, daß es Ihnen gelungen ist,

schwanger zu werden«, sagte sie und streichelte mir die Wange. »Hier werden keine Kinder mehr geboren. Das wissen Sie so gut wie ich. Es ist seit Jahren nicht mehr vorgekommen.«

»Ist mir doch egal«, sagte ich wütend und versuchte, meine Schluchzer zu übertönen. »Sie irren sich. Mein Kind wäre am Leben gewesen. Ich weiß, daß mein Kind am Leben gewesen wäre.«

Jedesmal wenn meine Brust sich zusammenkrampfte, jagte ein Schmerz durch meine Rippen. Ich versuchte, diese Konvulsionen zu unterdrücken, aber das machte sie nur um so heftiger. Die Mühe, mich ruhig zu halten, machte mich zittern, und dies wiederum entfesselte eine neue Serie von unerträglichen Krämpfen. Victoria versuchte, mich zu trösten, aber ich wollte ihren Trost nicht. Ich wollte niemandes Trost. »Bitte gehen Sie«, sagte ich schließlich. »Ich möchte jetzt ganz allein sein. Sie sind sehr nett zu mir gewesen, aber jetzt muß ich allein sein.«

Es dauerte lange, bis meine Verletzungen ausgeheilt waren. Die Schnittwunden in meinem Gesicht verschorften ohne bleibenden Schaden (eine Narbe auf meiner Stirn und eine andere dicht an der Schläfe), und meine Rippen heilten schließlich. Der gebrochene Arm jedoch wuchs nicht glatt zusammen und macht mir noch heute oft zu schaffen: er schmerzt, wann immer ich ihn zu abrupt oder in die falsche Richtung bewege, und läßt sich nicht mehr ganz ausstrecken. Mein Kopf blieb fast einen Monat lang bandagiert; die Beulen und Schrammen verschwanden, doch neige ich seither zu Kopfschmerzen: messerscharfe Migränen, die aus heiterem Himmel zuschlagen, und gelegentlich ein dumpf pochendes Stechen im Hinterkopf. Was das andere Ungemach angeht, so rede ich nur ungern davon. Mein Bauch ist mir ein Rätsel, und die Katastrophe, die darin stattgefunden hat, wird mir immer unbegreiflich bleiben.

Der körperliche Schaden war jedoch nicht das einzige Problem. Nur Stunden nach meinem ersten Gespräch mit Victoria kamen neue schlechte Nachrichten, und da gab ich beinahe auf, wollte fast nicht mehr weiterleben. Als sie mir am frühen Abend ein Tablett mit Essen ins Zimmer brachte, sagte ich ihr, wie dringend es wäre, daß jemand zur Nationalbibliothek ginge und Sam aufsuchte. Er würde sich zu Tode ängstigen, sagte ich, und ich wollte ihn jetzt bei mir haben. *Sofort*, brüllte ich, ich will ihn *sofort* bei mir haben. Ich geriet plötzlich außer mir und begann hemmungslos zu schluchzen. Willie, der fünfzehnjährige Junge, wurde losgeschickt, kam aber mit einer niederschmetternden Neuigkeit zurück. Am Nachmittag sei in der Nationalbibliothek Feuer ausgebrochen, berichtete er, und das Dach sei bereits eingestürzt. Niemand wisse, wie es angefangen habe, aber inzwischen stehe das ganze Gebäude in Flammen, und angeblich seien über hundert Menschen im Innern eingeschlossen. Noch sei ungewiß, ob jemand habe entkommen können; es gebe da einander widersprechende Gerüchte. Aber selbst wenn Sam zu den Glücklichen gezählt hätte, wäre weder Willie noch sonst jemand in der Lage gewesen, ihn zu finden. Und wenn er mit den anderen umgekommen war, dann hatte ich alles verloren. Daran führte kein Weg vorbei. Wenn er tot war, hatte ich kein Recht zu leben. Und wenn er lebte, dann stand so gut wie fest, daß ich ihn niemals wiedersehen würde.

Mit diesen Tatsachen hatte ich während der ersten Monate in Woburn House fertig zu werden. Es war eine dunkle Zeit für mich, dunkler als alles, was ich je erlebt habe. Anfangs blieb ich in dem oberen Zimmer. Dreimal täglich kam jemand zu mir – zweimal, um Essen zu bringen, und einmal, um das Nachtgeschirr zu leeren. Von unten waren ständig Leute zu hören (Stimmen, Füßescharren, Stöhnen und Lachen, Heulen, Schnarchen bei Nacht), aber ich war zu schwach und niedergeschlagen, um aus dem Bett kommen zu wollen. Apathisch und elend brütete ich unter meinen Decken, brach unvermittelt in Tränen aus. Inzwischen war es Frühling geworden, und ich verbrachte die meiste Zeit damit, aus dem Fenster nach den Wolken zu sehen, die Leiste oben an den Wänden zu betrachten oder die Risse in der Decke anzustarren. Ich glaube, in den ersten zehn oder zwölf Tagen ist es mir nicht einmal gelungen, durch die Tür auf den Flur zu gehen.

Woburn House – ein vierstöckiges Wohngebäude mit über zwanzig Zimmern – stand etwas abseits von der Straße mitten in einem kleinen privaten Park. Es war vor fast hundert Jahren von Dr. Woburns Großvater erbaut worden und galt als einer der elegantesten Wohnsitze der Stadt. Als die Zeit der Unruhen begann, war Dr. Woburn einer der ersten, die auf die wachsende Zahl der Obdachlosen aufmerksam machten. Da er ein angesehener Arzt war und einer bedeutenden Familie entstammte, wurden seine Stellungnahmen von der Öffentlichkeit stark beachtet, und bald war es in wohlhabenden Kreisen Mode, sein Anliegen zu unterstützen. Es gab Wohltätigkeitsbälle und -essen und andere gesellschaftliche Ereignisse, und schließlich wurde eine Reihe von Gebäuden in der Stadt zu Notunterkünften umgebaut. Dr. Woburn gab seine Privatpraxis auf, um diese Übergangshäuser, wie sie genannt wurden, zu verwalten, und jeden Morgen ließ er sich von seinem Chauffeur zu ihnen fahren, sprach mit den Leuten, die dort wohnten, und leistete ihnen jedweden ärztlichen Beistand. Seine Güte und sein Idealismus verhalfen ihm zu legendärem Ruhm in der Stadt, und wann immer die Leute von der Barbarei der Zeiten sprachen, wurde sein Name als Beweis dafür genannt, daß edle Taten noch immer möglich seien. Doch das war vor langer Zeit, als man sich noch nicht vorstellen konnte, daß der Verfall der Dinge ein solches Ausmaß annehmen würde, wie er es dann tat. Nach und nach, mit der Verschlechterung der Umstände, wurde der Erfolg von Dr. Woburns Projekt untergraben. Die obdachlose Bevölkerung wuchs in gewaltiger geometrischer Progression, während das Geld für die Finanzierung der Notunterkünfte im gleichen Maß dahinschwand. Die Reichen machten sich aus dem Staub, stahlen sich mit ihrem Gold und ihren Diamanten aus dem Land, und die Zurückgebliebenen konnten es sich nicht mehr leisten, großzügig zu sein. Der Arzt steckte enorme Beträge seines eigenen Geldes in die Unterkünfte, was aber nicht verhinderte, daß sie eingingen und eine nach der anderen schließen mußte. Ein anderer hätte jetzt vielleicht aufgegeben, er aber weigerte sich, das Unternehmen so enden zu lassen. Wenn er nicht Tausende retten könne, pflegte er zu sagen, dann vielleicht Hunderte, und wenn nicht Hunderte, dann vielleicht zwanzig oder dreißig. Die Zahlen spielten keine Rolle mehr. Zuviel war inzwischen geschehen, und er wußte, jegliche Hilfe, die er anbieten konnte, war bloß noch symbolisch – eine Geste gegen den totalen Zusammenbruch. Das ist sieben oder acht Jahre her, da war Dr. Woburn bereits weit über sechzig. Unterstützt von seiner Tochter, beschloß er, sein eigenes Haus für die Fremden zu öffnen, und baute die unteren beiden Stockwerke des Familienwohnsitzes zu einer kombinierten Klinik und Notunterkunft um. Es wurden Betten angeschafft und Küchenvorräte gekauft, und um das Unternehmen am Leben zu erhalten, brauchten sie nach und nach die verbliebenen Aktiva des Woburnschen Vermögens auf. Als das Bargeld erschöpft war, begannen sie Erbstücke und Antiquitäten zu verkaufen und leerten so allmählich die oberen Zimmer. Ständige zermürbende Anstrengungen ermöglichten es ihnen, zu jeder beliebigen Zeit achtzehn bis vierundzwanzig Personen ein Obdach zu geben. Notleidende durften zehn Tage dort wohnen; Schwerkranke konnten länger bleiben. Jeder bekam ein sauberes Bett und zwei warme Mahlzeiten am Tag. Natürlich löste dies kein einziges Problem, aber immerhin wurde den Leuten eine Ruhepause von ihren Schwierigkeiten gewährt, eine Chance, Kraft zu sammeln, bevor sie weiterzogen. »Wir können nicht viel tun«, pflegte der Arzt zu sagen. »Aber das wenige, das wir tun können, tun wir auch.«

Dr. Woburn war gerade vier Monate tot, als ich nach Woburn House kam. Victoria und die anderen mühten sich nach Kräften, ohne ihn weiterzumachen, doch waren gewisse Veränderungen unabdingbar gewesen – vor allem in medizinischer Hinsicht, da niemand von ihnen die Arbeit des Arztes übernehmen konnte. Victoria und Mr. Frick waren beide fähige Krankenpfleger, aber das hieß noch lange nicht, daß sie in der Lage waren, Diagnosen zu stellen oder Behandlungen zu verschreiben. Ich glaube, das erklärt mit, warum sie mir eine so besondere Aufmerksamkeit zuteil werden ließen. Von allen Verletzten, die seit dem Tod des Arztes eingeliefert worden waren, war ich die erste, die auf ihre Pflege angesprochen hatte, die erste, die Zeichen von Genesung gezeigt hatte. In diesem Sinne diente ich zur Rechtfertigung ihres Entschlusses, Woburn House fortzuführen. Ich war ihr Aushängeschild, das glänzende Vorzeigestück für das, was sie noch zu leisten imstande waren, und aus diesem Grund verhätschelten sie mich so lange, wie ich es nötig zu haben schien, verwöhnten mich in meinen finsteren Stimmungen und machten mir alle möglichen Zugeständnisse.

Mr. Frick glaubte wirklich, ich wäre von den Toten auferstanden. Er hatte sehr lange für den Arzt gearbeitet (einundvierzig Jahre, erzählte er mir) und mehr Leben und Tod aus der Nähe gesehen als die meisten anderen. Wenn man ihm glauben durfte, hatte es einen Fall wie den meinen noch nie gegeben. »Sie war'n schon in der andern Welt! Ich habe mit meinen eigenen Augen geseht. Sie war'n tot, und dann sind Sie aufgewacht lebendig.« Mr. Frick hatte eine merkwürdig fehlerhafte Art zu reden, und oft brachte er seine Ideen durcheinander, wenn er sie auszudrücken versuchte. Dies hatte aber wohl nichts mit seinem Geisteszustand zu tun, sondern lag schlicht daran, daß die Worte ihm zu schaffen machten. Er hatte Schwierigkeiten, sie um seine Zunge herumzumanövrieren, und manchmal stolperte er darüber, als wären es feste Gegenstände, buchstäblich Steine, die ihm den Mund verstopften. Eben deshalb schien er besonders empfänglich für die inneren Werte der Worte selbst: ihren Klang, losgelöst von ihrer Bedeutung, ihre Symmetrie und Widersprüche. »Wörter sagen mir, was ich wissen muß«, erklärte er mir einmal. »Deswegen bin ich so alt geworden. Denn mein Name ist Otto. Der ist vor- und rückwärts derselbe. Ich höre nirgendwo auf, sondern fange an beiden Seiten an. Auf diese Weise lebe ich zweimal, doppelt so lange wie sonst keiner. Sie auch, Miss. Sie haben einen Namen wie meiner. A-n-n-a. Vor- und rückwärts gleich, genau wie ich mit Otto. Deswegen sind Sie wiedergeboren. Das war ein Glückszufall, Miss Anna. Sie war'n tot, und ich sehnte Sie wiedergeboren mit meinen eigenen Augen. Das war ein ganz großer Glückszufall.«

Mit seiner hageren, dornenhaften Steifheit und seinen elfenbeinfarbenen Wangen hatte dieser Alte etwas charmant Stures an sich. Seine Treue zu Dr. Woburn war unerschütterlich, und selbst jetzt noch wartete er den Wagen, den er für ihn gelenkt hatte – einen uralten sechszylindrigen Pierce Arrow mit Trittbrettern und ledergepolsterten Sitzen. Dieses schwarze, fünfzig Jahre alte Automobil war die einzige Caprice des Arztes gewesen, und jeden Dienstagabend, ganz gleich, was sonst noch zu tun sein mochte, ging Frick in die Garage hinter dem Haus und putzte und polierte mindestens zwei Stunden an dem Wagen herum, um ihn für die mittwochnachmittäglichen Rundfahrten in den bestmöglichen Zustand zu versetzen. Er hatte den Motor für den Betrieb mit Methangas umgerüstet, und hauptsächlich dieser Geschicklichkeit seiner Hände war es wohl zu verdanken, daß Woburn House überhaupt noch in Schuß war. Er hatte Wasserleitungen repariert, Duschen installiert, einen neuen Brunnen abgeteuft. Auf Grund dieser und verschiedener anderer Verbesserungen hatte das Haus auch in den härtesten Zeiten seine Funktion ausüben können. Sein Enkel Willie ging ihm bei all diesen Unternehmungen zur Hand, folgte ihm schweigend von einer Verrichtung zur anderen, eine mürrische, verwachsene kleine Gestalt in einem grünen Sweatshirt mit Kapuze. Frick hegte den Plan, dem Jungen so viel beizubringen, daß er nach seinem Tod seine Stelle übernehmen könnte, aber Willie schien über keine sonderlich rasche Auffassungsgabe zu verfügen. »Kein Grund zur Sorge«, bemerkte Frick in diesem Zusammenhang einmal zu mir. »Wir arbeiten Willie langsam ein. Damit hat es keine Eile. Wenn ich mal ins Gras beißen muß, ist der Junge auch schon ein alter Mann.«

Am meisten jedoch kümmerte Victoria sich um mich. Ich erwähnte schon, wie sehr ihr meine Genesung am Herzen lag, aber ich glaube, dahinter steckte noch etwas anderes. Sie sehnte sich nach jemandem, mit dem sie reden konnte, und als meine Kräfte allmählich wieder zurückkehrten, kam sie häufiger nach oben, um mich zu besuchen. Seit dem Tod ihres Vaters war sie ständig mit Frick und Willie allein gewesen, hatte die Unterkunft geleitet und die Geschäfte besorgt, ohne dabei jemanden zu haben, mit dem sie ihre Gedanken teilen konnte. Nach und nach schien ich diese Stelle einzunehmen. Es fiel uns nicht schwer, miteinander zu reden, und als unsere Freundschaft sich entwickelte, merkte ich, wie vieles wir gemeinsam hatten. Sicher, ich stammte nicht aus solch wohlhabenden Verhältnissen wie Victoria, aber ich hatte eine unbeschwerte Kindheit gehabt, voller bourgeoiser Pracht und Privilegien, und ich war in dem Gefühl aufgewachsen, daß alle meine Wünsche im Bereich des Möglichen lägen. Ich hatte gute Schulen besucht und war in der Lage, über Bücher zu reden. Ich kannte den Unterschied zwischen einem Beaujolais und einem Bordeaux, und ich wußte, warum Schubert ein bedeutenderer Musiker war als Schumann.

Wenn man bedenkt, in was für eine Welt Victoria in Woburn House hineingeboren war, dürfte ich von allen Leuten, die sie in den letzten Jahren kennengelernt hatte, noch am ehesten ihrer Klasse zugehört haben. Damit will ich nicht andeuten, Victoria wäre ein Snob gewesen. Geld als solches interessierte sie nicht, und von den Dingen, die es repräsentierte, hatte sie sich längst abgewandt. Aber wir redeten dieselbe Sprache, und wenn sie mir von ihrer Vergangenheit erzählte, verstand ich sie, ohne um Erklärungen bitten zu müssen.

Sie war zweimal verheiratet gewesen – einmal kurz, eine »glänzende gesellschaftliche Partie«, wie sie es sarkastisch ausdrückte, und dann mit einem gewissen Tommy, dessen Nachnamen sie aber nie erwähnte. Anscheinend ein Rechtsanwalt, mit dem sie zwei Kinder gehabt hatte, ein Mädchen und einen Jungen. Als die Unruhen ausbrachen, zog es ihn immer stärker in die Politik, wo er zunächst als Staatssekretär bei der Grünen Partei (damals wurden hier alle politischen Zugehörigkeiten mit Farben bezeichnet) und später, nachdem die Blaue Partei die Mitglieder seiner Organisation in einem strategischen Bündnis vereinnahmt hatte, als kommunaler Koordinator für den Westteil der Stadt arbeitete. Vor elf oder zwölf Jahren, zur Zeit der ersten Anti-Zöllner-Aufstände, geriet er in einen der Krawalle am Nero Prospect und wurde von einer Polizeikugel tödlich getroffen. Nach Tommys Tod drängte ihr Vater sie, das Land mit den Kindern (damals gerade drei und vier Jahre alt) zu verlassen, aber Victoria weigerte sich. Statt dessen schickte sie sie zusammen mit Tommys Eltern nach England. Sie wollte sich nicht zu den Leuten zählen lassen, die aufgegeben und sich davongemacht hätten, sagte sie, aber genausowenig wollte sie ihre Kinder der unausweichlich heraufziehenden Katastrophe ausgesetzt wissen. Ich finde, es gibt Entscheidungen, zu denen ein Mensch niemals gezwungen werden sollte, Entscheidungen, die einem einfach eine zu große Last auferlegen. Wozu immer man sich entschließt, man wird es bereuen, und zwar bis an sein Lebensende. Die Kinder zogen nach England, und in den nächsten ein bis zwei Jahren gelang es Victoria noch, brieflichen Kontakt zu ihnen zu halten. Dann begann das Postwesen zusammenzubrechen. Nachrichten trafen nur noch sporadisch und unvorhersehbar ein – ein ewiges, qualvolles Warten, wie auf blindlings ins Meer geworfene Botschaften –, und schließlich kam überhaupt nichts mehr. Das war acht Jahre her. Seither war kein einziges Wort mehr herübergedrungen, und Victoria hatte schon lange die Hoffnung aufgegeben, jemals wieder von ihnen zu hören.

Ich erwähne diese Dinge, um dir die Ähnlichkeiten zwischen unseren Erfahrungen zu verdeutlichen, die Gemeinsamkeiten, die unsere Freundschaft mit entstehen ließen. Die Menschen, die sie liebte, waren aus ihrem Leben auf ebenso schreckliche Weise verschwunden wie die, die ich liebte, aus meinem verschwunden waren. Unsere Ehemänner und Kinder, ihr Vater und mein Bruder – sie alle waren in den Tod oder ins Ungewisse gegangen. Als ich dann wieder gehen konnte (aber wohin hätte ich wohl gehen sollen?), schien es daher nur natürlich, daß sie mich einlud, in Woburn House zu bleiben und dort mitzuarbeiten. Dies war keine Lösung, die ich mir hätte wünschen können, aber unter den gegebenen Umständen sah ich keinen anderen Ausweg. Ich fühlte mich in der weltverbesserischen Atmosphäre des Hauses ein wenig unbehaglich – der Idee, Fremden zu helfen, sich für eine Sache aufzuopfern. Das Prinzip war mir zu abstrakt, zu ernst, zu altruistisch. An Sams Buch hatte ich glauben können, aber Sam war auch mein Geliebter gewesen, mein Leben, und ich fragte mich, ob ich es über mich bringen würde, mich Leuten zu widmen, die ich gar nicht kannte. Victoria bemerkte mein Widerstreben, stritt aber nicht mit mir und versuchte auch nicht, mich zu überzeugen. Ich glaube, mehr als alles andere hat mich diese ihre Zurückhaltung dazu gebracht, den Vorschlag anzunehmen. Sie schwang keine großartigen Reden und wollte mir auch nicht etwa suggerieren, daß ich damit meine Seele retten könnte. Sie sagte einfach: »Hier ist eine Menge Arbeit zu tun, Anna, mehr Arbeit, als wir zu leisten je hoffen können. Ich habe keine Ahnung, wie sich das bei dir auswirken wird, aber manchmal lassen sich gebrochene Herzen durch Arbeit heilen.«

Die tägliche Arbeit war endlos und zermürbend. Eher eine Ablenkung als ein Heilmittel, aber alles, was den Schmerz dämpfte, war mir willkommen. Wunder erwartete ich nach alldem nicht mehr. Meinen diesbezüglichen Vorrat hatte ich bereits aufgebraucht, und ich wußte, von nun an wäre alles nur noch Nachschlag – eine grauenhafte, postume Art von Leben, ein Leben, das weiterhin mit mir geschehen würde, obwohl es längst beendet war. Der Schmerz also legte sich nicht. Doch ganz allmählich begann ich zu merken, daß ich weniger weinte, daß ich abends vorm Einschlafen nicht mehr unbedingt das Kopfkissen durchnäßte, und einmal fiel mir sogar auf, daß es mir gelungen war, drei Stunden hintereinander nicht an Sam zu denken. Das waren kleine Triumphe, gebe ich zu, doch angesichts meiner damaligen Lage war mir nicht danach, darüber zu spotten.

Im Parterre gab es sechs Zimmer mit jeweils drei oder vier Betten. Im ersten Stock befanden sich zwei Privaträume, die schwierigen Fällen vorbehalten waren; in einem davon hatte ich meine ersten Wochen in Woburn House verbracht. Nachdem ich zu arbeiten begonnen hatte, bekam ich mein eigenes Schlafzimmer im dritten Stock. Am Ende des Flurs lag Victorias Zimmer, und Frick und Willie bewohnten einen großen Raum unmittelbar darüber. Eine weitere Angestellte lebte unten in einem Raum gleich neben der Küche. Dies war Maggie Vine, eine Taubstumme undefinierbaren Alters, die als Köchin und Waschfrau diente. Sie war sehr klein, hatte dicke, stämmige Schenkel und ein breites Gesicht unter einem Dschungel roter Haare. Abgesehen von den Unterredungen, die sie mit Victoria in der Zeichensprache führte, pflog sie mit niemandem Kontakt. Sie erledigte ihre Arbeit in einer Art mürrischer Trance, führte zäh und tatkräftig jeden Auftrag aus, der ihr gegeben wurde, und schuftete so lange, daß ich mich fragte, ob sie jemals zu Bett ginge. Nur selten grüßte sie mich oder nahm überhaupt Notiz von mir, doch gelegentlich, wenn wir zufällig einmal allein miteinander waren, klopfte sie mir auf die Schulter, grinste von einem Ohr zum anderen und führte mir dann die kunstvolle Pantomime einer ariensingenden Operndiva vor – theatralische Gesten und bebende Kehle inbegriffen. Am Ende verbeugte sie sich, nahm huldvoll den Jubel ihres imaginären Publikums ent-

gegen und wandte sich abrupt wieder ihrer Arbeit zu, ohne Pause oder Übergang. Es war vollkommen verrückt. Sechs- oder siebenmal ist das wohl geschehen, aber ich kam nie dahinter, ob sie mich damit amüsieren oder erschrecken wollte. In all den Jahren, die sie dort gewesen sei, sagte Victoria, habe Maggie nie für jemand anderen gesungen.

Sämtliche Gäste, wie wir sie nannten, mußten gewisse Bedingungen akzeptieren, bevor sie in Woburn House aufgenommen wurden. Keine Schlägereien oder Diebstähle, zum Beispiel, und Teilnahme an den Hausarbeiten: sein Bett machen, nach dem Essen seinen Teller in die Küche bringen und so weiter. Dafür erhielten die Gäste Kost und Logis, neue Kleidung, Gelegenheit zu täglichem Duschen und unbeschränkte Freiheit in der Benutzung der Einrichtungen. Hierzu gehörten der Salon im Parterre – eingerichtet mit einer Reihe von Sofas und Lehnsesseln, einer gutsortierten Bibliothek und verschiedenen Spielen (Karten, Bingo, Backgammon) – und der Hof hinter dem Haus, ein bei gutem Wetter ausgesprochen angenehmer Aufenthaltsort. Am hinteren Ende gab es ein Krocketfeld, ein Badmintonnetz und eine beträchtliche Anzahl Liegestühle. Welche Ansprüche man auch stellen mochte, Woburn House war ein Refugium, eine idyllische Zuflucht vor dem Elend und dem Schmutz, die es umgaben. Man sollte meinen, daß jemand, der die Chance erhält, ein paar Tage an einem solchen Ort zu verbringen, jede Sekunde genießen würde, aber dies schien nicht immer zuzutreffen. Die meisten waren natürlich dankbar, die meisten erkannten an, was da für sie getan wurde, doch manche andere kamen nur schwer damit zurecht. Oft gab es unter den Gästen Streitigkeiten, die offenbar von so ziemlich allem ausgelöst werden konnten: wie jemand sein Essen einnahm oder in der Nase bohrte, wie jemand eine abweichende Meinung verteidigte, wie jemand hustete oder schnarchte, wenn alle anderen zu schlafen versuchten – all die kleinlichen Zänkereien, die sich ergeben, wenn Leute sich plötzlich unter einem Dach zusammenfinden. Daran ist nichts Ungewöhnliches, nehme ich an, aber ich fand das immer ziemlich erbärmlich, eine traurige und lächerliche kleine Farce, die da wieder und wieder inszeniert wurde. Fast alle Gäste in Woburn House hatten lange Zeit auf der Straße gelebt. Vielleicht war der Kontrast zwischen jenem und diesem Leben ein zu großer Schock für sie. Man gewöhnt sich daran, auf sich selbst aufzupassen, nur an sein eigenes Wohlergehen zu denken, und dann wird einem plötzlich gesagt, man habe mit einem Haufen von Fremden zusammenzuarbeiten, mit genau der Sorte von Leuten, denen zu mißtrauen man sich eingetrichtert hat. Und wenn man weiß, daß man in ein paar Tagen wieder auf der Straße sein wird, ist es da wirklich der Mühe wert, deswegen seine Persönlichkeit umzukrempeln?

Andere Gäste wirkten geradezu enttäuscht von dem, was sie in Woburn House fanden. Das waren die, die solange auf Einlaß gewartet hatten, daß ihre Erwartungen bis in den Himmel gewachsen waren – ihnen dünkte Woburn House das Paradies auf Erden, das Ziel aller Sehnsüchte, die sie je empfunden hatten. Die Vorstellung, dort wohnen zu dürfen, hatte sie von einem Tag zum andern durchhalten lassen, aber wenn sie dann tatsächlich hineingelangt waren, konnte die Enttäuschung nicht ausbleiben. Schließlich betraten sie kein Wunderland. Woburn House war ein reizender Ort, aber es lag nichtsdestoweniger in der wirklichen Welt, und was man dort antraf, war auch nur Leben – ein besseres Leben, mag sein, aber doch nichts anderes als das, was man schon immer gekannt hatte. Bemerkenswert daran war, wie schnell sich alle an den dort gebotenen materiellen Komfort gewöhnten – die Betten und Duschen, das gute Essen und die sauberen Kleider, die Chance, einmal nichts zu tun. Nach zwei oder drei Tagen in Woburn House konnten Männer und Frauen, die zuvor aus Mülltonnen gegessen hatten, mit der ganzen Gelassenheit und Beherrschung fetter Mittelstandsbürger zu einem großen Festschmaus an einem verführerisch gedeckten Tisch Platz nehmen. Vielleicht ist das gar nicht so seltsam, wie es scheint. Wir alle nehmen manches für selbstverständlich, und wenn es um so grundlegende Dinge wie Essen und Obdach geht, um Dinge, auf die wir wahrscheinlich einen natürlichen Anspruch haben, dann dauert es nicht lange, bis wir sie als unveräußerlichen Bestandteil unserer selbst betrachten. Nur wenn wir sie verlieren, merken wir überhaupt, daß wir sie besessen haben. Sobald wir sie wiederbekommen, bemerken wir sie auch schon nicht mehr. Das war das Problem der Leute, die sich von Woburn House enttäuscht fühlten. Sie hatten so lange mit der Entbehrung gelebt, daß sie an gar nichts anderes mehr denken konnten, aber kaum war ihnen das einst Verlorene zurückgegeben worden, stellten sie mit Erstaunen fest, daß sich fast gar nichts verändert hatte. Ihre Bäuche waren jetzt zwar gefüllt, aber sonst war alles ganz und gar beim alten geblieben.

Wir wiesen die Leute stets sorgfältig auf die Schwierigkeiten des letzten Tages hin, aber ich glaube kaum, daß unser Rat jemals jemandem sonderlich genützt hat. Man kann sich auf so etwas nicht einstellen, und nie war es uns möglich, vorauszusagen, wer im entscheidenden Moment zurückschrecken würde und wer nicht. Manche vermochten den Abschied ohne Trauma zu überstehen, andere konnten sich einfach nicht damit abfinden. Sie litten entsetzlich unter der Vorstellung, wieder auf die Straße zurückzumüssen – besonders die Freundlichen, die Sanften, diejenigen, die unsere Hilfe am meisten zu schätzen wußten –, und manchmal fragte ich mich ernsthaft, ob es das überhaupt wert war, ob es tatsächlich nicht besser wäre, gar nichts zu tun, als Leuten Geschenke hinzuhalten, um sie ihnen im nächsten Augenblick wieder aus den Händen zu reißen. Das Ganze war im Grunde grausam, und häufig fand ich es unerträglich, erwachsene Männer und Frauen zu sehen, die plötzlich vor einem auf die Knie fielen und um einen einzigen zusätzlichen Tag bettelten, Zeuge zu sein von Tränen, Geheul und wütendem Flehen. Manche täuschten Krankheit vor – fielen in tiefe Ohnmachten, stellten sich gelähmt; andere gingen so weit, sich vorsätzlich zu verletzen: sie schlitzten sich die Handgelenke auf, durchbohrten sich mit Scheren die Beine, schnitten sich Finger und Zehen ab. Im äußersten Fall kam es zu Selbstmorden; an mindestens drei oder vier kann ich mich erinnern. Man glaubte, wir würden in Woburn House den Menschen helfen, doch die Wirklichkeit sah zuweilen so aus, daß wir sie vernichteten.

Das Dilemma ist freilich auch gewaltig. Sobald man den Gedanken akzeptiert, an einem Ort wie Woburn House möchte irgend etwas Gutes sein, versinkt man in einem Sumpf von Widersprüchen. Das Argument, man sollte den Gästen erlauben, länger zu bleiben, zieht einfach nicht – zumal wenn man fair sein will. Was ist mit all den anderen, die draußen stehen und darauf warten, eingelassen zu werden? Auf jeden, der in Woburn House ein Bett belegte, kamen Dutzende, die draußen um Einlaß bettelten. Was ist besser – einer großen Zahl von Leuten ein bißchen zu helfen, oder einer kleinen Zahl richtig? Ich glaube, auf diese Frage gibt es schlichtweg keine Antwort. Dr. Woburn hatte das Unternehmen auf eine bestimmte Weise angefangen, und Victoria war entschlossen, bis zum Ende daran festzuhalten. Dadurch wurde es nicht unbedingt richtig. Aber falsch wurde es damit auch nicht. Das Problem lag nicht so sehr in der Methode als in der Natur des Problems selbst. Es gab zu viele Leute, denen geholfen werden mußte, und nicht genug Leute, die ihnen helfen konnten. Dieser Rechnung war nichts entgegenzusetzen; sie hatte in jedem Fall schlimme Folgen. Man konnte so hart arbeiten wie man wollte, das Scheitern stand immer schon fest. Mehr ist dazu nicht zu sagen. Wenn man nicht bereit war, die vollkommene Vergeblichkeit der Arbeit zu akzeptieren, brauchte man gar nicht erst damit weiterzumachen.

Meine Hauptaufgabe bestand darin, mit zukünftigen Gästen Vorstellungsgespräche zu führen, ihre Namen in eine Liste einzutragen und einen Plan zu erstellen, wer wann einziehen sollte. Die Vorstellungsgespräche wurden von neun Uhr morgens bis ein Uhr mittags abgehalten, wobei ich täglich im Durchschnitt mit zwanzig bis fünfundzwanzig Leuten sprach. Ich empfing sie getrennt, einen nach dem anderen, in der Eingangshalle des Hauses. In der Vergangenheit hatte es offenbar einige häßliche Vorkommnisse gegeben – gewaltsame Überfälle; Gruppen von Leuten, die durch die Tür zu stürmen versuchten –, weshalb jetzt während der Sprechzeiten stets ein bewaffneter Posten Wache zu halten hatte. Dieses Amt wurde von Frick versehen, der mit einem Gewehr auf der Vordertreppe stand und die Menge überwachte, damit die Schlange sich ruhig vorwärtsbewegte und die Lage nicht außer Kontrolle geriet. Die Massen vor dem Haus konnten einem den Atem verschlagen, besonders in den warmen Monaten. Es war nichts Ungewöhnliches, wenn sich zu jeder beliebigen Stunde fünfzig bis fünfundsiebzig Leute da draußen auf der Straße drängten. Das bedeutete, daß die meisten, die ich empfing, drei bis sechs Tage nur auf die Chance eines Vorstellungsgesprächs gewartet hatten – auf dem Bürgersteig geschlafen, sich zentimeterweise in der Schlange voranbewegt, beharrlich durchgehalten hatten, bis sie endlich an die Reihe kamen. Einer nach dem anderen taumelten sie zu mir herein, ein endloser, unaufhörlicher Strom von Menschen. Sie setzten sich auf den roten Lederstuhl mir gegenüber an den Tisch, und ich stellte ihnen die notwendigen Fragen. Name, Alter, Familienstand, frühere Beschäftigung, letzter fester Wohnsitz und so weiter. Das nahm nie mehr als ein paar Minuten in Anspruch, aber nur selten war ein Gespräch damit beendet. Alle wollten sie mir ihre Geschichte erzählen, und mir blieb nichts anderes übrig, als zuzuhören. Die Geschichten waren jedesmal verschieden, und doch liefen sie stets auf dasselbe hinaus. Die Pechsträhnen, die Fehleinschätzungen, die wachsende Last der Umstände. Unser Leben ist nichts anderes als die Summe zahlreicher Eventualitäten, und wie verschieden diese auch im Detail sein mögen, gemeinsam ist ihnen allen die grundsätzliche Planlosigkeit ihres Musters: dies, dann das, und daher dies. Eines Tages wachte ich auf und merkte. Ich war am Bein verletzt und konnte nicht schnell genug weglaufen. Meine Frau hat gesagt. Meine Mutter ist gestürzt. Mein Mann hat vergessen. Ich hörte Hunderte von diesen Geschichten, und es gab Zeiten, da glaubte ich, es nicht mehr aushalten zu können. Ich mußte Mitgefühl zeigen, immer an den richtigen Stellen nicken, aber das gelassene, professionelle Gebaren, das ich beizubehalten versuchte, war nur eine armselige Abwehrmaßnahme gegen das, was ich da zu hören bekam. Ich war nicht dafür geschaffen, mir die Geschichten von Mädchen anzuhören, die als Prostituierte in den Euthanasiekliniken gearbeitet hatten. Ich besaß kein Talent, Müttern zuzuhören, die mir vom Tod ihrer Kinder erzählten. Es war zu schaurig, zu grausam, und ich konnte mich nur hinter der Maske der Arbeit verstecken. Ich setzte den Namen des jeweiligen auf die Liste und gab ihm einen Termin – zwei, drei oder gar vier Monate später. Dann dürften wir ein Fleckchen für Sie haben, pflegte ich zu sagen. Wenn es dann soweit war, daß sie in Woburn House einziehen konnten, hatte ich sie einzuweisen. Das war meine Hauptbeschäftigung an den Nachmittagen: die Neuankömmlinge herumzuführen, ihnen die Regeln zu erklären und ihnen zu helfen, sich einzurichten. Den meisten gelang es, die Termine einzuhalten, die ich so viele Wochen zuvor für sie festgesetzt hatte, aber manche tauchten auch nicht auf. Der Grund war nie sehr schwer zu erraten. In der Regel wurde das Bett des Betreffenden einen vollen Tag freigehalten. Kam er dann immer noch nicht, strich ich seinen Namen von der Liste.

Der Lieferant von Woburn House war ein Mann namens Boris Stepanovich. Er brachte uns das erforderliche Essen, die Seife, die Handtücher und sonstiges Material. Vier- bis fünfmal pro Woche tauchte er auf, brachte die erbetenen Sachen ins Haus und entführte dann eine weitere Kostbarkeit aus dem Woburnschen Vermögen: eine porzellanene Teekanne, eine Garnitur Sofaschoner, eine Geige, einen Bilderrahmen – all das, was in den Zimmern im vierten Stock gelagert war und noch immer das zum Weiterbetrieb von Woburn House nötige Bargeld lieferte. Boris Stepanovich war schon lange dabei, erzählte mir Victoria, schon seit der Zeit von Dr. Woburns ursprünglichen Notunterkünften. Anscheinend hatten sich die beiden Männer schon von viel früher her gekannt, und angesichts dessen, was ich über den Arzt erfahren hatte, überraschte es mich, daß er mit einem derart dubiosen Individuum wie Boris Stepanovich befreundet gewesen sein sollte. Ich glaube, es hatte irgend etwas damit zu tun, daß der Arzt Boris einmal das Leben gerettet hatte, aber es kann auch umgekehrt gewesen sein. Ich habe mehrere verschiedene Versionen von dieser Geschichte gehört und nie Sicherheit darüber erlangt, welche davon die richtige war.

Boris Stepanovich, ein rundlicher, mittelalter Mann, wirkte nach den Maßstäben der Stadt geradezu fett. Er hatte eine Vorliebe für extravagante Kleidung (Pelzmützen, Spazierstöcke, Ansteckblumen), und irgend etwas in seinem runden, ledrigen Gesicht erinnerte mich an einen Indianerhäuptling oder einen orientalischen Potentaten. Alles, was er tat, hatte ein gewisses Flair, sogar seine Art, Zigaretten zu rauchen – wie er sie fest zwischen Daumen und Zeigefinger hielt, mit eleganter, verdrehter Nonchalance den Rauch inhalierte und ihn dann wie Dampf aus einem Kochkessel aus seinen riesigen Nasenlöchern strömen ließ. Im Gespräch war ihm jedoch nicht immer leicht zu folgen, und als ich ihn besser kennenlernte, gewöhnte ich mir an, stets mit einigem Wirrwarr zu rechnen, wenn er den Mund aufmachte. Er hatte eine Schwäche für obskure Aussprüche und elliptische Anspielungen, und simple Bemerkungen pflegte er so blumig auszuschmükken, daß man schon bald nicht mehr klug aus ihm wurde. Es war Boris ein Greuel, sich festlegen zu lassen, und er benutzte die Sprache als Fortbewegungsmittel – ständig auf dem Sprung, preschte er vor oder wich aus, kreiste, tauchte weg und plötzlich an einer anderen Stelle wieder auf. Bei manchen Gelegenheiten erzählte er mir so viele Geschichten von sich, gab so viele widersprüchliche Darstellungen seines Lebens zum besten, daß ich es aufgab, irgend etwas davon zu glauben. Einmal versicherte er mir, er sei in der Stadt geboren und habe sein ganzes Leben dort verbracht. Ein andermal, als habe er seine frühere Geschichte vergessen, erzählte er mir, er sei als ältester Sohn russischer Emigranten in Paris geboren. Und beim nächstenmal wechselte er den Kurs aufs neue und gestand mir, Boris Stepanovich sei gar nicht sein richtiger Name. Auf Grund gewisser unerfreulicher Schwierigkeiten mit der türkischen Polizei in seiner Jugend habe er eine andere Identität angenommen. Seither habe er seinen Namen so oft gewechselt, daß er sich an den richtigen nicht mehr erinnern könne. Wozu auch, sagte er. Ein Mann muß von Augenblick zu Augenblick leben, und wen interessiert es, wer man im letzten Monat war, wenn man weiß, wer man heute ist? Ursprünglich, sagte er, sei er Algonkin-Indianer gewesen, aber nach dem Tod seines Vaters habe seine Mutter einen russischen Grafen geheiratet. Er selbst war nie verheiratet gewesen beziehungsweise dreimal, je nachdem, welche Version ihm gerade zupaß kam. Wann immer Boris Stepanovich eine seiner Privathistorien vom Stapel ließ, wollte er damit irgend etwas beweisen – als hätte er, indem er sich auf seine Erfahrungen berief, bei jedem beliebigen Thema die letzte Autorität für sich beanspruchen können. Aus diesem Grund hatte er auch jede erdenkliche Beschäftigung ausgeübt, vom bescheidensten Handwerk bis zur höchsten Führungsposition. Er war Tellerwäscher gewesen und Jongleur, Auto-

verkäufer, Literaturprofessor, Taschendieb, Grundstücksmakler, Zeitungsherausgeber und Manager eines großen, auf Damenmoden spezialisierten Einzelhandelshauses. Ich habe zweifellos noch einiges vergessen, aber du kannst dir wohl schon ein Bild machen. Boris Stepanovich erwartete nie ernstlich, daß man ihm glaubte, betrachtete seine Erfindungen aber gleichzeitig durchaus nicht als Lügen. Sie waren Teil einer nahezu unbewußten Absicht, sich selbst eine erfreulichere Welt zu konstruieren – eine Welt, die je nach seinen Launen ihr Aussehen verändern konnte, die nicht denselben Regeln und öden Notwendigkeiten unterworfen war, von denen wir anderen niedergedrückt wurden. Wenn dies ihn auch nicht gerade zu einem Realisten im strengen Sinn des Wortes machte, war er andererseits auch nicht der Mann, der sich selbst täuschte. Boris Stepanovich war nicht ganz der augenzwinkernde Aufschneider, als der er auftrat, und hinter seiner Prahlerei und Herzlichkeit steckte immer auch noch etwas anderes – ein scharfes Gespür vielleicht, eine tiefere Einsichtsfähigkeit. Ich würde nicht so weit gehen und behaupten, er sei ein guter Mensch gewesen (nicht so, wie Isabel und Victoria gut waren), aber Boris hatte seine eigenen Regeln und hielt sich daran. Im Gegensatz zu allen anderen, die ich hier kennengelernt habe, gelang es ihm, über den Dingen zu schweben. Hunger, Mord, schlimmste Grausamkeiten – er wandelte daran vorbei oder gar mitten hindurch und wirkte doch immer unversehrt. Es war, als hätte er sich jede Möglichkeit im voraus vorgestellt, und daher konnten ihn die Ereignisse nie überraschen. Dieser Haltung lag ein so tiefer, so zerstörerischer, so mit den Tatsachen in Einklang stehender Pessimismus zugrunde, daß er am Ende ein fröhlicher Mensch war.

Ein-, zweimal pro Woche bat Victoria mich, Boris Stepanovich auf seinen Runden durch die Stadt zu begleiten – seinen »Ankauf-Verkauf-Expeditionen«, wie er das nannte. Nicht daß ich ihm sonderlich helfen konnte, aber ich war immer froh über diese Möglichkeit, von meiner Arbeit wegzukommen, und sei es nur für ein paar Stunden. Victoria erkannte dies wohl, und sie achtete darauf, mich nicht allzusehr anzutreiben. Meine Stimmung blieb gedrückt, meine Verfassung meist labil – ohne ersichtlichen Grund verlor ich schnell die Nerven, war brummig und wortkarg. Boris Stepanovich war gewiß die richtige Medizin für mich, und da unsere kleinen Exkursionen die Monotonie meiner Gedanken unterbrachen, begann ich mich allmählich darauf zu freuen.

An Boris' Einkaufstouren (wenn er die Lebensmittel für Woburn House auftrieb und die von uns bestellten Sachen ausfindig machte) nahm ich nie teil, aber oft sah ich ihm zu, wie er es anstellte, die Gegenstände zu verkaufen, die Victoria zur Veräußerung bestimmt hatte. Er machte bei diesen Geschäften einen Profit von zehn Prozent, aber wenn man ihn dabei beobachtete, mußte man glauben, er arbeite völlig auf eigene Rechnung. Boris hatte es sich zur Regel gemacht, keinen Auferstehungsagenten öfter als einmal im Monat aufzusuchen. Das hatte zur Folge, daß wir das ganze Stadtgebiet durchstreiften, jedesmal in eine andere Richtung aufbrachen und häufig in Gebiete kamen, die ich nie zuvor gesehen hatte. Boris hatte einmal ein Auto besessen – einen Stutz Bearcat, behauptete er –, aber der Zustand der Straßen war ihm zu unzuverlässig geworden, und jetzt erledigte er alle seine Besorgungen zu Fuß. Den Gegenstand, den Victoria ihm gegeben hatte, unter den Arm geklemmt, improvisierte er unsere Routen erst unterwegs, wobei er sorgfältig darauf achtete, Menschenansammlungen aus dem Weg zu gehen. Er führte mich durch Seitengassen und über verlassene Pfade, schritt gewandt über das zerfressene Pflaster, umging die zahlreichen Hindernisse und Fallgruben, schwenkte nach links und schwenkte nach rechts, ohne den Rhythmus seines Gangs ein einziges Mal zu unterbrechen. Für einen Mann seines Umfangs bewegte er sich mit erstaunlicher Wendigkeit, und oft hatte ich Schwierigkeiten, mit ihm Schritt zu halten. Vor sich hin summend oder von diesem und jenem plaudernd, tänzelte Boris nervös und gut gelaunt dahin, während ich hinterhertrottete. Er schien sämtliche Auferstehungsagenten zu kennen, und für jeden hatte er seine besondere Vorgehensweise: bei manchen platzte er mit ausgebreiteten Armen durch die Tür, bei anderen schlich er still hinein. Jede Persönlichkeit hatte ihren wunden Punkt, auf den Boris mit seiner jeweiligen Masche haargenau abzielte. War ein Agent für Schmeicheleien anfällig, dann schmeichelte Boris ihm; war ein Agent in die

Farbe Blau vernarrt, gab Boris ihm etwas Blaues. Manche hatten eine Vorliebe für schickliches Gebaren, andere gaben sich gern kumpelhaft, wieder andere waren reine Geschäftsleute. Boris verwöhnte sie alle und log ohne die geringsten Gewissensbisse, daß sich die Balken bogen. Aber das gehörte mit zu dem Spiel, und als etwas anderes hat Boris es niemals betrachtet. Seine Geschichten waren grotesk, aber er erfand sie so schnell, sprudelte so detaillierte Einzelheiten hervor, redete mit einer solchen Überzeugungskraft, daß es einem schwerfiel, sich nicht davon einwickeln zu lassen. »Mein lieber, guter Mann«, sagte er etwa. »Sehen Sie sich diese Teetasse genau an. Nehmen Sie sie in die Hand, wenn Sie wollen. Schließen Sie die Augen, halten Sie sie an die Lippen und stellen sich vor, daraus Tee zu trinken – so wie ich es vor einunddreißig Jahren in den Salons der Gräfin Oblomow getan habe. Ich war noch jung damals, Literaturstudent an der Universität, und dünn, falls sie das glauben können, dünn und ansehnlich, mit einem schönen Lockenkopf. Die Gräfin war die hinreißendste Frau von ganz Minsk, eine junge Witwe mit übernatürlichem Charme. Der Graf, Sproß des reichen Oblomow-Clans, war bei einem Duell getötet worden – einem Ehrenhandel, den ich hier nicht zu erörtern brauche –, und Sie können sich vorstellen, was für eine Wirkung dies auf die Männer ihres Kreises hatte. Ihre Freier wurden Legion; auf ihre Empfänge war ganz Minsk neidisch. Was für eine Frau, mein Freund, das Bild ihrer Schönheit hat mich nie verlassen: das leuchtendrote Haar; der weiße, wogende Busen; die vor Geist sprühenden Augen – und ja, ein hauchdünner Anflug von Verruchtheit. Man konnte schier verrückt darüber werden. Wir wetteiferten miteinander um ihre Aufmerksamkeit, wir beteten sie an, wir schrieben ihr Gedichte, wir alle waren rasend verliebt in sie. Und doch war ich es, der junge Boris Stepanovich, ich war es, der schließlich die Gunst dieser einmaligen Verführerin errang. Ich erzähle Ihnen dies in aller Bescheidenheit. Hätten Sie mich damals sehen können, dann wüßten Sie, wie das möglich war. Es kam zu Rendezvous in abgelegenen Winkeln der Stadt, spätabendlichen Verabredungen, heimlichen Besuchen auf meiner Mansarde (sie ging inkognito durch die Straßen) und jenem langen, leidenschaftlichen Sommer, den ich als Gast auf ihrem Landgut verbrachte. Die Gräfin überwältigte mich mit ihrer Großzügigkeit – nicht nur, was ihre Person betraf, was schon genug gewesen wäre, versichere ich Ihnen, mehr als genug! –, sondern durch die Geschenke, die sie mir mitbrachte, die endlosen Freundlichkeiten, die sie mir erwies. Eine in Leder gebundene Ausgabe von Puschkin. Einen silbernen Samowar. Eine goldene Uhr. So vieles, daß ich gar nicht alles aufzählen kann. Darunter befand sich auch ein erlesenes Teeservice, das früher einem Mitglied des französischen Hofs gehört hatte (dem Duc de Fântomas, glaube ich), und das ich nur benutzte, wenn sie mich besuchen kam, das ich jenen Gelegenheiten vorbehielt, wenn die Leidenschaft sie durch die verschneiten Straßen von Minsk in meine Arme trieb. Ach, grausamer Zahn der Zeit! Das Service hat mit den Jahren gelitten: Untertassen sind gesprungen, Tassen sind zerbrochen, eine Welt ist verlorengegangen. Und doch, trotz alledem hat ein einziges Stück überlebt, eine letzte Verbindung zur Vergangenheit. Gehen Sie sanft damit um, mein Freund. Sie halten meine Erinnerungen in Ihrer Hand.«

Ich glaube, sein Trick bestand in der Fähigkeit, tote Dinge zum Leben zu erwecken. Boris Stepanovich lenkte die Auferstehungsagenten von den eigentlichen Gegenständen ab und schwatzte sie in ein Reich, in dem das Verkaufsobjekt keine Teetasse mehr war, sondern die Gräfin Oblomow selbst. Es spielte keine Rolle, ob die Geschichten wahr oder erfunden waren. Hatte Boris' Stimme einmal zu arbeiten begonnen, geriet das ursprüngliche Thema vollständig in den Hintergrund. Diese Stimme war sicherlich seine wirksamste Waffe. Er verfügte über eine großartige Bandbreite von Modulationen und Klangfarben, wechselte bei seinen Reden ständig zwischen harten und weichen Tönen hin und her, hob und senkte die Stimme, während die Worte als dichtes, kunstvoll angelegtes Sperrfeuer von Silben dahinströmte. Boris hatte eine Schwäche für abgedroschene Phrasen und literarische Sentenzen, doch waren seine Geschichten bei aller Flachheit der Sprache bemerkenswert plastisch. Das Verkaufen war die Hauptsache, und Boris schreckte auch nicht vor den gemeinsten Tricks zurück. Notfalls brach er in Tränen aus. Wenn die Situation es erforderte, schmiß er einen Gegenstand auf den Boden. Einmal jonglierte er, um seine Überzeugtheit von einem Satz zerbrechlich wirkender Gläser unter Beweis zu stellen, geschlagene fünf Minuten damit herum. Mir waren diese Vorführungen immer etwas peinlich, doch ihre Wirkung verfehlten sie fraglos nie. Schließlich wird der Preis von Angebot und Nachfrage bestimmt, und die Nachfrage nach kostbaren Antiquitäten war kaum sonderlich groß. Nur die Reichen konnten sich so etwas leisten – die Profitgeier vom schwarzen Markt, die Müllmakler, die Auferstehungsagenten selbst –, und es wäre unklug von Boris gewesen, auf die Nützlichkeit dieser Dinge abzustellen. Der springende Punkt war, daß es sich um Luxusartikel handelte, um Dinge, die man besaß, weil sie als Symbole für Macht und Reichtum galten. Daher diese Geschichten von der Gräfin Oblomow und französischen Herzögen aus dem achtzehnten Jahrhundert. Wer Boris Stepanovich eine antike Vase abkaufte, erhielt nicht bloß eine Vase, sondern eine ganze Welt noch obendrein.

Boris' Wohnung lag in einem kleinen Gebäude an der Turquoise Avenue, etwa zehn Minuten von Woburn House entfernt. Wenn wir unsere Geschäfte mit den Auferstehungsagenten abgeschlossen hatten, gingen wir häufig auf ein Glas Tee dorthin zurück. Boris war ein großer Teeliebhaber, und gewöhnlich servierte er ihn mit einem Stück Gebäck dazu – sündhafte Wonnen aus dem Haus des Kuchens am Windsor Boulevard: Windbeutel, Zimtwecken, Schokoladeneclairs, die dort zu horrenden Preisen angeboten wurden. Boris konnte diesen kleineren Extravaganzen jedoch nicht widerstehen, und er genoß sie bedächtig, begleitete sein Kauen mit einem melodischen Schnurren, einer steten klanglichen Untermalung, die irgendwo zwischen einem Lachen und einem gedehnten Seufzer angesiedelt war. Auch mir machten diese Teestunden Freude, aber nicht so sehr wegen des Essens, sondern weil Boris darauf bestand, daß ich daran teilnahm. Meine junge verwitwete Freundin ist zu blaß, pflegte er zu sagen. Wir müssen ihr mehr Fleisch auf die Knochen packen, die Wangen und die Augen von Miss Anna Blume aufblühen lassen. Wie hätte ich eine solche Behandlung nicht genießen sollen; zuweilen hatte ich das Gefühl, Boris' ganze Überschwenglichkeit sei bloß eine Komödie, die er zu meinem Besten aufführte. Er spielte den Clown, den Schurken, den Philosophen, alles nacheinander, aber je besser ich ihn kennenlernte, desto mehr betrachtete ich diese Rollen als Aspekte ein und derselben Persönlichkeit – die ihre mannigfaltigen Waffen aufbot, um mich wieder dem Leben zurückzugeben. Wir wurden innige Freunde, und ich stehe in Boris' Schuld für sein Mitgefühl, für seine listigen und beharrlichen Angriffe auf die Festung meiner Schwermut.

Die Wohnung bestand aus drei schäbigen Räumen, die alle mit den Früchten jahrelangen Sammelns vollgestopft waren – Geschirr, Kleider, Koffer, Decken, Teppiche, Nippes jeglicher Art. Wenn er nach Hause kam, verfügte Boris sich als erstes in sein Schlafzimmer und zog sich um, hängte seinen Anzug sorgfältig in den Wandschrank und schlüpfte in eine alte Hose, Pantoffeln und seinen Bademantel. Letzterer war ein ziemlich phantastisches Souvenir aus vergangenen Zeiten – ein knöchellanges, inzwischen völlig zerfetztes Gebilde aus rotem Samt, Kragen und Manschetten aus Hermelin, die Ärmel von Motten zerfressen und am ganzen Rücken durchgescheuert –, doch Boris trug es mit seiner üblichen Grandezza. Nachdem er sich die schütteren Haarsträhnen angeklatscht und Kölnisch Wasser in den Nacken geschüttet hatte, kam er in das enge, staubige Wohnzimmer stolziert und bereitete den Tee.

Die meiste Zeit ergötzte er mich mit Geschichten aus seinem Leben, aber manchmal sahen wir uns auch verschiedene Dinge in dem Zimmer an und sprachen darüber – die Schachteln mit Kuriositäten, die bizarren kleinen Kostbarkeiten, den Kehricht Tausender Ankauf-Verkauf-Expeditionen. Besonders stolz war Boris auf seine Hutsammlung, die er in einer riesigen Holztruhe beim Fenster aufbewahrte. Ich weiß nicht, wie viele er darin hatte, aber es dürften zwei bis drei Dutzend gewesen sein, vielleicht auch mehr. Manchmal suchte er zwei davon heraus, die wir dann zum Tee trugen. Dieses Spiel belustigte ihn sehr, und ich muß zugeben, daß es mir selbst Spaß machte, obwohl ich arg in Bedrängnis geriete, wenn ich erklären sollte, warum. Er hatte Cowboyhüte und Melonen, Fese und Tropenhelme, Doktorhüte und Barette – jede denkbare Art von Kopfbedeckung. Wenn ich Boris fragte, warum er sie sammelte, gab er mir jedesmal eine andere Antwort. Einmal sagte er, seine Religion erfordere das

Tragen von Hüten. Ein andermal erklärte er, jeder seiner Hüte habe einem Verwandten gehört, und er trage sie, um mit den Seelen seiner toten Vorfahren zu verkehren. Indem er einen Hut aufsetze, eigne er sich die geistigen Eigenschaften seines früheren Besitzers an, sagte er. Und wirklich hatte er jedem seiner Hüte einen Namen gegeben, aber ich faßte diese Namen eher als Projektionen seiner privaten Gefühle den Hüten gegenüber auf denn als Symbole für Menschen, die wirklich gelebt hatten. Der Fes zum Beispiel hieß Onkel Abduhl. Die Melone Sir Charles. Der Doktorhut Professor Solomon. Als ich das Thema dann wieder einmal aufbrachte, erklärte Boris jedoch, er trage Hüte so gern, weil sie verhinderten, daß seine Gedanken ihm aus dem Kopf flögen. Wenn wir beide sie beim Teetrinken aufhätten, müßten unsere Gespräche schlechthin klüger und anregender sein. *»Le chapeau influence le cerveau«*, sagte er, ins Französische verfallend. *»Si l'on protège la tête, la pensée n'est past bête.«*

Ein einziges Mal nur schien Boris aus seiner Deckung herauszukommen, und zwar bei dem Gespräch, das ich am besten behalten habe, das mir am lebhaftesten im Gedächtnis geblieben ist. An jenem Nachmittag regnete es – trostlos und unaufhörlich –, und ich trödelte länger als gewöhnlich herum, unwillig, die warme Wohnung zu verlassen und nach Woburn House zurückzukehren. Boris war in seltsam nachdenklicher Stimmung, und ich hatte die Unterhaltung bis dahin fast ganz allein bestritten. Gerade als ich mich endlich aufraffte, meinen Mantel anzuziehen und mich zu verabschieden (ich erinnere mich noch an den Geruch feuchter Wolle, die Spiegelung der Kerzen im Fenster, die höhlenhafte Geborgenheit des Augenblicks), griff Boris nach meiner Hand, nahm sie fest in die seine und sah mit grimmigem, rätselhaftem Lächeln zu mir auf.

»Sie müssen begreifen, daß dies alles nur eine Illusion ist, meine Liebe«, sagte er.

»Ich bin nicht sicher, ob ich Sie verstehe, Boris.«

»Woburn House. Es ist auf Wolken gebaut.«

»Mir kommt es sehr solide vor. Ich bin dort täglich, wie Sie wissen, und das Haus hat noch keinmal geschwankt. Nicht einmal gewackelt.«

»Ja, bis jetzt. Aber warten Sie noch ein Weilchen, dann werden Sie sehen, wovon ich spreche.«

»Wie lange ist ›ein Weilchen‹?«

»So lange, wie es braucht. Die Zimmer im vierten Stock können nur eine begrenzte Menge enthalten, nicht wahr, und früher oder später wird nichts mehr zum Verkaufen übrig sein. Schon wird der Vorrat knapp – und ist etwas erst einmal weg, läßt es sich nicht mehr wiedererlangen.«

»Ist das so schlimm? Alles geht einmal zu Ende, Boris. Ich wüßte nicht, warum es Woburn House anders ergehen sollte.«

»Es ist schön, daß Sie das sagen. Aber was ist mit der armen Victoria?«

»Victoria ist nicht dumm. Ich bin sicher, sie hat schon selbst darüber nachgedacht.«

»Victoria ist aber auch verstockt. Sie wird weitermachen, bis der letzte Glot ausgegeben ist, und dann wird sie nicht besser dran sein als die Leute, denen sie zu helfen versucht hat.«

»Ist das nicht Ihre Aufgabe?«

»Ja und nein. Ich habe ihrem Vater versprochen, mich um sie zu kümmern, und ich gedenke nicht, mein Wort zu brechen. Sie hätten sie einmal sehen sollen, als sie jung war – vor Jahren, vor dem Zusammenbruch. So schön, so voller Leben. Mich quält die Vorstellung, daß ihr irgend etwas Böses zustoßen könnte.«

»Sie überraschen mich, Boris. Sie sind ja ein richtiger Gefühlsmensch.«

»Wir alle haben unsere Privatsprache der Geister, fürchte ich. Ich habe das Menetekel an der Wand gelesen, und es ermutigt mich mitnichten. Die Mittel von Woburn House werden zerrinnen. Natürlich habe ich in meiner Wohnung noch zusätzliche Reserven« – hier machte Boris eine ausholende Geste, die alle Gegenstände im Zimmer umfaßte – »aber auch die werden schnell erschöpft sein. Wenn wir nicht anfangen, vorauszuschauen, wird uns allen nicht viel Zukunft bleiben.«

»Was wollen Sie damit sagen?«

»Pläne machen. Die Möglichkeiten überdenken. Handeln.«

»Und Sie erwarten, daß Victoria sich Ihnen anschließt?«

»Nicht unbedingt. Aber wenn ich Sie auf meiner Seite habe, besteht zumindest die Chance.«

»Wie kommen Sie darauf, daß ich irgendeinen Einfluß auf sie haben könnte?«

»Das sehe ich doch. Ich sehe, was da drüben vor sich geht, Anna. So wie auf Sie ist Victoria noch auf keinen Menschen eingegangen. Sie ist richtiggehend vernarrt in Sie.«

»Wir sind doch bloß Freunde.«

»Es ist mehr als das, meine Liebe. Sehr viel mehr.«

»Ich weiß nicht, wovon Sie sprechen.«

»Das kommt noch. Früher oder später werden Sie jedes meiner Worte verstehen. Das garantiere ich Ihnen.«

Boris hatte recht. Zu guter Letzt wurde es mir klar. Schließlich trat alles ein, was bevorgestanden hatte. Freilich brauchte ich lange, bis mir das aufging. Tatsächlich nahm ich es erst richtig wahr, als es mir ins Auge fiel – aber in Anbetracht der Tatsache, daß ich der ahnungsloseste Mensch aller Zeiten bin, ist dies vielleicht verzeihlich.

Habe Geduld mit mir. Ich weiß, daß ich hier zu stammeln beginne, doch mir fehlen die richtigen Worte für das, was ich sagen will. Du mußt versuchen, dir vorzustellen, wie das damals für uns war – dieses Gefühl von Untergang, das auf uns lastete, dieses Unwirkliche, in das jeder Augenblick getaucht schien. Tribadie ist bloß ein medizinischer Ausdruck, der den Tatsachen keineswegs gerecht wird. Victoria und ich wurden kein Paar im üblichen Sinn dieses Wortes. Wir wurden eher eine Zuflucht füreinander, eine Stelle, an der jede von uns Trost in ihrer Einsamkeit suchen konnte. Der Sex war auf die Dauer das Unwichtigste dabei. Ein Körper ist schließlich nur ein Körper, und es scheint kaum von Belang, ob die Hand, die dich berührt, einem Mann oder einer Frau gehört. Das Zusammensein mit Victoria machte mir Spaß, gab mir aber auch den Mut, wieder in der Gegenwart zu leben. Und das zählte am meisten. Ich blickte nicht mehr ständig zurück, und dies schien nach und nach einige der zahllosen Wunden zu heilen, die ich in mir herumtrug. Ich wurde nicht ganz wiederhergestellt, aber zumindest verabscheute ich mein Leben nicht mehr. Eine Frau hatte sich in mich verliebt, und dann entdeckte ich, daß auch ich sie lieben konnte. Ich verlange kein Verständnis von dir dafür, sondern nur, daß du dies als Tatsache anerkennst. Es gibt in meinem Leben vieles, was ich bedaure, aber das gehört nicht dazu.

Es begann gegen Ende des Sommers, drei oder vier Monate nachdem ich nach Woburn House gekommen war. Victoria kam zu einem unserer spätabendlichen Gespräche in mein Zimmer, und ich erinnere mich, daß ich hundemüde war, Kreuzschmerzen hatte und mich noch niedergeschlagener fühlte als üblich. Sie begann mir freundschaftlich den Rücken zu massieren, versuchte, meine Muskeln zu entspannen, war einfach hilfsbereit und schwesterlich, wie jede andere unter solchen Umständen es auch gewesen wäre. Freilich hatte mich seit Monaten niemand mehr berührt – seit meiner letzten Nacht mit Sam –, und ich hatte fast vergessen, wie gut es tut, auf diese Weise gestreichelt zu werden. Victoria fuhr mit ihren Händen immer an meinem Rückgrat auf und ab, schob sie schließlich unter mein T-Shirt und legte ihre Finger auf meine nackte Haut. Es war ein umwerfendes Gefühl, und bald schwebte ich vor Wonne auf Wolken und glaubte, mein Körper müsse bersten. Doch kann ich mir nicht denken, daß hier schon eine von uns wußte, was geschehen würde. Es kam ganz langsam, mäanderte ohne bestimmtes Ziel von hier nach da. Irgendwann rutschte das Laken von meinen Beinen, und ich zog es gar nicht erst wieder hoch. Victorias Hände strichen in immer weiteren Bahnen über mich, kamen an meine Beine und Hinterbacken, streiften über meine Flanken und an meinen Schultern hinauf, und am Ende gab es keinen Körperteil mehr, der sich nicht nach ihrer Berührung sehnte. Ich drehte mich auf den Rücken, und da stand Victoria über mich gebeugt, nackt unter ihrem Bademantel, eine Brust hing aus dem offenen Spalt. Wie schön du bist, sagte ich zu ihr, ich glaube, ich möchte sterben. Ich stützte mich ein wenig auf und begann diese Brust zu küssen, diese runde und wunderschöne Brust, die soviel größer war als meine, küßte die weiche braune Aureole, bewegte meine Zunge über die Kreuzschraffur der blauen Venen unmittelbar unter der Oberfläche. In den ersten Augenblicken kam mir das bedenklich und schockierend vor, und ich hatte das Gefühl, ich wäre in eine Lust hineingeraten, die nur im Dunkel der Träume zu finden sei – doch dieses Gefühl währte nicht sehr lange, und dann ließ ich mich treiben und wurde buchstäblich fortgeschwemmt.

Die nächsten beiden Monate schliefen wir regelmäßig miteinander, und schließlich fühlte ich mich heimisch dabei. Die Arbeit in Woburn House war zu demoralisierend, wenn man niemanden hatte, auf den man zählen konnte, ohne einen festen Hafen, in dem man seine Gefühle verankern konnte. Zu viele Leute kamen und gingen, zu viele Leben bewegten sich an einem vorbei, und kaum hatte man jemanden ein wenig kennengelernt, packte er auch schon seine Sachen zusammen und ging. Dann kam ein anderer, schlief in dem Bett seines Vorgängers, saß auf dessen Stuhl, spazierte auf demselben Boden, und schließlich mußte auch dieser wieder ausziehen, und das Ganze fing von vorn an. Im Gegensatz zu alldem waren Victoria und ich füreinander da – durch dick und dünn, wie wir zu sagen pflegten –, es war das einzige, was trotz aller Veränderungen um uns her konstant blieb. Dieses Bündnis machte es mir möglich, mich mit der Arbeit abzufinden, und dies wiederum wirkte sich beruhigend auf meine Stimmung aus. Dann trat etwas Neues ein, und wir konnten nicht mehr so weitermachen. Ich werde sofort darauf zu sprechen kommen, aber das Wichtige dabei war, daß sich im Grunde gar nichts wirklich änderte. Unser Bündnis blieb bestehen, und nun erfuhr ich endgültig, was für ein bemerkenswerter Mensch Victoria war.

Es war Mitte Dezember, etwa um die Zeit der ersten schlimmen Kältewelle. Dieser Winter erwies sich als nicht so brutal wie der vorige, aber das konnte ja niemand im voraus wissen. Die Kälte ließ all die bösen Erinnerungen vom vergangenen Jahr wiederaufleben, und man spürte die Panik auf den Straßen zunehmen und die Verzweiflung, mit der die Menschen sich gegen die Attacke zu wappnen versuchten. Die Schlangen vor Woburn House wurden länger als in den Monaten zuvor, und ich mußte Überstunden machen, wenn ich nur mit dem Ansturm Schritt halten wollte. Ich erinnere mich, an dem Morgen, von dem ich jetzt spreche, in rascher Folge zehn oder elf Personen empfangen und mir ihre schaurigen Geschichten angehört zu haben.

Eine davon – sie hieß Melissa Reilly, eine Frau um die Sechzig – war so verzweifelt, daß sie weinend vor mir zusammenbrach, meine Hand umklammerte und mich anflehte, ihr bei der Suche nach ihrem verschwundenen Mann zu helfen, der im Juni fortgegangen sei und sich seither nicht mehr gemeldet habe. Was erwarten Sie von mir? sagte ich. Ich kann meinen Posten nicht verlassen und mit Ihnen durch die Straßen latschen, dafür gibt es hier viel zuviel Arbeit. Aber sie ließ nicht von ihrem Theater ab, und langsam machte ihre Aufdringlichkeit mich wütend. Hören Sie, sagte ich, Sie sind nicht die einzige Frau in dieser Stadt, die ihren Mann verloren hat. Meiner ist genauso lange weg wie Ihrer, und wenn ich nicht irre, ist er auch genauso tot wie Ihrer. Sehen Sie mich vielleicht heulen und mir die Haare raufen? Solchen Dingen müssen wir alle ins Auge blicken. Ich verabscheute mich selbst für diese Platitüden, für meine schroffe Art, mit ihr umzuspringen, aber ich konnte keinen klaren Gedanken fassen bei ihrem hysterischen und zusammenhanglosen Geschwafel von Mr. Reilly und ihren Kindern und der Hochzeitsreise, die sie vor siebenunddreißig Jahren unternommen hätten. Sie sind mir doch schnuppe, sagte sie schließlich zu mir. Eine kaltherzige Hexe wie Sie hat gar keinen Ehemann verdient, und Ihr tolles Woburn House können Sie sich an den Hut stecken. Wenn der gute Doktor Sie so reden hören könnte, würde er sich im Grabe umdrehen. So was in der Richtung, auch wenn ich mich nicht mehr genau an ihre Worte erinnern kann. Dann stand Mrs. Reilly auf und zog eingeschnappt und entrüstet ab. Kaum war sie draußen, legte ich meinen Kopf auf den Schreibtisch, schloß die Augen und überlegte, ob ich nicht zu erschöpft sei, an diesem Tag noch mehr Leute zu empfangen. Das letzte Gespräch war eine Katastrophe gewesen, und daß ich meine Gefühle mit mir hatte durchgehen lassen, war meine eigene Schuld. Da gab es nichts zu beschönigen, keine Rechtfertigung dafür, daß ich meinen Ärger an einer armen Frau abreagiert hatte, die offensichtlich halb von Sinnen war vor Kummer. Ich muß dann eingenickt sein, für fünf Minuten vielleicht, oder auch nur für wenige Sekunden – ich bin mir nicht sicher. Ich weiß nur, daß zwischen diesem Augenblick und dem nächsten, von da an, wo ich die Augen schloß, bis dahin, wo ich sie wieder aufschlug, unendlich lange Zeit zu liegen schien. Ich blickte auf, und da war Sam, er saß mir gegenüber auf dem Stuhl zum nächsten Vorstellungsgespräch. Zuerst glaubte ich noch zu schlafen. Ein Traumgespinst, sagte ich zu mir. Er kommt aus einem dieser Träume, in denen du dir einbildest, aufzuwachen, wobei das Aufwachen aber mit zum Traum gehört. Dann sagte ich mir: Sam – und begriff plötzlich, daß es niemand anders sein konnte. Es war Sam, war aber auch nicht Sam. Es war Sam in einem anderen Körper, mit ergrauendem Haar und blauen Flecken im Gesicht, mit schwarzen, zerschundenen Fingern und zerfetzten Kleidern. Er saß da mit totem, vollkommen abwesendem Blick – willenlos in sich selbst versunken, wie mir schien, ganz und gar verloren. Das alles drang wirbelnd und flackernd auf mich ein. Es war Sam, doch er erkannte mich nicht, er wußte nicht, wer ich war. Ich fühlte mein Herz klopfen, und einen Augenblick lang glaubte ich, ohnmächtig zu werden. Dann begannen ganz langsam zwei Tränen über Sams Wangen zu laufen. Er biß sich in die Unterlippe, unkontrolliert zuckte sein Kinn. Auf einmal fing sein ganzer Körper zu beben an, Luft zischte aus seinem Mund, und das Schluchzen, das er niederzukämpfen suchte, rang sich zitternd frei. Er wandte sein Gesicht von mir ab, noch immer bemüht, sich zu beherrschen, aber die Krämpfe durchzuckten weiter seinen Körper, und das atemlose Rasseln aus seinen zusammengepreßten Lippen hörte nicht mehr auf. Ich erhob mich von meinem Stuhl, taumelte um den Schreibtisch herum und schlang die Arme um ihn. Kaum berührte ich ihn, hörte ich zerknülltes Zeitungspapier in seinem Mantel rascheln. Und da begann ich zu weinen und konnte nicht mehr aufhören. Ich klammerte mich so fest an ihn, wie ich konnte, vergrub mein Gesicht im Stoff seines Mantels und wußte mich einfach nicht mehr zu fassen.

Das war vor über einem Jahr. Es dauerte Wochen, bis Sam sich soweit erholt hatte, daß er von dem, was ihm zugestoßen war, sprechen konnte, aber auch dann noch waren seine Erzählungen vage, voller Widersprüche und Lücken. Als ob alles ineinanderliefe, sagte er, es machte ihm Mühe, die Umrisse der Ereignisse zu unterscheiden, er konnte die einzelnen Tage nicht auseinanderhalten. Er erinnerte sich, auf mich gewartet, bis sechs oder sieben am nächsten Morgen in dem Zimmer gesessen und sich endlich auf den Weg gemacht zu haben, um mich zu suchen. Erst nach Mitternacht kam er zurück, und da war die Bibliothek bereits ein Flammenmeer. Er stand in der von dem Brand angelockten Menschenmenge und sah, als das Dach schließlich einstürzte, unser Buch zusammen mit allen anderen in dem Gebäude in Rauch aufgehen. Er sagte, er habe das leibhaftig vor sich sehen können, habe ganz genau gewußt, in welchem Augenblick die Flammen in unser Zimmer eingedrungen seien und die Manuskriptblätter verzehrt hätten.

Danach wurde ihm alles unscharf. Er hatte das Geld in seiner Tasche, die Kleider auf seiner Haut, und das war alles. Zwei Monate lang tat er kaum etwas anderes, als nach mir zu suchen – schlief, wo es gerade ging, und aß nur, wenn er unbedingt mußte. Auf diese Weise gelang es ihm, sich über Wasser zu halten, doch gegen Ende des Sommers war sein Geld fast aufgebraucht. Und was noch schlimmer war, sagte er, er habe dann auch die Suche nach mir aufgegeben. Er war davon überzeugt, daß ich tot sei, und die Folter der falschen Hoffnung war ihm unerträglich geworden. Er zog sich in eine Ecke des Diogenes Terminal zurück – der alte Bahnhof im Nordwesten der Stadt – und lebte dort unter Obdachlosen und Verrückten, den Schattenmenschen, die in den langen Korridoren und verlassenen Wartesälen umherwanderten. Als wäre man zu einem Tier geworden, sagte er, zu einem unterirdischen Wesen, das sich zum Winterschlaf hingelegt habe. Ein- oder zweimal die Woche verdingte er sich bei irgendwelchen Plünderern und schleppte ihnen für einen Hungerlohn schwere Lasten, aber die meiste Zeit tat er gar nichts, rührte sich nur, wenn es unumgänglich war. »Ich gab den Versuch auf, irgendwer zu sein«, sagte er. »Das Ziel meines Lebens bestand darin, mich aus meiner Umgebung zu entfernen, an einem Ort zu leben, wo mir nichts mehr weh tun konnte. Eine nach der anderen versuchte ich, meine Bindungen zu lösen, allen Dingen zu entsagen, aus denen ich mir einmal etwas gemacht hatte. Meine Absicht war, Gleichgültigkeit zu empfinden, eine so starke und tiefe Gleichgültigkeit, daß sie mich vor weiteren Verletzungen schützen konnte. Ich nahm Abschied von dir, Anna;

ich nahm Abschied von dem Buch; ich nahm Abschied von dem Gedanken, nach Hause zurückzukehren. Ich versuchte sogar, Abschied von mir selbst zu nehmen. Nach und nach wurde ich so heiter wie ein Buddha, ich saß in meiner Ecke und schenkte der Welt um mich her keine Beachtung mehr. Wäre mein Körper nicht gewesen – die gelegentlichen Forderungen meines Magens, meiner Eingeweide –, ich hätte mich vielleicht nie wieder bewegt. Nichts wollen, redete ich mir unablässig zu, nichts haben, nichts sein. Eine perfektere Lösung als die konnte ich mir nicht vorstellen. Am Ende führte ich fast das Leben eines Steins.«

Wir gaben Sam das Zimmer im ersten Stock, in dem zuvor ich gewohnt hatte. Er war in einer fürchterlichen Verfassung, und in den ersten zehn Tagen stand es bestenfalls auf Messers Schneide mit ihm. Ich verbrachte nahezu meine ganze Zeit bei ihm, vernachlässigte meine anderen Pflichten, so sehr es nur angehen mochte, und Victoria protestierte nicht. Das war es, was ich so bemerkenswert an ihr fand. Sie protestierte nicht nur nicht dagegen, sondern munterte mich nach Kräften dazu auf. Ihr Verständnis für die Situation, ihre Fähigkeit, das jähe, schier gewaltsame Ende unseres bisherigen Lebens hinzunehmen, hatte etwas geradezu Übernatürliches. Ständig war ich darauf gefaßt, daß sie eine Machtprobe erzwingen würde, daß Enttäuschung oder Eifersucht bei ihr zum Ausbruch kämen, doch nichts dergleichen geschah. Ihre erste Reaktion auf die Neuigkeit war ein Glücksgefühl – Glück um meinetwillen, Glück über die Tatsache, daß Sam noch lebte –, und danach bemühte sie sich ebensosehr wie ich, ihn wiederherzustellen. Sie selbst hatte einen Verlust erlitten, aber sie wußte auch, daß sein Dasein für Woburn House einen Gewinn bedeutete. Einen zusätzlichen Mann im Personal zu haben, zumal einen wie Sam – der weder alt war wie Frick, noch begriffsstutzig und unerfahren wie Willie –, dieser Gedanke allein reichte aus, ihr den Verlust zu ersetzen. Für meine Begriffe war eine solche Redlichkeit geradezu beängstigend, aber Victoria war eben nichts wichtiger als Woburn House – auch ich nicht, auch sie selbst nicht, falls so etwas vorstellbar ist. Ich will nicht allzusehr vereinfachen, aber im Laufe der Zeit beschlich mich langsam das Gefühl, sie habe mir nur erlaubt, mich in sie zu ver-

lieben, damit ich wieder gesund werden könne. Nun, da es mir besser ging, verlagerte sie den Brennpunkt ihrer Aufmerksamkeit auf Sam. Woburn House war ihre einzige Realität, verstehst du, und am Ende gab es nichts, was dem nicht weichen mußte.

Schließlich zog Sam zu mir in den dritten Stock. Allmählich nahm er zu, begann seinem früheren Selbst zu gleichen, doch nicht in allem wurde er wieder der alte – das war jetzt nicht mehr möglich. Ich rede nicht nur von den Torturen, die sein Körper mitgemacht hatte – von dem vorzeitig ergrauten Haar, den fehlenden Zähnen, dem leichten, aber ständigen Zittern seiner Hände –, ich rede auch von inneren Dingen. Sam war nicht mehr der arrogante junge Mann, mit dem ich in der Bibliothek gewohnt hatte. Seine Erfahrungen hatten ihn verändert, ja fast gedemütigt, und sein ganzes Verhalten war jetzt milder und friedfertiger. Regelmäßig sprach er davon, das Buch neu anzufangen, aber ich konnte sehen, daß er nicht mit dem Herzen dabei war. Das Buch bedeutete für ihn keine Lösung mehr, und nachdem diese Fixierung einmal abhanden gekommen war, schien es ihm leichter zu fallen, zu verstehen, was ihm zugestoßen war, was mit uns allen geschah. Seine Kräfte kehrten zurück, und langsam gewöhnten wir uns wieder aneinander, obwohl mir schien, daß wir jetzt eher gleichberechtigt waren als früher. Vielleicht hatte auch ich mich in diesen Monaten verändert, doch glaubte ich wirklich zu spüren, daß Sam mich jetzt mehr brauchte als damals, und dieses Gefühl, gebraucht zu werden, gefiel mir sehr, gefiel mir besser als alles andere auf der Welt.

Anfang Februar begann er zu arbeiten. Zunächst war ich strikt gegen die Aufgabe, die Victoria für ihn vorgesehen hatte. Sie habe sich das sehr gut überlegt, sagte sie, und sei schließlich zu der Überzeugung gekommen, Sam könne den Interessen von Woburn House am besten dienen, wenn er der neue Arzt würde. »Dir mag diese Idee merkwürdig vorkommen«, fuhr sie fort, »aber seit dem Tod meines Vaters krebsen wir doch nur so herum. Das Haus hat keinen Zusammenhalt mehr, kein eigentliches Ziel. Wir geben den Leuten für kurze Zeit Essen und Obdach, mehr nicht – eine minimale Unterstützung, die kaum jemandem hilft. In früheren Zeiten kamen die Leute, weil sie in der Nähe meines Vaters sein wollten. Selbst wenn er ihnen als Arzt nicht helfen konnte, so war er doch da, um mit ihnen zu reden und sich ihre Sorgen anzuhören. Das war das Entscheidende. Er half den Menschen einfach durch seine Persönlichkeit. Den Leuten wurde Essen, aber auch Hoffnung gegeben. Wenn wir einen Arzt hier hätten, kämen wir dem Geist, der früher in diesem Hause herrschte, vielleicht wieder ein wenig näher.«

»Aber Sam ist kein Arzt«, sagte ich. »Es wäre eine Lüge, und ich verstehe nicht, wie du Leuten helfen kannst, wenn du ihnen als allererstes eine Lüge auftischst.«

»Dies ist keine Lüge«, erwiderte Victoria, »sondern eine Maskerade. Man lügt aus egoistischen Motiven, in diesem Fall aber wollen wir nichts für uns selbst haben. Es geht ja um andere Menschen, es soll ihnen Hoffnung geschenkt werden. Solange sie Sam für einen Arzt halten, werden Sie glauben, was er ihnen sagt.«

»Und wenn jemand dahinterkommt? Dann wären wir erledigt. Kein Mensch würde uns noch trauen – nicht einmal wenn wir die Wahrheit sagten.«

»Niemand wird dahinterkommen. Sam wird sich gar nicht verraten können, weil er nicht als Arzt arbeiten wird. Selbst wenn er das wollte, es sind ja keine Medikamente mehr da, die er anwenden könnte. Wir haben bloß noch ein paar Flaschen Aspirin, ein oder zwei Verbandsschachteln, und das wär's auch schon. Nur weil er sich Dr. Farr nennt, muß er noch lange nicht so handeln wie ein Arzt. Er wird reden, und die Leute werden ihm zuhören. Das ist schon alles. Ein Versuch, den Menschen eine Chance zu geben, zu ihrer eigenen Kraft zurückzufinden.«

»Und wenn Sam es nicht schafft?«

»Dann eben nicht. Aber das erfahren wir erst, wenn er es versucht, oder?«

Zu guter Letzt willigte Sam ein. »Ich selbst wäre wohl nie auf die Idee gekommen«, sagte er, »und wenn ich noch hundert Jahre gelebt hätte. Anna findet es zynisch, und ich denke, im großen und ganzen hat sie recht. Aber wer weiß, ob die Tatsachen nicht ebenso zynisch sind? Die Leute sterben da draußen, und ganz gleich, ob wir ihnen eine Schale Suppe geben oder ihre Seele retten, sterben werden sie trotzdem. Daran ist wohl nicht zu rütteln. Wenn Victoria meint, ein falscher Arzt, mit dem sie reden können, würde es ihnen leichter machen, wie käme ich dazu zu behaupten, sie hätte unrecht? Ich bezweifle, daß es viel nützen wird, aber viel schaden kann es offenbar auch nicht. Es ist ein Versuch, und ich bin bereit, dabei mitzumachen.«

Ich machte Sam keine Vorwürfe, weil er zugestimmt hatte, aber auf Victoria war ich eine Zeitlang nicht gut zu sprechen. Es hatte mich entsetzt, mit was für erkünstelten Argumenten über Recht und Unrecht sie ihren Fanatismus rechtfertigte. Wie immer man es nennen wollte – eine Lüge, eine Maskerade, ein Mittel zum Zweck –, ich empfand diesen Plan als einen Verrat an den Prinzipien ihres Vaters. Ich hatte bereits genug Bedenken wegen Woburn House gehabt, und wenn überhaupt etwas mich veranlaßt hatte, diese Institution zu akzeptieren, dann war es Victoria selbst. Ihre Offenheit, die Reinheit ihrer Beweggründe, die moralische Strenge, die ich bei ihr entdeckt hatte – all dies war mir ein Vorbild gewesen, hatte mir die Kraft zum Durchhalten gegeben. Und jetzt kam da plötzlich eine dunkle Stelle zum Vorschein, die ich zuvor nicht an ihr bemerkt hatte. Ich denke, es war eine Enttäuschung, und eine Zeitlang ärgerte ich mich richtig über sie, war entsetzt darüber, daß sie sich als Durchschnittsmensch entpuppte. Doch als ich die Lage allmählich zu durchschauen begann, verrauchte mein Zorn. Victoria war es nämlich gelungen, die Wahrheit vor mir verborgen zu halten, und die lautete, daß Woburn House am Rande des Zusammenbruchs stand. Das Theater mit Sam war nichts als ein Versuch, wenigstens etwas aus der Katastrophe zu retten, eine exzentrische kleine Coda, die einem Stück angeheftet wurde, das schon zu Ende gespielt war. Es war alles aus. Nur daß ich das da noch nicht wußte.

Ironischerweise war Sam in seiner Arztrolle ein Erfolg. Requisiten standen ihm reichlich zur Verfügung – weißer Kittel, schwarzes Köfferchen, Stethoskop, Thermometer –, und er wußte sie sehr effektvoll einzusetzen. Es war keine Frage, daß er wie ein Arzt aussah, aber nach einer Weile begann er, sich auch wie ein Arzt zu benehmen. Das war das Unglaubliche daran. Anfangs konnte ich mich kaum mit dieser Verwandlung abfinden, wollte nicht zugeben, daß Victoria recht behalten hatte; aber letztlich mußte ich die Tatsachen akzeptieren. Die Leute sprachen auf Sam an. Er hatte eine Art, ihnen zuzuhören, die sie gesprächig machte, und sobald er sich zu ihnen setzte, begannen ihre Herzen überzufließen. Zweifellos half ihm hierbei seine journalistische Schulung, doch jetzt war er zudem von einer gewissen Würde durchdrungen, gleichsam erfüllt von seiner Rolle als Wohltäter, und da die Leute dieser Rolle vertrauten, erzählten sie ihm Dinge, die er noch nie von irgendwem gehört hatte. Als ob man Beichtvater wäre, sagte er; und nach und nach erkannte er, wie sinnvoll es war, wenn Menschen sich etwas von der Seele reden durften – wie heilsam es wirkte, Worte auszusprechen, Worte hervorzulocken, die es ihnen ermöglichten, ihre Geschichte zu erzählen. Sam hätte in Versuchung geraten können, an seine Rolle zu glauben, stelle ich mir vor, doch gelang es ihm, sich davon fernzuhalten. Privat scherzte er darüber und legte sich im Laufe der Zeit einige Phantasienamen zu – Doktor Shamuel Farr, Doktor Quackingsham, Doktor Bunk. Ich spürte jedoch durch diese Späße hindurch, daß seine Arbeit ihm mehr bedeutete, als er zuzugeben bereit war. Seine Stellung als Arzt hatte ihm plötzlich den Zugang zu den geheimen Gedanken anderer Menschen eröffnet, und diese Gedanken wurden nun zu einem Teil seiner selbst. Seine innere Welt wurde größer, stabiler, fähiger, die Dinge aufzunehmen, die man in sie hineinlegte. »Es ist besser, nicht man selbst sein zu müssen«, sagte er einmal zu mir. »Wenn ich mich nicht hinter diesem anderen Ich verstecken könnte – dem im weißen Kittel und mit der einfühlsamen Miene –, hielte ich das wohl kaum aus. Die Geschichten würden mich erdrücken. So aber ist es mir möglich, sie anzuhören, sie dort abzulegen, wo sie hingehören – gleich neben meine eigene Geschichte, neben die Geschichte desjenigen, der ich so lange nicht zu sein brauche, wie ich ihnen zuhöre.«

Der Frühling kam früh in diesem Jahr; Mitte März blühte im Garten hinterm Haus der Krokus – gelbe und lila Stiele schossen aus den Grasborten, in deren sprießendem Grün noch Schlammlachen trockneten. Sogar die Nächte waren schon warm, und Sam und ich machten gelegentlich noch einen kurzen Rundgang durch die Einfriedung, bevor wir uns schlafen legten. Es war schön, für diese wenigen Augenblicke dort draußen zu sein, hinter uns dunkel die Fenster des Hauses, das schwache Leuchten der Sterne über uns. Bei jedem dieser kleinen Spaziergänge hatte ich das Gefühl, mich aufs neue in ihn zu verlieben, jedesmal war ich begeistert von ihm in dieser Dunkelheit, wenn ich, an seinen Arm geklammert, daran dachte, wie es am Anfang, in den Tagen des schrecklichen Winters, für uns gewesen war, als wir noch in der Bibliothek gewohnt und jede Nacht aus dem großen fächerförmigen Fenster nach draußen geblickt hatten. Jetzt redeten wir nicht mehr von der Zukunft. Wir machten keine Pläne, wir sprachen nicht davon, nach Hause zu gehen. Die Gegenwart nahm uns vollständig in Anspruch, und bei all der Arbeit, die täglich zu verrichten war, bei all der Erschöpfung, die sich daraus ergab, blieb auch gar keine Zeit, über irgend etwas anderes nachzudenken. Alles hing gespenstisch in der Schwebe, doch das machte es nicht unbedingt schlecht, und zuweilen erfüllte es mich fast schon mit Glück, dieses Leben zu führen und mich in die Gegebenheiten zu schicken.

Dieser Zustand konnte natürlich nicht von Dauer sein. Er war eine Illusion, genau, wie Boris Stepanovich gesagt hatte, und nichts vermochte den Umschwung aufzuhalten. Gegen Ende April begannen wir die Notlage zu spüren. Victoria ergab sich schließlich und setzte uns die Situation auseinander, und nun wurden nach und nach die notwendigen Sparmaßnahmen eingeleitet. Als erstes wurden die mittwochnachmittäglichen Rundfahrten gestrichen. Es sei überflüssig, Geld für den Wagen auszugeben, entschieden wir. Der Treibstoff war zu teuer, und außerdem warteten genug Leute gleich vor unserer Haustür. Nicht nötig, irgendwo außerhalb nach ihnen zu suchen, befand Victoria, und nicht einmal Frick erhob einen Einwand dagegen. Am selben Nachmittag noch machten wir unsere letzte Fahrt durch die Stadt – Frick am Steuer, Willie daneben, Sam und ich hinten. Wir tuckerten die Boulevards der Randbezirke entlang, warfen gelegentlich einen Blick in dieses oder jenes Viertel, spürten die Unebenheiten, wenn Frick den Wagen über Furchen und Schlaglöcher manövrierte. Keiner von uns war sehr gesprächig. Wir beobachteten nur, was an uns vorbeiglitt, wohl ein wenig ergriffen davon, daß dies nie wieder so sein sollte, daß dies das letzte Mal war, und bald schienen wir gar nicht einmal mehr hinzusehen, saßen nur noch in unseren Sitzen und hatten das merkwürdig-verzweifelte Gefühl, im Kreis herumzufahren. Danach stellte Frick den Wagen in die Garage und verschloß die Tür, und er hat sie, nehme ich an, seither nie wieder aufgemacht. Einmal, als wir zusammen draußen im Garten waren, zeigte er auf die Garage gegenüber und ließ ein breites, zahnloses Lächeln aufblitzen. »Sachen, die man sieht, wenn nicht mehr da«, sagte er. »Nimm Abschied, und dann vergiß. Ein Blitz im Kopf. Husch ist es aus und vorbei. Erst ganz hell und dann vergessen.«

Als nächstes wurden die Kleider gestrichen – all unsere Gratiszuwendungen an die Gäste, die Hemden und Schuhe, die Jacken und Pullover, die Hosen, die Hüte, die gebrauchten Handschuhe. Boris Stepanovich hatte diese Sachen immer en gros bei einem Lieferanten in der vierten Zensuszone gekauft, aber der Mann war jetzt nicht mehr im Geschäft, das heißt, er war von einem Konsortium aus Schlägern und Auferstehungsagenten daraus vertrieben worden, und wir besaßen nicht mehr die Mittel, diesen Zweig des Unternehmens aufrechtzuerhalten. Schon in guten Zeiten hatte der Erwerb von Kleidern etwa dreißig bis vierzig Prozent des Etats von Woburn House ausgemacht. Nun, da schwere Zeiten gekommen waren, blieb uns keine Wahl, als diese Ausgaben aus den Büchern herauszunehmen. Keine Kürzungen, keine schrittweisen Einsparungen – das Ganze wurde auf einen Schlag gestrichen. Victoria leitete unter dem Motto »gewissenhafte Ausbesserungen« eine Kampagne ein, wozu sie sich mit allerlei Nähmaterial eindeckte – Nadeln, Garnrollen, Flicken, Fingerhüten, Stopfeiern und so weiter –, und setzte dann die Kleider, in denen die Leute nach Woburn House kamen, so gut es ging instand. Dahinter steckte die Absicht, soviel Geld wie möglich für Lebensmittel einzusparen, und da dies ja auch wirklich das Wichtigste war, das, wovon die Gäste am meisten profitierten, waren wir uns alle über die Richtigkeit dieses Vorgehens einig. Trotzdem mußten, da die Räume im vierten Stock immer leerer wurden, auch bei den Lebensmitteln Einschnitte vorgenommen werden. Nach und nach wurden bestimmte

Artikel gestrichen – Zucker, Salz, Butter, Obst, die kleinen Fleischrationen, die wir uns genehmigt hatten, das gelegentliche Glas Milch. Jedesmal, wenn Victoria eine neue Sparmaßnahme dieser Art verkündete, bekam Maggie Vine einen Anfall – brach in die wilde Clownspantomime einer Heulenden aus, rammte ihren Kopf gegen die Wand und schlug sich flatternd mit den Armen an die Beine, als wollte sie davonfliegen. Es war freilich für keinen von uns ein Zuckerlecken. Wir alle hatten uns daran gewöhnt, genug zu essen zu haben, und die Entbehrungen setzten unserem Organismus hart zu. Ich mußte das ganze Problem für mich neu überdenken – was es bedeutet, Hunger zu haben; wie man die Vorstellung von Essen von der des Vergnügens trennt; wie man akzeptiert, was man bekommt, und nicht nach mehr verlangt. Um die Sommermitte bestand unsere Ernährung nur noch aus einer Mischung von Getreide, Stärke und Wurzelgemüse – Rüben, rote Bete und Karotten. Wir versuchten, hinterm Haus einen Garten anzulegen, aber Saatgut war knapp, und mehr als ein paar Salatköpfe brachten wir nicht zustande. Maggie improvisierte so gut sie konnte, kochte dünne Suppen, braute wütend Bohnen und Nudeln zusammen, stauchte mehlschnaubend Klöße zurecht – pappige Teigbälle, bei denen es einem hochkommen konnte. Verglichen damit, wie wir früher gegessen hatten, war dies ein grauenhafter Fraß, der uns aber immerhin am Leben erhielt. Das Schlimme daran war eigentlich nicht die Qualität des Essens, sondern die Gewißheit, daß es nur noch schlechter werden konnte. Schritt für Schritt verringerte sich der Unterschied zwischen Woburn House und dem Rest der Stadt. Wir wurden aufgesogen, und niemand von uns wußte ein Mittel dagegen.

Dann verschwand Maggie. Eines Tages war sie einfach nicht mehr da, und wir fanden keinerlei Hinweis darauf, wohin sie gegangen war. Sie mußte losgezogen sein, während wir anderen oben schliefen, aber das erklärte kaum, warum sie alle ihre Sachen zurückgelassen hatte. Wenn sie vorgehabt hätte, sich abzusetzen, würde sie logischerweise doch wohl einen Koffer gepackt haben. Willie suchte zwei oder drei Tage lang die unmittelbare Umgebung nach ihr ab, fand aber keine Spur, und niemand, mit dem er sprach, hatte sie gesehen. Danach übernahmen Willie und ich die Küchenpflichten. Kaum fingen wir jedoch an, uns bei dieser Arbeit wohl zu fühlen, geschah schon wieder etwas. Plötzlich, ohne jede Vorwarnung, starb Willies Großvater. Wir suchten uns mit dem Gedanken zu trösten, daß Frick ja sehr alt gewesen sei – fast achtzig, sagte Victoria –, aber das half nicht viel. Er starb im Schlaf, eines Nachts Anfang Oktober, und Willie war es, der den Toten entdeckte: er wachte am Morgen auf und sah seinen Großvater noch im Bett liegen, und als er ihn wecken wollte, krachte der alte Mann zu seinem Entsetzen auf den Boden. Für Willie war es natürlich am schlimmsten, doch machte sein Tod uns allen auf die eine oder andere Weise zu schaffen. Sam vergoß bittere Tränen, als es geschah, und Boris Stepanovich sprach vier Stunden lang kein Wort, nachdem er die Neuigkeit erfahren hatte, womit er einen persönlichen Rekord aufgestellt haben dürfte. Victoria ließ sich nach außen hin nicht viel anmerken, aber dann tat sie etwas Unbesonnenes, und ich begriff, wie dicht am Rand der äußersten Verzweiflung sie stand. Es verstößt gegen alle Gesetze, die Toten zu begraben. Sämtliche Leichen müssen bei einem der Transformationszentren abgeliefert werden, und wer dieser Vorschrift zuwiderhandelt, wird aufs strengste bestraft: entweder mit einer Geldbuße von zweihundertfünfzig Glots, unmittelbar nach Zahlungsaufforderung zu entrichten, oder mit sofortiger Verbannung in eines der Arbeitslager im Südwesten des Landes. Trotz alledem verkündete Victoria, kaum eine Stunde nachdem ihr Fricks Ableben mitgeteilt worden war, daß sie beabsichtige, ihm noch am selben Nachmittag im Garten ein Begräbnis abzuhalten. Sam versuchte, ihr das auszureden, aber sie ließ sich nicht umstimmen. »Niemand wird je davon erfahren«, sagte sie. »Und wenn die Polizei dahinterkommt, ist es auch egal. Wir müssen tun, was richtig ist. Und wenn wir uns von einem törichten Gesetz daran hindern lassen wollten, wären wir überhaupt nichts mehr wert.« Es war ein leichtsinniger, völlig unverantwortlicher Akt, obwohl ich annehme, daß sie es im Grunde nur für Willie tat. Willie war ein Junge von unterdurchschnittlicher Intelligenz, und noch mit siebzehn war er in das Ungestüm eines Ich eingeschlossen, das von der Welt um es her so gut wie nichts verstand. Frick hatte für ihn gesorgt, hatte für ihn gedacht, hatte ihn buchstäblich durch das Leben geführt. Nun, da auf einmal sein Großvater fehlte, war nicht abzusehen, was aus ihm werden würde. Was Willie jetzt brauchte, war eine Geste von uns – eine deutliche und dramatische Beteuerung unserer Loyalität, einen Beweis, daß wir zu ihm hielten, welche Konsequenzen auch immer dies haben mochte. Die Beerdigung war ein enormes Risiko, aber ich glaube, sogar angesichts dessen, was sich daraus ergab, ist Victoria es nicht zu Unrecht eingegangen.

Vor der Zeremonie ging Willie in die Garage, baute die Hupe aus dem Wagen aus und polierte eine gute Stunde daran herum. Es war eine dieser altmodischen Hupen, wie man sie früher an Kinderfahrrädern sah – nur größer und imposanter, mit einem Schalltrichter aus Messing und einem schwarzen Gummiballen fast von der Größe einer Pampelmuse. Dann hoben er und Sam neben den Weißdornsträuchern hinterm Haus eine Grube aus. Sechs von den Gästen trugen Fricks Leichnam aus dem Haus zum Grab, und als sie ihn hinabsenkten, legte Willie seinem Großvater die Hupe auf die Brust, damit sie zusammen mit ihm begraben wurde. Darauf las Boris Stepanovich ein Gedicht, das er zu diesem Anlaß geschrieben hatte, und dann schaufelten Sam und Willie das Loch wieder zu. Die Zeremonie war bestenfalls schlicht zu nennen – keine Gebete, keine Lieder –, aber allein daß wir sie abhielten, war bedeutungsvoll genug. Alle waren dort draußen versammelt – alle Gäste, alle Mitglieder des Personals –, und als es vorbei war, standen den meisten von uns Tränen in den Augen. Auf das Grab wurde ein kleiner Stein gelegt, um die Stelle zu markieren, und dann gingen wir ins Haus zurück.

Danach gaben wir uns alle Mühe, Willie mit in den Gang der Dinge einzubeziehen. Victoria übertrug ihm neue Pflichten, erlaubte ihm sogar, mit dem Gewehr Wache zu halten, während ich in der Eingangshalle Vorstellungsgespräche führte, und Sam ließ es sich angelegen sein, ihn unter seine Fittiche zu nehmen – lehrte den Jungen, sich zu rasieren, seinen Namen zu schreiben, Addition und Subtraktion. Willie sprach gut auf diese Fürsorge an. Und hätte das Schicksal nicht böse zugeschlagen, ich glaube, er würde sich recht ordentlich gemacht haben. Etwa zwei Wochen nach Fricks Beerdigung erhielten wir Besuch von einem Polizisten aus dem Zentralrevier. Von lächerlichem Äußeren, aufgedunsen und rotgesichtig, protzte die Type mit der neuen Uniform herum, die den Offizieren dieser Dienststelle vor kurzem zugeteilt worden war – knallroter Rock, weiße Reithosen und schwarze Speziallederstiefel mit dazu passendem Käppi. Er knarrte schier in diesem absurden Aufzug, und ich sah schon seine Knöpfe abplatzen, so hartnäckig, wie er die Brust vorwölbte. Er knallte salutierend die Hacken zusammen, als ich die Tür öffnete, und ohne sein Maschinengewehr über der Schulter hätte ich ihn wahrscheinlich wieder fortgeschickt. »Ist dies der Wohnsitz von Victoria Woburn?« fragte er. »Ja«, sagte ich. »Unter anderem.« – »Dann treten Sie beiseite, Miss«, gab er zurück, schob mich aus dem Weg und trat in die Eingangshalle. »Die Ermittlungen beginnen unverzüglich.«

Ich will dich mit Einzelheiten verschonen. Irgend jemand, so stellte sich heraus, hatte das Begräbnis bei der Polizei gemeldet, und nun war sie gekommen, um der Beschwerde nachzugehen. Es konnte nur einer von den Gästen gewesen sein, aber dies war ein so unerhörter Verrat, daß niemand von uns es fertigbrachte, darüber nachzudenken, wer es gewesen sein könnte. Zweifellos jemand, der an dem Begräbnis teilgenommen hatte, der Woburn House nach seinem begrenzten Aufenthalt hatte verlassen müssen und verbittert darüber war, wieder auf die Straße geworfen zu sein. Eine plausible Annahme, aber was besagte das noch. Vielleicht hatte die Polizei dem Betreffenden Geld gegeben, vielleicht hatte er es nur aus Gehässigkeit getan. Wie auch immer, die Angaben waren nur zu exakt. Gefolgt von zwei Assistenten, schritt der Polizist in den Garten hinter dem Haus, sah sich einige Augenblicke lang scharf in dem Hof um und zeigte dann genau auf die Stelle, wo das Grab ausgehoben worden war. Man ließ Schaufeln kommen, und sogleich begannen die Assistenten nach der Leiche zu graben, von der sie bereits wußten, daß sie da war. »Ungeheuerlich«, sagte der Polizist. »Was für ein Egoismus, in diesen unseren Zeiten jemanden zu begraben – man stelle sich diese Frechheit vor! Wenn wir keine Leichen mehr zum Verbrennen haben, gehen wir alle ganz schnell zugrunde, das steht fest, dann sind wir geliefert. Wo nehmen wir dann unseren Brennstoff her, wie sollen wir uns dann am Leben erhalten? In dieser Zeit des nationalen Notstands müssen wir alle wachsam sein. Wir können keine einzige Leiche entbehren, und wer da glaubt, dieses Gesetz untergraben zu müssen, darf einfach nicht damit durchkommen. Übeltäter der schlimmsten Sorte, perfide Rechtsbrecher, Verräterpack. Sie müssen aufgespürt und bestraft werden.«

Inzwischen scharten wir alle uns draußen im Garten um das Grab, während dieser Idiot weiter seine boshaften hohlköpfigen Tiraden vom Stapel ließ. Victoria war bleich geworden, und hätte ich sie nicht gestützt, wäre sie wohl zusammengebrochen. Auf der anderen Seite des größer werdenden Lochs behielt Sam sorgfältig Willie im Auge. Der Junge war in Tränen aufgelöst, und während die Assistenten weiter die Erde hochschaufelten und sorglos in die Sträucher schleuderten, begann er plötzlich mit panischer Stimme zu schreien. »Das ist Opas Erde. Ihr dürft sie nicht wegwerfen. Die Erde gehört Opa.« Er wurde so laut, daß der Polizist seine Predigt unterbrechen mußte. Er sah Willie verächtlich an, und als er seinen Arm in Richtung Maschinengewehr bewegte, legte Sam Willie die Hand über den Mund und zerrte ihn aufs Haus zu – der Junge zappelte und strampelte über den Rasen, und nur mit Mühe konnte Sam ihn bändigen. Unterdessen waren einige Gäste auf die Knie gefallen und beschworen den Polizisten, an ihre Unschuld zu glauben. Sie wüßten nichts von diesem abscheulichen Verbrechen; sie seien zur Tatzeit nicht dagewesen; hätten sie von solch verwerflichen Vorgängen hier erfahren, wären sie auf der Stelle ausgezogen; man halte sie alle gegen ihren Willen hier gefangen. Eine kriecherische Behauptung nach der anderen, ein Ausbruch von Massenfeigheit. Ich war so angeekelt, ich hätte kotzen können. Eine alte Frau – Beulah Stansky war ihr Name – griff doch tatsächlich nach dem Stiefel des Polizisten und begann ihn abzuküssen. Er versuchte, sie abzuschütteln, doch als sie nicht loslassen wollte, rammte er ihr die Stiefelspitze in den Bauch, so daß sie stöhnend und winselnd wie ein geprügelter Hund der Länge nach hinschlug. Zu unser aller Glück erwählte Boris Stepanovich genau diesen Augenblick zu seinem Auftritt. Er öffnete die Verandatür an der Rückseite des Hauses, trat behutsam auf den Rasen und kam mit ruhiger, fast belustigter Miene in Richtung des Durcheinanders angeschlendert. Es war, als

EMET

hätte er solche Szenen schon hundertfach miterlebt, als brächte nichts ihn aus der Ruhe – die Polizei nicht, die Gewehre nicht, rein gar nichts. Als er sich zu uns stellte, zogen sie gerade die Leiche aus dem Loch, und dann lag der arme Frick da im Gras, die Augen aus seinem Kopf verschwunden, das Gesicht ganz mit Erde verschmiert, in seinem Mund ein Gewimmel weißer Würmer. Boris sah gar nicht erst hin. Er ging direkt auf den rotberockten Polizisten zu, sprach ihn als General an und zog ihn dann beiseite. Ich hörte nicht, was sie redeten, aber ich konnte sehen, daß Boris die ganze Zeit grinste und mit den Augenbrauen zuckte. Schließlich tauchte ein Bündel Bargeld aus seiner Tasche auf, er blätterte einen Schein nach dem anderen von der Rolle und legte das Geld dem Polizisten auf die Hand. Ich weiß nicht, was das bedeutete – ob Boris die Strafe bezahlt hatte, oder ob sie sich auf irgendeine private Weise geeinigt hatten –, aber hinaus lief die Transaktion auf dies: eine kurze, rasche Übergabe von Bargeld, und damit war das Geschäft erledigt. Die Assistenten trugen Fricks Leichnam über den Rasen, durch das Haus und zur Vorderseite, wo sie ihn auf einen auf der Straße geparkten Lastwagen warfen. Auf der Treppe hielt uns der Polizist eine zweite Predigt – sehr streng, mit denselben Worten, die er schon im Garten benutzt hatte –, salutierte dann abschließend, knallte die Hacken zusammen, begab sich zu dem Lastwagen und verscheuchte mit knappen Handbewegungen die zerlumpten Gaffer. Sobald er mit seinen Männern abgefahren war, lief ich in den Garten zurück, um nach der Autohupe zu sehen. Ich hatte vor, sie wieder aufzupolieren und Willie zu schenken, konnte sie aber nicht finden. Ich kletterte sogar in das offene Grab, um sie dort zu suchen, aber sie war nicht da. Wie so viele andere Dinge zuvor war und blieb die Hupe spurlos verschwunden.

Fürs erste hatten wir unseren Hals gerettet. Auf jeden Fall mußte niemand ins Gefängnis, aber durch das Geld, das Boris dem Polizisten hingeblättert hatte, waren unsere Reserven ziemlich erschöpft. Innerhalb von drei Tagen nach Fricks Exhumierung wurden die letzten Stücke aus dem vierten Stock verkauft: ein vergoldeter Brieföffner, ein Beistelltisch aus Mahagoni und die blauen Samtvorhänge, die an den Fenstern gehangen hatten. Danach kratzten wir noch etwas zusätzliches Bargeld durch den Verkauf etlicher Bücher aus dem Lesezimmer unten zusammen – zwei Regale Dickens, fünf Shakespeare-Ausgaben (eine davon in achtunddreißig handflächengroßen Miniatur-Bänden), je einmal Jane Austen und Schopenhauer und einen illustrierten *Don Quijote* –, aber der Buchmarkt war inzwischen zusammengebrochen, und all das brachte kaum etwas ein. Von da an war es Boris, der uns über Wasser hielt. Freilich war sein Vorrat an Verkäuflichem alles andere als unerschöpflich, und wir machten uns gar nicht erst vor, daß es sehr weit reichen könnte. Wir gaben uns höchstens noch drei oder vier Monate. Eher weniger, wenn wir an den schon wieder bevorstehenden Winter dachten.

Das Vernünftigste wäre gewesen, Woburn House gleich da zu schließen. Wir versuchten, Victoria davon zu überzeugen, aber sie konnte sich nur schwer dazu durchringen, und es folgten mehrere Wochen der Ungewißheit. Und dann, gerade als Boris mit seinen Überredungskünsten kurz vor dem Erfolg zu stehen schien, wurde ihr, wurde uns allen die Entscheidung aus der Hand genommen. Ich spreche jetzt von Willie. Im nachhinein betrachtet, mußte es ja einfach so kommen, aber ich belöge dich, wollte ich behaupten, irgendeiner von uns hätte es kommen sehen. Wir waren alle viel zu sehr mit den anstehenden Aufgaben beschäftigt, und als es dann schließlich geschah, kam es wie ein Blitz aus heiterem Himmel, wie eine Explosion aus den Tiefen der Erde.

Nachdem Fricks Leiche abtransportiert worden war, veränderte Willie sich völlig. Zwar verrichtete er weiter seine Arbeit, aber nur schweigend, einsam, achselzuckend und mit leerem Blick. Sobald man in seine Nähe kam, flackerten seine Augen feindlich und vorwurfsvoll auf, und einmal stieß er sogar meine Hand von seiner Schulter; es wirkte wie eine Drohung mit Schlimmerem, falls ich es je noch einmal wagen sollte. Da ich täglich mit ihm in der Küche zusammenarbeitete, verbrachte ich vermutlich mehr Zeit mit ihm als alle anderen. Ich tat mein Bestes, ihm zu helfen, aber ich glaube nicht, daß irgend etwas von dem, was ich zu ihm sagte, je bei ihm ankam. Deinem Großvater geht es gut, Willie, sagte ich etwa. Er ist jetzt im

Himmel, und was mit seinem Körper geschieht, das zählt nicht. Seine Seele lebt, und er würde bestimmt nicht wollen, daß du dir seinetwegen solche Sorgen machst. Nichts kann ihm weh tun. Er ist glücklich, wo er jetzt ist, und er möchte, daß auch du glücklich bist. Ich kam mir wie eine Mutter vor, die einem kleinen Kind den Tod zu erklären versucht, wobei ich denselben heuchlerischen Unsinn von mir gab, den ich von meinen Eltern gehört hatte. Was ich sagte, war jedoch unerheblich, da Willie mir kein Wort abnahm. Er war ein prähistorischer Mensch, und er vermochte auf den Tod nur auf eine Weise zu reagieren: indem er seinen verschiedenen Ahnen unter die Götter rechnete und ihn anbetete. Victoria hatte dies instinktiv erfaßt. Fricks Grabstätte war für Willie heiliger Boden geworden, und er war nun entweiht. Die Ordnung der Dinge war zerstört, und nichts von all meinem Gerede würde sie jemals wiederherstellen.

Er begann nach dem Abendessen auszugehen und kam selten vor zwei oder drei Uhr morgens zurück. Was er da draußen in den Straßen machte, war unmöglich herauszufinden, da er nie davon sprach, und es hatte keinen Sinn, ihn danach auszufragen. Eines Morgens tauchte er überhaupt nicht mehr auf. Ich glaubte schon, diesmal sei er für immer verschwunden, aber dann kam er, kurz nach dem Mittagessen, ohne ein Wort zu sagen in die Küche und fing an, Gemüse zu hacken, so daß ich fast in Versuchung geriet, seine Arroganz zu bewundern. Inzwischen hatten wir Ende November, und Willie war in seinen eigenen Orbit davongetrudelt, ein Wandelstern ohne definierbare Flugbahn. Ich gab es auf, mich darauf zu verlassen, daß er seinen Teil der Arbeit leistete. War er da, akzeptierte ich seine Hilfe; war er nicht da, machte ich die Arbeit allein. Einmal blieb er zwei Tage fort, ehe er zurückkam; ein andermal waren es drei Tage. Diese allmählich immer länger werdenden Abwesenheiten riefen bei uns den Eindruck hervor, er entschwinde uns irgendwie. Früher oder später, so dachten wir, käme eine Zeit, da er nicht mehr hier sein würde, etwa so wie Maggie Vine nicht mehr hier war. Gerade damals hatten wir so viel zu tun, war die Schufterei, unser sinkendes Schiff oben zu halten, so zermürbend, daß man kaum an Willie dachte, wenn er nicht da war. Das nächste Mal blieb er sechs Tage lang weg, und da, glaube ich, hatten wir alle das Gefühl, ihn zum letztenmal gesehen zu haben. Und dann, sehr spät eines Nachts in der ersten Dezemberwoche, wurden wir von einem entsetzlichen Poltern und Krachen in den unteren Räumen aus dem Schlaf geschreckt. Meine anfängliche Reaktion war der Gedanke, irgendwelche Leute aus der Schlange draußen seien ins Haus eingebrochen, doch gerade als Sam aus dem Bett sprang und die Schrotflinte packte, die wir in unserem Zimmer aufbewahrten, drang von unten Maschinengewehrfeuer herauf, ein gewaltiges Knallen und Prasseln von Kugeln, das immer mehr anschwoll. Ich hörte Leute schreien, fühlte das Haus von Schritten erbeben, hörte das Maschinengewehr die Wände durchsieben, die Fenster, die splitternden Dielen. Ich zündete eine Kerze an und folgte Sam an das obere Ende der Treppe, voll darauf gefaßt, den Polizisten oder einen seiner Männer zu sehen, und bereitete mich darauf vor, in Fetzen geschossen zu werden. Victoria stürmte bereits vor uns hinunter, und soweit ich es mitbekam, war sie unbewaffnet. Es war natürlich nicht der Polizist, obwohl ich nicht daran zweifle, daß es sein Gewehr war. Willie war auf dem Absatz im ersten Stock und stieg uns mit der Waffe im Anschlag entgegen. Meine Kerze war viel zu weit weg, als daß ich sein Gesicht hätte erkennen können, aber ich sah ihn stehenbleiben, als er merkte, daß Victoria auf ihn zukam. »Das reicht, Willie«, sagte sie. »Nimm das Gewehr runter. Nimm es auf der Stelle runter.« Ich weiß nicht, ob er vorhatte, auf sie zu schießen, aber heruntergenommen hat er es jedenfalls nicht. Sam stand inzwischen neben Victoria, und kaum hatte sie diese Worte ausgesprochen, drückte er auf den Abzug seiner Schrotflinte. Die Ladung traf Willie in die Brust, er flog jäh zurück und stürzte die Treppe hinunter, bis er unten aufschlug. Er war tot, ehe er dort ankam, denke ich, tot, bevor er überhaupt wußte, daß er erschossen worden war.

Das war vor rund sechs Wochen. Von den achtzehn Gästen, die zu der Zeit hier wohnten, wurden sieben getötet, fünf konnten entkommen, drei wurden verwundet und drei blieben unverletzt. Mr. Hsia, ein Neuer, der uns am Abend zuvor mit Kartentricks unterhalten hatte, erlag um elf Uhr am nächsten Morgen seinen Schußverletzungen.

Mr. Rosenberg und Mrs. Rudniki erholten sich. Wir pflegten sie über eine Woche lang, und als sie wieder soweit bei Kräften waren, daß sie gehen konnten, schickten wir sie fort. Sie waren die letzten Gäste von Woburn House. Am Morgen nach der Katastrophe machte Sam ein Schild und hämmerte es an die Vordertür: WOBURN HOUSE GESCHLOSSEN. Die Leute draußen entfernten sich nicht sofort, aber dann wurde es sehr kalt, und als die Tage vergingen und die Tür sich nicht öffnete, begann sich die Menge zu zerstreuen. Seitdem haben wir uns nicht mehr aus dem Haus gerührt, nur unsere nächsten Schritte geplant und versucht, auch durch diesen Winter zu kommen. Sam und Boris verbrachten täglich eine gewisse Zeit in der Garage, um den Wagen zu inspizieren und sich von seiner Funktionstüchtigkeit zu überzeugen. Wir planen nämlich, von hier wegzufahren, sobald es wieder warm wird. Sogar Victoria hat ihre Bereitschaft dazu erklärt, aber ich bin nicht sicher, ob es ihr wirklich ernst damit ist. Zu gegebener Zeit werden wir es schon erfahren. So, wie es in den vergangenen zweiundsiebzig Stunden am Himmel zugegangen ist, werden wir wohl nicht mehr lange warten müssen.

Wir taten unser Bestes, die Leichen aus dem Weg zu räumen, die Schäden zu beseitigen und das Blut aufzuwischen. Mehr als das möchte ich nicht dazu sagen. Am übernächsten Nachmittag waren wir damit fertig. Sam und ich gingen nach oben, um uns ein bißchen hinzulegen, aber ich fand keine Ruhe. Sam hingegen schlief praktisch auf der Stelle ein. Da ich ihn nicht stören wollte, stieg ich aus dem Bett und setzte mich in einer Ecke des Zimmers auf den Boden. Zufällig lag dort meine alte Tasche, und ohne besonderen Grund begann ich darin herumzustöbern. Hierbei stieß ich wieder auf das blaue Notizbuch, das ich für Isabel gekauft hatte. Die ersten Seiten waren mit ihren Mitteilungen bedeckt, den kurzen Botschaften, die sie mir in den letzten Tagen ihrer Krankheit geschrieben hatte. Das meiste davon war ganz einfach – etwa »Danke« oder »Wasser« oder »meine liebe Anna« –, doch beim Anblick dieser zittrigen, übergroßen Handschrift auf dem Papier mußte ich wieder daran denken, wie sehr sie mit sich gekämpft hatte, um diese Worte deutlich hinzuschreiben, und da kamen mir diese einfachen Botschaften überhaupt nicht mehr ganz einfach vor. Tausend Dinge stürzten da plötzlich wieder auf mich ein. Ohne einen weiteren Gedanken daran zu wenden, riß ich die Seiten leise heraus, faltete sie ordentlich zu einem Rechteck zusammen und steckte sie in die Tasche zurück. Dann nahm ich einen der Bleistifte, die ich vor so langer Zeit bei Mr. Gambino gekauft hatte, stützte das Notizbuch auf meine Knie und fing an, diesen Brief zu schreiben.

Seither habe ich täglich ein paar Seiten hinzugefügt, immer bemüht, möglichst alles für dich aufzuzeichnen. Manchmal frage ich mich, wieviel ich wohl ausgelassen habe, wieviel ich vergessen habe und niemals wiederfinden werde, aber es gibt auf diese Fragen keine Antwort. Die Zeit wird allmählich knapp, ich darf nicht mehr Worte vergeuden als unbedingt nötig. Anfangs glaubte ich, es würde nicht sehr lange dauern – ein paar Tage, um dir das Wesentliche mitzuteilen, und damit hätte es sich. Jetzt ist das Heft fast voll, und ich habe noch kaum die Oberfläche gestreift. Aus diesem Grund ist meine Schrift auch immer kleiner geworden. Ich habe versucht, alles hineinzubringen, zum Schluß zu kommen, bevor es zu spät ist, aber jetzt erkenne ich, wie arg ich mich selbst getäuscht habe. Worte lassen so etwas nicht zu. Je näher man dem Ende kommt, desto mehr hat man zu sagen. Das Ende besteht nur in der Einbildung, es ist ein Ziel, das man erfindet, um durchzuhalten, doch irgendwann gelangt man zu der Erkenntnis, daß man nie dort ankommen wird. Vielleicht muß man aufhören, aber nur weil die Zeit abgelaufen ist. Man hört auf, aber das bedeutet nicht, daß man das Ziel erreicht hat.

Die Worte werden immer kleiner, so klein, daß sie vielleicht gar nicht mehr lesbar sind. Das erinnert mich an Ferdinand und seine Schiffe, seine Liliputanerflotte von Segelbooten und Schonern. Weiß der Himmel, warum ich weiterschreibe. Ich halte es für ausgeschlossen, daß dieser Brief dich je erreicht. Es ist, als rufe man ins Leere, als schreie man in ein ungeheures und fürchterliches Nichts. Und wenn ich mir einmal einen optimistischen Augenblick gestatte, erschaudere ich bei der Vorstellung, was geschehen mag, wenn dieser Brief tatsächlich in deine Hände gelangen sollte. Was ich geschrieben habe, wird dir den Atem verschlagen, du wirst dich schrecklich ängstigen, und dann wirst du dieselbe Dummheit begehen wie ich. Bitte, tu es nicht, ich flehe dich an. Ich kenne dich gut genug, um zu wissen, daß du es tun würdest. Wenn du noch einen Funken Liebe für mich übrig hast, laß dich bitte nicht in diese Falle locken. Ich könnte den Gedanken nicht ertragen, mir Sorgen um dich machen zu müssen, mir vorstellen zu müssen, daß du durch diese Straßen irren könntest. Es reicht, daß eine von uns verschollen ist. Worauf es ankommt, ist, daß du bleibst, wo du bist, und in meinen Gedanken auch immer dort bleibst. Ich bin hier und du bist dort. Das ist mein einziger Trost, und den darfst du mir auf keinen Fall nehmen.

Andererseits, selbst wenn dieses Heft dich jemals erreichen sollte, zwingt nichts dich dazu, es auch zu lesen. Du bist mir zu nichts verpflichtet, und ich möchte nicht denken, ich hätte dich zu irgend etwas gegen deinen Willen gezwungen. Zuweilen ertappe ich mich sogar bei der Hoffnung, daß es so kommen möge – daß du einfach nicht den Mut aufbringst, anzufangen. Der Widerspruch ist mir bewußt, aber so empfinde ich nun eben manchmal. Falls das eintrifft, sind die Worte, die ich dir jetzt schreibe, für dich bereits unsichtbar. Nie werden deine Augen sie sehen, nie wird der winzigste Bruchteil davon dein Gehirn belasten. Um so besser, mag sein. Und doch wäre es mir wohl nicht recht, wenn du diesen Brief vernichten oder wegwerfen würdest. Solltest du es vorziehen, ihn nicht zu lesen, könntest du ihn vielleicht an meine Eltern weitergeben. Sie würden das Heft bestimmt gerne haben, auch wenn sie es ebenfalls nicht über sich bringen sollten, es zu lesen. Sie könnten es in mein Zimmer zu Hause legen. Die Vorstellung, daß es dort gelandet wäre, könnte mir gefallen. Auf einem der Regale über meinem Bett zum Beispiel, neben meinen alten Puppen und dem Ballettkleidchen, das ich mit sieben getragen habe – ein letztes Andenken an mich.

Nach draußen gehe ich kaum noch. Nur wenn ich mit Einkaufen an der Reihe bin, aber auch dann meldet Sam sich meistens freiwillig, um es mir abzunehmen. Ich habe verlernt, mich auf der Straße zu bewegen, und diese Ausflüge sind sehr anstrengend für mich geworden. Es ist eine Frage des Gleichgewichts, nehme ich an. Meine Kopfschmerzen sind in diesem Winter wieder schlimmer geworden, und

wenn ich mehr als fünfzig oder hundert Yards gehen muß, merke ich, wie ich ins Taumeln gerate. Ich glaube, bei jedem Schritt hinzustürzen. Der Aufenthalt im Haus kommt mich nicht so hart an. Das Kochen erledige ich größtenteils weiter allein, aber nachdem man zwanzig bis dreißig Leute gleichzeitig mit Essen versorgt hat, sind vier nur eine Kleinigkeit. Wir essen ohnehin nicht viel. Genug, den nagenden Hunger zu dämpfen, aber mehr auch kaum. Wir versuchen, unser Geld für die Fahrt zu horten, und dürfen von dieser Lebensweise nicht abweichen. Der Winter war relativ kalt, fast so kalt wie der »Schreckliche Winter«, doch ohne die ewigen Schneefälle und Orkane. Warm haben wir uns gehalten, indem wir Teile des Hauses abrissen und die Stücke in den Heizkessel warfen. Victoria selbst hatte die Anregung dazu gegeben, aber ob dies nun bedeutet, daß sie in die Zukunft blickt oder ihr einfach alles egal geworden ist, kann ich nicht sagen. Wir haben die Treppengeländer auseinandergenommen, die Türrahmen, die Trennwände. Anfangs bereitete uns das ein gewisses anarchistisches Vergnügen – das Haus zum Heizen zu zerhacken –, aber inzwischen ist es nur noch grauenhaft. Die meisten Zimmer sind vollständig kahl, und wir haben das Gefühl, in einem verlassenen Bahnhof zu leben, in dem zum Abriß ausgeschlachteten Wrack eines Gebäudes.

Sam ist in den letzten zwei Wochen fast täglich draußen gewesen, um die Randgebiete der Stadt durchzukämmen, die Lage an den Wällen auszukundschaften und genau herauszufinden, ob sich irgendwo Truppen massieren. Solche Erkenntnisse könnten, wenn die Zeit reif ist, von entscheidender Bedeutung sein. Gegenwärtig scheint der Fiddler-Wall das geeignete Ziel. Er bildet die äußerste Grenze im Westen und führt direkt zu der Straße, über die man ins freie Land gelangt. Das Millenial-Tor im Süden hat uns freilich auch gereizt. Jenseits davon ist stärkerer Verkehr, wurde uns erzählt, aber das Tor selbst ist nicht so scharf bewacht. Die einzige Möglichkeit, die wir bisher endgültig ausgeschlossen haben, ist der Norden. In diesem Teil des Landes herrschen offenbar große Gefahren und Chaos, und seit einiger Zeit schon munkelt man von einer Invasion, von ausländischen Truppen, die sich in den Wäldern sammeln, um nach der Schneeschmelze zum Schlag auf die Stadt auszuholen. Natürlich haben wir solche Gerüchte auch schon früher gehört, und man weiß kaum, was man glauben soll. Boris Stepanovich hat uns durch Bestechung eines Beamten zwar schon unsere Reisegenehmigungen besorgt, aber er schleicht noch immer täglich stundenlang um die Verwaltungsgebäude im Stadtzentrum herum, in der Hoffnung, irgendwelche Informationsfetzen aufzuschnappen, die uns weiterhelfen könnten. Daß wir im Besitz der Reisegenehmigungen sind, ist ein Glück, heißt aber noch lange nicht, daß sie uns nützen werden. Womöglich sind es Fälschungen, in welchem Fall wir Gefahr laufen, verhaftet zu werden, sobald wir sie dem Ausreiseinspektor vorzeigen. Er könnte sie aber auch ohne Angabe von Gründen konfiszieren und uns zurückschikken. So was soll vorgekommen sein, und wir müssen uns auf alles gefaßt machen. Boris schnüffelt und horcht daher weiter herum, aber was ihm dabei zu Ohren kommt, ist zu verworren und widersprüchlich, um uns konkret zu helfen. Er hält dies für ein Indiz, daß die Regierung bald wieder stürzen wird. Sollte das eintreffen, könnten wir uns die vorübergehende Verwirrung womöglich zunutze machen, aber wirklich klar ist zur Zeit überhaupt nichts. Nichts ist klar, und so warten wir weiter. Einstweilen steht der Wagen, beladen mit unseren Koffern und neun Reservekanistern Treibstoff, in der Garage.

Boris ist vor etwa einem Monat bei uns eingezogen. Er hat beträchtlich abgenommen, und mir fällt immer wieder ein verhärmter Ausdruck an ihm auf, als litte er an irgendeiner Krankheit. Jedoch beklagt er sich nie, so daß unmöglich zu erkennen ist, was ihn beunruhigt. Körperlich hat er zweifellos einiges von seinem Elan verloren, aber seine Stimmung ist davon anscheinend nicht berührt worden, zumindest ist davon nichts zu merken. Hauptsächlich beschäftigt ihn in diesen Tagen die Frage, was wir mit uns anfangen werden, wenn wir erst einmal aus der Stadt heraus sind. Fast jeden Morgen tischt er uns einen neuen Plan auf, einer absurder als der andere. Sein jüngster übertrifft sie alle, obwohl ich vermute, daß er insgeheim wirklich daran hängt: Wir vier sollen eine Zauber-Show aufziehen. Wir können mit unserem Wagen durch die Gegend fahren, sagt er, und gegen Essen und Unterkunft Vorstellungen geben. Der Zauberer wird natürlich er selbst sein, in schwarzem Smoking und Zylinder. Sam macht den

Ausrufer, Victoria den Direktor und ich die Gehilfin – die berückende, im knappen Paillettenkostüm umhertänzelnde junge Dame. Ich werde dem Maestro während des Auftritts die Instrumente reichen, und zum großen Finale werde ich in eine Holzkiste klettern und mich zersägen lassen. Eine lange, fieberhafte Pause wird sich anschließen, und dann, genau in dem Moment, da jegliche Hoffnung verloren ist, werde ich mit unversehrten Gliedmaßen der Kiste entsteigen, triumphierend winken und der Menge mit strahlend künstlichem Lächeln Kußhändchen zuwerfen.

Angesichts dessen, was uns erwartet, träumt es sich schön von solchen Absurditäten. Das Tauwetter kann jetzt jederzeit einsetzen, und es ist durchaus möglich, daß wir schon morgen früh abfahren. So sind wir vor dem Zubettgehen verblieben: wenn der Himmel einen günstigen Eindruck macht, werden wir ohne weitere Diskussion aufbrechen. Es ist jetzt tief in der Nacht, durch die Risse im Haus weht der Wind. Alle anderen schlafen, und ich sitze hier unten in der Küche und versuche, mir auszumalen, was mir bevorsteht. Ich kann es mir nicht vorstellen. Ich kann mir nicht einmal ansatzweise denken, was dort draußen mit uns geschehen wird. Alles ist möglich, und das ist praktisch dasselbe wie nichts, so als würde man in eine Welt geboren, die vorher noch nicht existiert hat. Vielleicht finden wir William, wenn wir die Stadt verlassen haben, aber ich will nicht zuviel erhoffen. Das einzige, was ich fürs erste verlange, ist die Chance, noch einen Tag zu leben. Dies schreibt Anna Blume, deine alte Freundin aus einer anderen Welt. Sollten wir einmal irgendwo ankommen, werde ich dir schreiben, wenn's geht, das verspreche ich.

Die Originalausgabe erschien 1987 unter dem Titel *In the Country of Last Things* beim Verlag Viking Penguin Inc., New York. Redaktion durch Thomas Überhoff.

 Gestaltung von Konstanze Berner, Frankfurt am Main. Gesetzt aus der Utopia durch psb, Berlin. Litho und Druck durch Gerhard Steidl, Druckerei und Verlag, Göttingen. Bindung durch realwerk G. Lachenmaier, Reutlingen. Printed in Germany 2001. ISBN 3 7632 5121 9

Neben der Normalausgabe erscheint eine Vorzugsausgabe, der eine numerierte und vom Künstler signierte Radierung beiliegt. ISBN 3 7632 5122 7